AF451101

Ernesto Rossi

LA STAGIONE DEI SOGNI

Romanzo

Youcanprint *Self-Publishing*

Titolo | La stagione dei sogni
Autore | Ernesto Rossi

ISBN | 978-88-93061-44-5

Youcanprint Self-Publishing
Via Roma, 73 – 73039 Tricase (LE) – Italy
www.youcanprint.it
info@youcanprint.it
Facebook: facebook.com/youcanprint.it
Twitter: twitter.com/youcanprintit

Ringraziamenti

Desidero ringraziare di cuore quanti mi sono stati accanto nel tempo della stesura di questo lavoro: per prima mia moglie Sara, che con pazienza ha sopportato le mie infinite divagazioni su personaggi e vicende; così pure i miei genitori e familiari che hanno atteso questo libro come un nuovo nipotino.

Un ringraziamento sincero va a quanti mi hanno aiutato con i loro commenti e critiche, sempre costruttive, a migliorare il testo: Suor Roberta Vinerba, alla quale devo l'illuminato consiglio di tirar fuori il manoscritto dal cassetto per terminarlo e gli utili suggerimenti nell'inquadrare il personaggio di Alberto; Francesco e Chiara Delicati per le loro sincere e preziose impressioni; Maria Rita e suo marito Gianluca Carloni, per le belle parole d'incoraggiamento.

Un ringraziamento tutto speciale va a Marisa Castellani, che con pazienza mi ha aiutato a scovare molte magagne nascoste nel testo e ancor più per le nostre lunghe e preziose chiacchierate.

Grazie agli amici e a coloro che, in un modo o nell'altro, mi sono stati vicini o lontani, ispirando comunque le emozioni che ho riversato nello scrivere.

Infine, ringrazio Dio, che mi ha concesso di arrivare fino in fondo con la voglia di raccontare sempre con sincerità di sentimenti.

A te, figlia mia, che aspetti il tuo sogno.

Prefazione

C'è un momento, una stagione nel corso della vita di ognuno, in cui le cose cominciano a cambiare da dentro e rapidamente, in un carosello dove le immagini mutano intorno, inaspettatamente diventiamo chi siamo. Questo tempo, una stagione precisa nella vita di un uomo, a volte si dilata un pochino costruendo un limbo precario pronto alla dissoluzione: la stagione dei sogni.

Io mi sentivo solo e immortale finché, camminando, ho visto il baratro nella mia vita. Sono rinato proprio quando ero ormai senza risorse e tiravo avanti con la sola disperazione. Sono rinato il giorno in cui due occhi mi hanno guardato in modo diverso e hanno infranto la corazza attorno al mio cuore. Illuminando la strada dov'era il buio più nero, mi hanno mostrato la differenza che passa tra sogni e illusioni, rimettendo in moto il lento, poderoso ingranaggio del tempo e, come una roccia che sul ciglio della discesa supera un dosso e si apre la via, così trovai forza nella debolezza per amare la vita e raccontare tutte queste cose.

Quanti sogni abbiamo? Uno? Mille? Senza fretta la stagione dei sogni arriverà e passerà e le cose non saranno mai più quelle di prima.

E. R.

FABIAN

Non saprei spiegare come, ma avvenne e basta, che un giorno mi trovai tutt'a un tratto sospinto verso lidi anonimi a girare i pollici, in attesa dell'evento che dovesse accadere per elevarmi più su di un gradino almeno, nella speranza di diventare migliore di com'ero, scoprendo con sorpresa di essere capitato proprio dove la provvidenza saggiamente dispone. Temerario mi avventurai come se non fossi io quello che sarebbe scomparso, con poche armi e ancor meno bagagli appresso, dunque al momento, una chitarra studio Ramirez da conservatorio e una sacca mare Napapijri con quattro cose dentro di cui l'iPhone certamente la più preziosa. Rinunciavo a tutto ciò che avevo, cioè niente e come da sempre avevo desiderato nel cuore, mi dimettevo dal mondo, rischiando per questo di portarne addosso i segni indelebili.

Perché? Non è facile dirlo: ho sempre speso molte energie per raccontare una voglia di vivere che non si può domare, la smania irrefrenabile di vedere, toccare la vita oltre l'orizzonte. Il fatto è che non ero tipo da compromesso, avevo bisogno di andare incontro alla mia strada con una scelta radicale senza lasciarmi dietro porte aperte. Volevo scoprire qual era il limite dei sogni, se veramente tutto è possibile e volare alto si può, a patto di crederci fino in fondo. Ovviamente non ho avuto vita facile per questo e già quando erano cominciati i segni della mia insofferenza per una vita "normale", ho scandalizzato il mondo abbarbicato agli antichi privilegi della piccola classe media che mi aveva fin lì allevato e ora annaspava nella crisi, celebrando tuttavia imperterrita le pompose feste di laurea dei rampolli immaginandoseli alti dirigenti. Avevo cominciato a disertare i miei ex amici in cui non mi riconoscevo più da molto tempo, tutti presi dalla carriera di avvocato o dirigente che la recessione economica non avrebbe mai lasciato fiorire. Avevo pagato col sangue per aver sollevato i miei dubbi sulle sicurezze di facciata che nascondevano la crisi di valori in cui annegava la mia gente, un ambiente decadente di ambiziosi stipendiati senza voglia e mezzi per rischiare in proprio, al contrario degli squali della finanza che nella crisi avevano allungato di buon passo mandando a gambe per aria la "mia" *middle class*. Troppe tragiche pugnalate volavano alle spalle, nella lotta per le briciole di potere e denaro, in quel piccolo mondo all'oblio, vittima della globalizzazione e della concorrenza cinese. Un dramma grottesco che si consumava tra grandi sorrisi, mentre continuavano a darsele tutti di santa ragione, già subito dopo essersi scambiati la pace alla messa di Natale. «Neanche salvate le apparenze?» domandavo a mio padre. Ipocriti! Per me era del tutto evidente che quella gente non avesse interesse per alcun dio, anche se avevo il sospetto che perfino Dio preferisse restare a guardare da una nuvoletta piuttosto che immischiarsi in quel teatrino.

Nonostante gli inviti ripetuti a frequentare certe preziose amicizie, allo stato delle cose, diventava sempre più evidente come la mia voglia di fuggire crescesse ogni giorno assieme alla disillusione. Non riuscivo proprio a ritrovarmi in quel sentire comune e vivevo in un mondo a parte, fatto di sogni diversi da realizzare, che non erano necessariamente la "brillante carriera", la moglie e la casa bella, la villa al mare, con dentro l'amante del mare. Purtroppo, non desiderare tutto questo mi metteva automaticamente in disparte, come una specie di pericoloso dissidente da cui guardarsi; così alla lunga qualcuno me l'ha rinfacciato e a modo suo, me l'ha anche fatta pagare.

Mio padre e mia madre intanto, in una storica decisione presa a tavolino, pensarono all'ovvia proposta che un figlio unico e viziato come me - secondo loro - non poteva rifiutare: «Medicina! O forse economia? Scegli tu! E poi, con gli amici di papà ti troviamo un posto.» Perché giustamente, quelli come loro, che si sono spaccati il culo per la famiglia, i ragazzi dottori, il cenone di Natale e i regali sotto l'albero non avevano altri particolari orizzonti. Facevano bene ovviamente, a preoccuparsi del futuro del loro figlio prediletto, a parte il fatto che non avevano pensato minimamente di chiedere l'opinione dell'interessato ed era veramente difficile dire loro che io mi sentivo più portato per le materie artistiche, del tipo: «Se ho finito il conservatorio, forse è perché mi piace suonare.» Il loro in fondo era un discorso sensato, tanto che mi permisero di far tutto quello che volevo, a patto che m'iscrivessi a un corso di laurea. Tuttavia, poiché qualsiasi altra scelta non rientrava proprio nei loro piani, questo minacciava seriamente ogni possibilità di diventare quello che avrei sognato o almeno così sembrava che sarebbe finita presto o tardi e proprio non riuscivo a darmi torto, anche se ammetto che i miei sogni potevano apparire un po' troppo audaci.

Quello che davvero non riuscivo a perdonargli era l'assoluta assenza di speranza per un progetto che avesse un ideale.

Alla fine però, avevo indossato la maschera ipocrita di tutti gli altri e mi ero iscritto a veterinaria, perché mi dava una certa idea di libertà, anche se con qualche indugio di mamma e papà per essere uscito dal loro schema di base, ma che un po' medicina perlomeno sembrava. E tuttavia, a Perugia facevo la doppia vita del musicista suonando nei locali della città, con risultati scolastici, proporzionalmente conseguenti.

Alla lunga, i miei si sono ritrovati alle prese con un figlio sciagurato, perché non davo gli esami e invece gigioneggiavo nei pub di Perugia con gli studenti del conservatorio o alle Jam session del Berklee clinics di Umbria Jazz, a buttar via la mia vita e i soldi dei miei, apparentemente senza uno scopo e senza un ideale. Ho imparato in quel periodo che a un certo punto scatta qualcosa nella testa della gente e si odia e disprezza chi non produce nulla di concreto. Così, mentre io restavo al palo, vedevo gli amici di un tempo sparire da un giorno all'altro, laurearsi e lanciarsi in società. D'un tratto scoprii che intorno a me non c'era più nessuno tranne il popolo della notte perugina, che non sempre era composto di persone "a modo", mentre gli amici di una volta cominciavano a farmi ronzare dietro le spalle, i giudizi di chi non condivide più quello che fai. Da un giorno all'altro mi hanno chiamato "senz'arte né parte", con commiserazione o disprezzo o magari "fallito"; e dell'eroe da pub dei giovedì universitari e del sabato sera di quegli anni, restava solo un poveraccio senza futuro. In fondo come dar loro torto? Agli occhi di tutti ero solo una scomoda mina vagante dall'aria vagamente bukowskiana incontrata in un pub, uno dei tanti bruciati con un brillante futuro alle spalle. Faceva male, ma cercavo di non dargli peso. "Di che mi accusate?" pensavo, "secondo voi è giusto obbligare qualcuno a una vita che non vuole? Che ne sapete di me?" Era il disagio di un fuori posto che ripassava le ore della giornata a sviscerare i minuti, i secondi, per non trovarsi in mano che aria, nelle membra il peso, nel naso l'odore, di qualcosa che potesse dare senso a una vita giorno per giorno uguale a se stessa. Che tenero ero, non conoscevo ancora nulla della vita, a quel tempo vivevo d'istinti e di sogni e anche dopo non sono cambiato molto.

Intanto la mia famiglia si aspettava una carriera da dottore che non arrivava mai, mentre io ero bloccato in qualcosa che non andava né su né giù. In quel tiremmolla la vita era stata avara e a trent'anni suonati, dopo vari tentativi falliti, per i professori ero la solita matricola scolorita sul libretto universitario di un fuori corso e un codice fiscale senza peso per il resto della società. Era ormai evidente che quella non fosse la strada giusta, ma che fare? Ho pensato a lungo ai miti dell'adolescenza a quel tempo, ai Siddhartha e i Gabbiani che accendono gli ideali di eserciti trasognanti di studenti e mi chiedevo: "Che fine avrà fatto Jack Frusciante quando è uscito dal gruppo? Perché gli orizzonti sconfinati della libertà dopo quell'età non funzionano più e i sogni scompaiono improvvisamente oltrepassando il presente senza fine dei vent'anni?" Mistero!

Che i miei sogni finissero era qualcosa a cui non riuscivo a rassegnarmi! O forse c'era una strada diversa?

Lo scoprii dentro una carrozza vagabonda, a migliaia di chilometri dal mondo, mentre negli auricolari la musica di Neil Young copriva il tu-tum del treno con le ballate di Harvest. In quel momento, in cui avrei dovuto lasciare che tutto scivolasse via, scelsi di continuare a sognare.

La vita però riserva sempre tante sorprese perfettamente reali. Avevo perso buona parte dei miei amici già quando a veterinaria avevo cominciato a zoppicare agli esami. Si sa, non ci si fa bella figura ad accompagnarsi con quelli così così; ma il ripudio arrivò quando in certi locali underground cominciai a frequentare artisti stravaganti, che vivevano la musica come denuncia sociale, gente che invece della camicia stirata portava magliette con scritte troppo contestatarie per molti miei amici. Si trattava, insomma, di non fare troppo sangue misto: tra ragazzi si sa, la tolleranza è maggiore che tra adulti in genere, ma lo è di più tra musicisti, sicché quella che a me pareva in fondo una normale convivenza, ai miei amici sembrò un tradimento feroce; oggi me ne avvedo meglio, ma all'epoca mi ricordo solo i mezzi sorrisi e i discorsi troncati per le spicce.

All'apice del rigetto dal mio mondo ci fu la storia con Ilaria, deliziosa matricola d'economia, cotta di me fin dalla prima comparsa sul palco del Quadrifoglio. All'inizio non m'interessava far cose serie con lei, ero attratto soprattutto dal suo sorriso allegro e dalla terza abbondante, ma lei aveva la mente romantica delle matricole, troppo bambine per esser donne e troppo donne per trattarle da bambine. Così io, che ero da parecchio un musicista universitario fuori corso, la presi come una delle tante avventure, senza accorgermi che lei aveva dieci anni meno di me e molta più ostinazione, idealismo e forza per farmi capitolare in confronto alle mie coetanee, per le quali non nutrivo, in verità ricambiato, particolari interessi. Ilaria si era incaponita a tal punto da seguirmi per un anno intero nei concerti, finché mi agguantò. Non le costò un gran lavoro, giacché mi avventuravo con scaltra disinvoltura in storie spicciole che erano parte della routine di quei giorni; ma davvero non prevedevo però che lei sarebbe stata così accogliente da riuscire a coprire il vuoto esistenziale che una vita scapestrata si porta dietro, nonostante l'anestesia dei sensi che vivere a cento all'ora ti provoca. Così era cominciata la strana storia della bella universitaria e del musicista alla giornata.

ILARIA

Ilaria era molto corteggiata, a lei piaceva piacere e farsi notare, era molto attenta nel vestire alla moda, ma molto più le piaceva piacere a me. Con l'aria ingenua, il sorriso spontaneo da ragazzina e capelli lunghi, mesciati e curati, suscitava parecchia invidia tra le colleghe e rivalità tra i ragazzi, attizzando il sacro fuoco che stana ogni giovane maschio allo stato brado. L'effetto che mi provocava era, da un lato, il desiderio di trovare un po' di morbido conforto femminile, dall'altro una spensierata ola ormonale. In breve, la storia con Ilaria aveva superato contro ogni pronostico l'anno di vita clandestina e si avviava al secondo come coppia ufficiale. A quel tempo i miei colleghi universitari, fuori corso e non, si divisero faziosamente in maniera equipartita, tra i tifosi invidiosi e i caustici detrattori che mi vedevano quanto di più prossimo ci possa essere al corruttore di minori. Dei secondi non mi curavo, mentre avrei presto dovuto rivalutare la bramosia dei primi.

Come era inevitabile che fosse, la storia con Ilaria ufficializzandosi si dipanava mostrando giorno dopo giorno le crepe di un palazzo con fondamenta sbagliate. Non appena smisi di interessarmi alle altre cominciammo a litigare. Le facevo scenate di gelosia per la sua attitudine a essere civettuola; lei mi accusava di essere troppo apprensivo e al contempo disinteressato al futuro. Volevo fare il musicista, lei lo sapeva, ma come tutti gli altri, era dell'idea che avrei dovuto coltivare un più sano lavoro e prospettiva di carriera; tanto per non rischiare troppo l'osso del collo. Inutile appello e inutile spiegare con dovizia di particolari che presto le cose cominciarono ad avvitarsi proprio attorno a questi aspetti. Man mano che la figura dell'uomo con tutti i suoi difetti rimpiazzava quella mitologica del musicista sul palco e man mano che alla ragazzina in minigonna si sostituiva la futura manager in carriera, emergevano divergenze incolmabili. Il giorno che mi convinse ad andare a cena con i suoi amici di corso, mi trovai in una tavolata di trenta persone di cui ero l'unico senza cravatta e senza conto in banca da Porsche chiavi in mano. Tentai per un po' di stare al gioco, ma quello non era affatto un gioco. Compresi che nel giro di un triennio o meno, avrei dovuto avere lo stesso conto o un singolo nella top ten per potermi sedere di nuovo a quel tavolo. Quella sera litigammo perché volevo andarmene via prima. Lei non ne capì mai la ragione. Da quel giorno le cose cominciarono a precipitare tra noi. Un tizio cominciò a farle la corte ed io sentii che non sarei stato capace di trattenerla ancora a lungo. Certo, non potevo essere diverso da com'ero; non saprei dire se l'amassi e forse non eravamo giunti a quel punto. Ero innamorato di quel trasporto fisico che dura il tempo che dura e quando finisce è ora di domandarsi se impegnarsi davvero; ma non accadde mai, perché eravamo concentrati solo su noi stessi. Ma se per una ventenne carina e di successo è anche normale sentirsi al centro del mondo, per un trentenne non dovrebbe essere proprio così. Non lo seppi capire e invece di lasciarla andare per la sua strada e tornare nel mio tempo, la presi come un fallimento personale. Ciò che fece più male non fu la rottura, ma il clima in cui si consumò: la nostra era una storia da ventenni, lei d'età, io di testa e così, come tra ventenni accade, era di dominio pubblico. Eravamo stati di fatto il gossip degli ultimi due anni e dunque in molti s'erano appassionati a quella fiction; ogni parola detta da me, da lei, dai nostri migliori amici e portavoce, rimbalzava social sui telefonini: non vivevamo una storia, vivevamo una stagione intera del Grande Fratello.

Rompemmo definitivamente quando cambiò casa, l'ennesima convivenza studentesca con altre tre ragazze in una nuova zona di Perugia. Nuova casa vuol dire nuovi amici e nuovi ammiratori, nuova vita e nuovo taglio di capelli. Adesso lo so: se una ragazza torna dal parrucchiere coi capelli corti vuol dire che è partito un conto alla rovescia. In pochissimo tempo da lei s'era costituito il ritrovo di una goliardia infernale di studenti con poca voglia di studiare e molta di collezionare studentesse. I nostri litigi crebbero di pari passo con la sensazione di sentirmi fuori posto in mezzo a ragazzi molto più giovani e competitivi di me, mentre Ilaria continuava a incalzarmi con la storia di un lavoro che mi facesse da rete di sicurezza. Faticavo a controbattere, del resto usava gli stessi argomenti dei miei genitori. Fu così persuasiva che alla fine cedetti e trovai un piccolo impiego in nero in un laboratorio artigianale che creava stampi per sculture. Ricordo ancora la faccia che fece quando tornai dal primo giorno di lavoro con i jeans neri che avevo usato sul palco tante volte, sporchi di una mistura indelebile a base di gesso e gomma liquida.

Al termine della prima settimana di lavoro, mi mollò. Fu anche colpa mia, quella situazione mi snervava, ero sempre teso e litigare era ormai una routine quotidiana, segno evidente di una sintesi impossibile. La cercai per un mese ancora, non ne volle sapere, ogni occasione di parlare si trasformava in una sfuriata sui miei difetti; ma dal suo punto di vista non potrei darle torto. Ci rimasi male, soprattutto perché ebbi l'impressione che, prima di ogni difficoltà, aveva influito lo stile di vita ordinato che non le davo e poi mi fu chiaro che qualcosa s'era incrinato anche dentro di me. Da quella storia cominciò a emergere una vena nichilista nel mio animo, uno *spleen* che mi ha aiutato a sopravvivere alle successive, numerose avventure senza capo né coda. Così l'ultima cosa che le dissi fu: «Grazie per avermi ridato il sapore dell'adolescenza.» E per gli oltre dieci anni successivi Ilaria fu l'ultima ragazza con cui ero stato ufficialmente insieme.

Da allora si consumò la rottura profonda che mise ogni cosa al proprio posto. I suoi amici si dimenticarono immediatamente di me, i miei amici universitari si unirono ai suoi amici e a me non rimase che il popolo della notte perugina, utile a ravvivare la città e buono per far divertire gli studenti fuori sede, ma sotto sotto, una corte dei miracoli che si trascinava vivacchiando in quell'esistenza di sottobosco. Guarda caso proprio in quello stesso periodo erano cominciati gli ansiosi ultimatum dei miei genitori, nel comprensibile tentativo di venirmi in soccorso e togliermi dallo stallo. Dovevo trovarmi un lavoro dicevano, entro la fine dell'anno, diceva papà. «Fatti una fidanzata e sistemati!» diceva mia madre. «No, io sto bene così! Grazie, almeno senza famiglia» rispondevo; nei loro valori tradizionali non ci credevo, perché non li vedevo più da nessuna parte.

Ecco! Ero arrivato bruscamente ai trenta ed ero di fronte al bivio, incalzato a scegliere strade in cui non mi riconoscevo. Ma io ero testardo, oh sì e orgoglioso e in fondo ero anche cresciuto un po'. Alla fine dunque avevo preso il coraggio, ormai deciso a passare il fosso e reagire con l'ultimo disperato tentativo di un salto nel vuoto. Raccattai il diploma di conservatorio, la chitarra con la custodia rigida, il sacco da marinaio Napapijiri e me ne andai chiudendo la porta in un giorno qualsiasi, senza strappi, senza drammi, con buona pace di tutti, ma col segreto rancore di non aver neanche detto "ciao", come un figlio perso in guerra senza mai essere stato un eroe. Da quel momento ho smesso di essere Fabiano, figlio di mio padre e mia madre e sono diventato Fabian, solo per me e perché funzionava bene sulle copertine dei CD autoprodotti e sulle locandine dei pub, anche se a qualcuno sembrava un nome da balera. Così gli ultimi dieci anni erano trascorsi in un soffio e per dieci anni ti adatti a tutto, basta un amico che ti ospita a Bologna, conoscere un produttore musicale e stare fuori dai casini del popolo della notte intanto che aspetti che passi il tuo treno. Per me contava solo suonare la notte, dormire il giorno, sopravvivere il resto del tempo.

SAMMY SCARDA E GIULIO VANNOZZI

Tirando le somme, dieci anni dopo ero di nuovo su un treno e mi ritrovavo con la faccia al finestrino e lo sguardo rivolto verso l'orizzonte del sud, con un paio di chitarre professionali per bagaglio, gli auricolari con le musiche da studiare e un disco mai uscito intitolato *Impressioni all'andata* che era tutta la mia eredità. Avevo ancora nella testa l'ultimo scontro con il mio produttore artistico e non erano belle parole quelle volate tra noi.

«Sei solo un disonesto!»

«Bada a come parli Fabian, dovresti ringraziarmi invece.»

«E per cosa? Dove sta il disco? Dove stanno quattro anni di lavoro? Dove stanno i miei ultimi quattro anni? Tu fammeli vedere!»

«Qua dentro! E dovresti sapere anche perché...» Sammy Scarda indicava lo schermo nero del computer per l'editing montato sul grosso mixer digitale Neve-ProTools lungo come una portaerei.

«La casa discografica non vuol sentire ragioni, dobbiamo provare con arrangiamenti più *urban*.» Aveva ripreso guardandomi di sbieco, mentre ancora puntava il dito verso lo schermo. Vedevo i suoi occhi piccoli strabuzzare insicuri sulla faccia aguzza, incorniciata dai biondi capelli alla Cecchetto anni Ottanta che pendolavano tra me e il mixer; mi arrivava forte l'odore di sigarette alla menta che lo impregnava rendendo inconfondibile la sua presenza in ogni stanza.

«Ma quante balle vuoi raccontarmi ancora? Quante volte abbiamo toccato gli arrangiamenti? Più pop, più rock, elettronica... Hai così stravolto i pezzi rispetto a prima che ormai potremmo mandarli anche allo Zecchino d'Oro, cazzo!»

«Eri d'accordo anche tu no? Di che ti lamenti adesso?» Si era messo su impettito, col ditino predicante puntato in alto e il piglio di chi la sapeva più lunga di te fin dall'inizio. Adesso che avevo perso ogni soggezione lo trovavo finalmente ridicolo nella sua maglietta celeste aderente che ben si sposava coi jeans a vita alta del primo periodo Duran Duran, donandogli anche un buffo effetto Nino D'Angelo. Avevo intuito troppo tardi che Sammy era rimasto cristallizzato agli antichi fasti di una breve gloria che l'aveva toccato anni prima e che era tramontata impietosamente assieme alla discografia tamarra del Festivalbar. Ormai era troppo tardi per pentirsene, potevo provare a limitare i danni, ma per certi versi non me ne importava quasi più nulla davanti alla soddisfazione di sbattergli in faccia le sue bugie.

«E che ne sapevo io?» ripresi «Mi avevi detto che era una passeggiata, pochi mesi e saremmo stati sul mercato.» Era chiara per me l'immagine del nostro incontro per la firma del contratto: i sorrisi, le strette di mano e le pacche sulle spalle. Il clima euforico di un inizio lanciato verso il successo come un missile. Meno di un mese dopo la situazione era già mutata ed erano cominciati gli slittamenti forzosi.

«Scusa ho un grosso cliente, deve uscire a settembre, non posso spostarlo, dobbiamo rimandare la registrazione al mese prossimo.»

«Okay Sammy...» rispondevo; e quando non era la registrazione, era l'editing, o il mix o... Così l'euforia si trasformava giorno dopo giorno in frustrazione. Una situazione straziante protratta come una malattia in stadio terminale negli ultimi quattro lunghissimi anni, in cui ho dormito dove potevo, mangiato come potevo, guadagnato quando potevo, nell'attesa che il sogno si avverasse. Ma il sogno era ormai un incubo da cui non trovavo via d'uscita.

«E tutti i soldi che t'ha dato il Vannozzi? Come glielo spieghi un'altra volta? Quello adesso s'incazza e c'ha pure ragione!»

«Vannozzi lo sa che i soldi sono serviti a rifare gli arrangiamenti.»

«Vannozzi sapeva che saremmo dovuti uscire due anni fa, non credeva di dover rifare tutto per tre volte di fila.»

«La colpa non è mia, lo sai che la major non ha accettato il master.» Sammy accese la centesima sigaretta della giornata con un movimento meccanico.

«Porca puttana! Lo avevi detto tu che era una cosa fatta.»

«Mi sono sbagliato va bene? Che ci posso fare se hanno deciso di cambiare le carte in tavola?»

«E perché ha pagato sempre Vannozzi per tutti?»

«Beh, lo sai... le produzioni costano, lo studio si deve spesare le ore di lavoro...» Compì un'ampia trasvolata col braccio a presentare lo studio, parte del quale avevo contribuito a finanziare: il signor mixer sotto le casse monitor, la parete di effetti a *rack*, il vetro insonorizzato della sala di ripresa, le poltroncine privè in pelle rossa, il minibar per gli artisti. Tutto sostava nel vuoto amniotico dell'acustica ovattata dalle pareti in moquette nera, intarsiata da inserti rossi fichissimi e un tappeto Kilim di fronte al mixer, obbligatorio in ogni seria sala regia; è il Kilim che fa la differenza: uno studio senza il Kilim è uno studio di sfigati!

«Ventimila te ne abbiamo dati, ventimila euro e ancora ne chiedi altri?»

«Se vuoi terminare di registrare ne servono almeno altri ottomila, lo sai.»

«Vannozzi s'è rotto, ha detto che non avrai altri soldi e che devi finire quello che hai promesso.»

«Sì lo so che dice Vannozzi, ma Vannozzi non capisce un cazzo di musica e tu dovresti saperlo, visto che me l'hai presentato tu.»

«Vannozzi non capirà niente di musica, ma è una persona di parola e tu hai preso in giro lui come me.»

«Bada a come parli ragazzo, questo è uno studio professionale, dillo un'altra volta e sei fuori!», ricordo che lo disse con la calma temperata di chi era abituato a quel tipo di discorsi e da quel momento ebbi la nettissima sensazione che mi aveva fregato dal principio e non ci sarebbe stato più nulla da fare.

«Non m'imbrogli più con questo giochetto, io non ti firmo le liberatorie sui pezzi!»

«Bene principino, se la metti su questo piano ti puoi scordare i master!»

La cosa era andata avanti incancrenendosi, tra sospetti e ripicche da entrambe le parti per diversi mesi ancora. Ormai ero talmente esasperato da quella situazione che cominciavo finalmente ad accettare la realtà che mi ero sempre rifiutato di guardare accecato dal mio sogno: l'unico reale interesse che guidava quella storia erano i soldi; soldi per produrre, soldi per presentarsi alle major, soldi per promuovere, soldi per registrare coi turnisti e per gli arrangiamenti; soldi per fare avanti e indietro da Perugia a Bologna; soldi per rimanere a Bologna...

Sammy Scarda era un bluff! E pensare, che qualche volta mi ero adattato anche a condividere una vecchia bicocca con i punkabestia, pur di andare avanti.

Di lì a poco cominciarono a ficcarci il naso i legali delle parti; non certo mossi da me, che riuscivo a malapena a tirare a campare e un avvocato era una specie di creatura mitologica metà uomo e metà scrivania. Il Vannozzi s'era rotto le scatole anche lui di sentirsi una vacca da mungere e con grande educazione mandò a cagare Sammy Scarda lasciando che la cosa prendesse la sua piega naturale, cioè un tempo infinito di carte bollate, in cui i soldi che chiedeva Scarda se li cuccavano i rispettivi avvocati, ma ormai contava più il principio.

Alla fine il Vannozzi mi prese da parte, praticamente come un figlio e mi disse: «Senti Fabiano, ti sono stato dietro soprattutto per fare un favore a tuo padre e tu sai che non sono di quest'ambiente, ma a me quello Scarda sembra solo un tizio arrogante che ha trovato il pollo da spennare.» Non sapevo che rispondere, mi sentivo intontito, come ubriaco. Vannozzi era l'ultima spiaggia e se anche lui si arrendeva, voleva dire perdere il disco e il lavoro degli ultimi quattro anni, ovvero tutto. Lo vedevo là, seduto sulla sedia intrecciata a spago verde, nel patio del bar di San Donato/zona fiera, dove avevamo potuto vederci, infilando l'incontro a forza tra le sue impegnate giornate.

Vannozzi lo avevo incontrato a Bologna mentre trafficava nei suoi giri; lui rappresentava il legame con la mia famiglia. Mio padre era rimasto tutto quel tempo alla finestra a guardarmi affrontare un mondo che non condivideva e non capiva, ma sperava comunque di potermi essere utile per fare strada. In realtà ero così accecato dall'entusiasmo che compresi solo parecchio tempo dopo che era stato lui ad aver convinto un vecchio amico come il Vannozzi a starmi dietro e addirittura a investire qualcuno dei suoi tanti quattrini, avanzati dalle faccende tra politica e appalti pubblici. Ma evidentemente anche questa fase aveva fatto il suo tempo.

Giulio mi guardò dall'alto della sua esperienza e del suo teutonico metro e novanta, ammantato nel sempiterno abito blu di taglio comodo; sembrava accigliato dietro i Ray-Ban a goccia dorati, i capelli bianchissimi, a dispetto del piglio energico e giovanile e comunque appena abbondanti, ancora tutti là sopra. Stava soavemente sbracato sulla sedia, con la pancetta del sessantenne che tracimava all'altezza della vita, a malapena trattenuta dalla camicia bianca. Gingillava continuamente col suo cellulare che squillava ogni cinque minuti e lui ogni volta salutava con l'enfasi delle grandi occasioni: «Carissimooo! Come stai?»; mi ricordava uno di quei politici "Prima Repubblica" e primi anni Novanta; che forse sono ancora così.

«Che posso fare allora?» chiesi al Vannozzi, sperando potesse esserci ancora qualche margine di manovra.

«Niente» rispose lui «devi rassegnarti!»

«Ma... e le registrazioni? Tutto il mio lavoro?»

«Le riavrai, non preoccuparti, forse le edizioni le perderemo, ma i diritti d'autore sono tuoi.»

«Non è giusto!» esclamai, ma lui guardò l'orologio, poi me, fece una faccia arcobaleno e aggiunse: «Ricordati, nella vita quasi niente è giusto! Adesso scusami, ma devo scappare via, ho un appuntamento importante, se vuoi finisci di parlarne con tuo padre.»

Mi lasciò là, per sempre. Fu l'ultima volta che vidi Giulio Vannozzi di persona; ci sentimmo in qualche altra rara occasione in merito alle questioni legali, ma tuttora mi chiedo che fine abbia fatto. Mi ricordo solo le cromature luccicanti sulla coda verde metallizzato della sua Jaguar. Lì per lì avevo avuto la tentazione d'incolparlo, in realtà cercavo qualsiasi essere vivente per gettargli la croce addosso, quantomeno per avermi lasciato a piedi in quel frangente. Del resto Vannozzi aveva fatto già tutto il possibile e aveva anche perduto molti soldi per colpa mia, soldi di cui lui non mi ha mai fatto sentire colpevole. Eppure ricordo che rimontai in macchina con il volto nero di rabbia. La stessa rabbia che rivolsi contro i miei genitori quella sera, quando m'interpellarono dopo aver raccolto le notizie necessarie dal Vannozzi.

«Che vuol dire che solo grazie a voi sto ancora a galla?»

«Vuol dire che se non ci fosse stato Giulio ti saresti scordato tutti i tuoi sogni di gloria!» La voce di mio padre dall'altra parte del cellulare raschiava più metallica del normale nell'eco della linea telefonica e, come al suo solito, aveva scelto il momento meno adatto per rinfacciarmi quello che aveva fatto alle mie spalle per aiutarmi. Certo è facile dire adesso che sono stato insensibile e irriconoscente, ma all'epoca ciò che vedevo era unicamente la mia ragione; e del resto, in quanto a sensibilità, devo aver ripreso tutto da mio padre.

«Io non ho mai chiesto il tuo aiuto!»

«Questo non è del tutto vero, sapevi bene chi era Giulio.»

«Avevo voluto dare una possibilità al caso, senza dover fare i conti un'altra volta con la tua presenza.»

«Dov'ero io? Hai fatto tutto tu.»

«Oh, non c'eri, ma c'eri eccome; e adesso di chi è il problema con Giulio? Il tuo o il mio?»

«Io e tua madre abbiamo cercato di aiutarti in tutto.»

«Non è vero! Avete cercato di aiutarmi a fare quello che speravate che facessi, non quello che avrei voluto fare io. Maledizione!»

«Ma che cosa stai dicendo? Tutto questo non è per niente quello che avremmo voluto per te.»

«Avete lasciato che facessi quello che mi piaceva, mentre alle mie spalle avevate i vostri obiettivi su di me.»

«Non essere ingiusto, hai voluto tu iscriverti a veterinaria.»

«Solo perché voi non mi avreste dato pace se non l'avessi fatto.»

«Non puoi rinfacciarci questo.»

«Perché? Brucia sulla coscienza? E perché invece non vi siete domandati com'è che ho finito il conservatorio?» Ero davvero furioso. Mio padre titubava al telefono, solitamente aveva la risposta pronta e il piglio autoritario da Direttore aziendale qual era, ma stavolta era rimasto in silenzio. Credo che la botta del Vannozzi fosse stata troppo dura anche per lui, che era convinto che coi soldi si arrivasse a tutto.

«È come la storia del liceo!» ripresi d'istinto.

«Un'altra volta questa storia?!» sbottò papà dall'altra parte col tono polemico di chi riascolta la solita solfa per la centesima volta.

«Sì cazzo! Ancora questa storia! Volevo andare alla scuola d'arte, mi avete voluto per forza al liceo: è tutta la vita che mi spingete a fare qualcosa di diverso da quello che voglio io.»

«Se lo abbiamo fatto, è perché vogliamo il meglio per te.»

«Lo avete fatto perché volevate il meglio secondo voi! Invece di aiutarmi ad andare nella mia direzione, mi siete stati addosso senza darmi tregua, spingendomi soltanto dove volevate voi.»

«Ma quale famiglia sana di mente lascerebbe che il figlio si getti in questa roba della musica senza una minima garanzia? Non c'è mai stato un musicista in famiglia.»

«Neanche mai qualcuno che abbia fatto la vita che voi mi avete spinto a fare!»

«Volevamo darti il meglio!»

«Papà, vi siete fatti abbagliare dai macchinoni e i Rolex d'oro dei vostri amici. Ma lo sai che per essere così bisogna nascerci? Non basta mica avere un pezzo di carta in tasca. Se una cosa non ce l'hai vuol dire che non ce l'hai e se per caso ti viene, è sicuramente meno bene di uno che la fa perché gli viene spontanea.»

«Fabiano, tutti fanno così. Io ho fatto così, mettendoci tanto lavoro. Tutti i nostri amici hanno fatto così.»

«Quali amici? Quelli fasulli che v'invitano alla laurea dell'avvocato solo per sentirsi superiori agli altri?»

«Sei ingiusto con noi e i nostri amici, siamo tutte famiglie per bene.»

«Certo... tutte famiglie per bene che desiderano che un figlio si realizzi per quello che è!»

«... Ma...» Anche stavolta mio padre era rimasto in silenzio un momento di troppo. Era strano per me sentire che la sua figura tentennava di fronte a quegli argomenti, di solito era sempre pronto a rintuzzare ogni mio attacco, ma ora sembrava davvero in difficoltà e questo mi metteva addosso una strana inquietudine, come se per la prima volta stessi guidando gli eventi dopo averli sempre subiti.

«Sono davvero stanco di tutte queste storie, di quello Scarda, di te e mamma che complottate assieme a Vannozzi... Non sono né un bambino né un debosciato.»

«Be' con quelle robe da fuori di testa...»

Di tutto quel che poteva dire mio padre, quello era il peggio e mi fece esplodere come mai prima.

«*Che cosa?!* Mi hai lasciato fare come si fa coi matti? Sono pazzo? È questo che pensi di me?»

«Che stai dicendo? Stai sproloquiando.»

«Basta! Non voglio più avere intromissioni nella mia vita; d'ora in poi non cercarmi più! *Mai più cazzo!*»

Spensi il telefono, ero incazzato nero. La situazione era incasinata e avevo pigliato mio padre al momento giusto per farne un macinato. Era sempre stato lui il parafulmine di tutte le tempeste e questo mi fece capire che dovevo spezzare la dipendenza che mi legava alla mia famiglia.

Ci furono telefonate sempre più brevi, sempre più diradate, ma alla fine i miei si convinsero che davvero volevo trovarmi una strada senza di loro. Dopo un primo periodo di mugugni la cosa avvenne quasi impercettibilmente, come alla morte di un vecchio parente malato da tempo, si aspettava soltanto il quando. Da allora i contatti con loro sono stati molto saltuari e formali, il tipo di cose che si fanno per le feste comandate.

Il fischio improvviso all'ingresso in galleria mi distolse da quei pensieri; guardai il viso riflesso nel vetro del finestrino illuminato dalla luce gialla del sole; ero un po' tirato, ma sereno, mentre il treno filava veloce verso sud.

TORRE A MARE

Col vetro abbassato al massimo per mitigare l'arsura di luglio, il sole dorato, incorniciato dal finestrino, inondava il vagone e come in un dipinto, coglievo la terra arsa nell'aria satura di polline estivo sui colli e sulle pianure cocenti, mentre planava l'adagio vociare dei corvi sui campi di grano. Ero solo, come al solito, sulle poltroncine di velluto consunto e ingrigito nello scomparto in finto legno e *moplen* delle vecchie carrozze ferroviarie, che ancora fanno la spola tra Foggia e Bari. Contemplavo estasiato il tramonto da dentro il bozzolo protettivo del mio bruco-treno, da dove come un bambino mi godevo il viaggio e nutrivo grandi speranze per il futuro.

Disegni geometrici in solchi paralleli di sfumature diverse per ogni essenza coloravano campi assolati di terre nuove, dove le sagome delle pompe a vento sparse a manciate tra le coltivazioni, si allungavano con ombre scheletriche a perdita d'occhio e incrociavano i tubi degli idranti che spruzzavano una pioggia d'iridi arcobaleno.

Tutto nasce da questo punto d'approdo sulla piana infinita del Tavoliere delle Puglie, dove quasi per caso ero arrivato col treno, proprio come una sorta di odierno Odisseo, in parte naufrago e in parte avventuriero. Ormai ero andato, perso nel culo del mondo e ci stavo bene, rincorrevo i miei sogni senza l'ansia del successo a tutti i costi da cui ero fuggito e mi lasciavo vivere, ma non era tempo perso, gustavo il tempo come un cibo troppo buono per un solo morso. Quando giunsi a destinazione, era ancora l'inizio di tutta questa storia e ogni cosa aveva il sapore dolce della scoperta, come i lenzuoli di lino stirati e profumati di lavanda degli agriturismi in cui avevo dormito lungo strada. Quel viaggio alle origini del sud dove echeggiavano le radici di mia nonna materna, voleva essere, forse, un modo per ritrovarmi o per scrivere una storia nuova; si trattava solo di rimettersi in gioco e attendere.

Così l'avventura cominciò con l'immagine più banale che si possa pensare di vedere appena scesi dal treno in una stazione: quella di un anziano viaggiatore.

Comodo nella camicia di tela, sotto le tese bianche di un Borsalino fuori tempo e un libro in grembo, il viaggiatore riposava sotto la volta della tettoia di ferro caldo sul marciapiede, due binari inerbiti nella stazione deserta a cento passi dall'arco del mare. Un cartello con la scritta "Milano" era appena stato rimosso dal carrello dei bagagli e il cielo era sgombro e fresco di vento. In quello spazio inarticolato dove i sensi perdevano la misura del tempo, due figure nebulose: un uomo maturo e un giovane bellimbusto, la barba ben rasata intorno al pizzetto, attraversavano la piattaforma proferendo in dialetto tributi ovattati al vecchio viaggiatore ancora assopito. Guardando il suo viso disteso sotto la barba bianca, l'espressione serena di una vita specchiata negli occhi di quelle tre generazioni e chissà quanti altri figli e nipoti, a un tratto, da un punto sconosciuto dell'anima contemplai la fine della giovinezza ed ebbi la speranza di diventare così un giorno; e ciò mi sorprese perché solitamente tutto quello che riguardava la vecchiaia, mi ripugnava. Eppure da qualche parte dentro di me quell'anziano viaggiatore mi parlava di una pace che io non avevo mai avuto e che sentivo profondamente di desiderare.

Tuttavia, già pochi giorni dopo, il ricordo di quell'incontro era lontanissimo dai miei pensieri ed io, stordito dagli eventi fugaci di una vita alla giornata, fatalmente mi ritrovavo precario come un naufrago su una spiaggia, in attesa che una mareggiata provvidenziale deponesse sulla sabbia l'occasione della mia vita.

Nuvole nere, basse, arrivavano galoppando dall'orizzonte scuro avvolgendo, come una pesante coperta, le terre e le acque inermi dove ancora la luna si affacciava a sprazzi a schiarire il mondo. Sul molo la Madonnina dei pescatori alzava le braccia al mare quasi a frenare l'impeto della burrasca. Lì fermo sulla sabbia la notte era un'amica, mentre il mare azzannava il porto di fronte ai miei occhi e sorridevo sornione pensando all'incazzatura di domani, quando i proprietari si sarebbero accorti che la mareggiata s'era portata via mezzo stabilimento. Rabbrividivo sotto le raffiche del vento che sferzava teso dal mare rabbioso e mi tenevo in equilibrio con i talloni ben puntati per non affondare nella sabbia. Col vortice dentro le orecchie sentivo l'aria insinuarsi sotto la maglia di cotone leggero, che non tratteneva il freddo sulla pelle d'oca. Un sorriso beffardo mi segnava il viso, gli occhi stretti in una smorfia e il fiato che sussultava rotto a ogni nuova frustata di sabbia gettata in faccia dal turbine. Spesso avevo lasciato le mie orme solitarie sulla sabbia quando il bagnasciuga esortava a spingermi oltre il centro abitato, per chilometri, lontano dalle vie e dal tempo sgocciolato degli ultimi turisti in vacanza. Di solito vagavo appena fuori le mura a calce e pastello del borgo raccolto attorno all'ordinato parco pubblico della Torre Pelosa, affacciata sul piccolo porto che era divenuto il luogo abituale delle mie escursioni. "Testimone dei secoli, assolutamente da vedere", secondo i depliant aulici della pro-loco "che da cinquecento anni giace placidamente adagiata come una sfinge al centro di Piazza della Torre a dare il nome e l'anima al paese di Torre a Mare."

Quel pomeriggio un'aria grigia e afosa aveva avvolto tutte le cose dentro un'atmosfera, dove il passato si tuffava nel presente ed io sui miei errori – come li chiamava mia madre – o le mie scelte – come dicevo io. L'estate era già finita e quasi non c'era più nessuno al lido così io mi gustavo tutto solo i temporali dalla Casa del Marinaio: tufo grezzo e intonaco color sabbia, affitto a prezzo modico, vista sul mare, tutto compreso, niente telefono (bastava il cellulare). Nella mia camera c'erano due finestrelle che guardavano il mare ed io passavo le notti con gli occhi là fuori, mentre ascoltavo le chiacchiere della radio per farmi compagnia. La tivù non c'era, non avevano mai montato l'antenna, ma non m'interessava, anzi stare fuori dal mondo mi piaceva. Ero appena rientrato ancora infreddolito, qualcuno alla radio parlava dei soccorsi a un barcone di profughi in difficoltà, ciò mi turbò per un momento, ma poi la voce afrodisiaca di Nick the Nightfly lanciò *Someone like you* e immerso nella magia delle note dimenticai il mondo e mi feci un caffè lungo che dura di più. Il più delle volte in quelle circostanze mi stravaccavo sulla poltrona con la luce fioca dell'abat-jour e i piedi sulla sedia a leggermi un libro, fumare una sigaretta e suonare la chitarra. Si facevano man mano più lente le giornate di fine estate: "Ma in fondo" pensavo, "La vita tutta insieme t'ammazza" e nell'aroma fumoso della tazza mi crogiolavo in un limbo di benefico torpore.

ARES

Seduto quietamente sulla riva
del fiume, l'erba cresce da sé,
le montagne azzurre sono da sé
montagne azzurre e le bianche
nubi sono da sé nuvole bianche.
Zenrin Kushu, Koan zen.

Eppure le giornate incalzavano veloci, lasciandosi dietro uno strascico di ricordi e canzoni banali a scandirne il tempo, mentre tutto questo diventava per me nostalgia. Nel girovagare lungo spiagge deserte, invase dalle alghe e bottiglie di plastica giunte con la risacca, i miei occhi si stavano lentamente abituando a vedere a cuore più leggero le cose del mondo e mi piaceva camminare distratto, fermarmi a guardare l'architettura delle case, l'intrico delle strade antiche. Alle volte, proprio dove non dovrebbe, il buon gusto lascia spazio a schifezze urbane che nessuno si ferma a guardare e questo mi fa apprezzare i graffiti fatti con la vernice spray che coprono muri di cemento e la coscienza sporca di qualche assessore. Ma da un po' di tempo quei dipinti spray li trovavo tutti uguali, squillanti, violenti, ribelli senza senso e rimpiangevo le opere metropolitane di Keith Haring a Milano e Bologna, ché quando le guardavo, mi facevano stare bene.

Sulla strada poche auto sfrecciavano in un sibilo; qualcuna a sera si fermava sulle piazzole vuote antistanti il mare con dentro giovani coppie che rubavano gli ultimi sgoccioli d'estate e d'intimità nascoste dietro gli stabilimenti balneari: cabine implotonate, sbiadite dalla foga dei bagnanti e dalla salsedine, che quasi facevano percepire il disagio di un altro anno d'attesa nel logorio del sale e degli insetti, tra preservativi usati e pisciate di birra dei ribelli di periferia.

Claudia da lontano tornava in sella allo scooterone, il casco aperto rosa Barbie era abbinato al vestito a fiori della sua boutique che l'aria schiacciava contro il seno orgoglioso e svolazzava intorno a due gambe belle davvero. Salutò agitando il braccio, lasciandosi dietro una scia di capelli filati d'oro e di vento. Restai un momento a guardarla con la mano alzata e mentre si allontanava, pensai che sarebbe stato bello chiederle di uscire una volta.

Stava ormai per piovere, ma un vento caldo scivolava fra le cose, le persone, denso fluiva come un gatto ruffiano strusciandosi sulle gambe, le cosce, i colli sudati della gente, in quelle ore di scirocco che non son fatte per stare in giro certe volte. Guardai in alto, le prime gocce cominciarono a venir giù grosse come gavettoni portandosi dietro una terra ocra che sporcava le macchine già coperte di sabbia e tingeva a pois rossi le lenzuola fresche di bucato; più tardi la strada avrebbe assomigliato al centrale del Roland Garros, pensai. Al chioschetto di canne detto Il Maltese, per la faccenda di una diserzione risanata con l'esercito greco dopo vent'anni di latitanza a Malta, Ares si godeva placidamente lo scirocco pigro della sera. Le basette alla Yanez De Gomera di Philippe Leroy e lo sguardo di gabbiano, lui fumava tranquillo una sigaretta rollata a mano che si era preparato seduto su una sedia scassata dell'antico capanno di pescatori, che in pochi anni aveva fatto diventare il ritrovo di tutti i giovani del paese fino a Bari. Tutto lì attorno sembrava già vecchio come ci fosse da sempre, ma del resto erano almeno trent'anni che lui stava là e nel tempo Ares era diventato il nostro birraio, un amico, uno zio, un fratello maggiore che da dietro al bancone riusciva a conoscerti meglio dello psicologo nel suo studio.

Le nuvolette di fumo salivano dal chiosco, dove l'allegra compagnia che chiacchierava sull'uscio mi accolse rumorosamente come un vero collega di lavoro, quando mi fiondai là trafelato per la pioggia e difatti suonavo spesso da loro. Salutai col "cinque" Angelo, il bagnino palestrato e magrolino, per cui lo chiamavamo Cerein, "cerino", sempre a torso nudo per mostrare la tartaruga degli addominali nei pantaloncini rossi un po' sbracati e la scritta gialla "servizio" sul sedere; si credeva un po' Baywatch, ma era forte e generoso e se proprio dovevi rischiare di affogare era meglio averlo a tiro. Poi c'erano Tony e Nicky, cioè Antonio e Nicola, che erano il cuoco e il cameriere del Maltese, due simpatici pugliesi della zona uno grosso come un gigante buono e l'altro svelto e disponibile, che stavano ormai da una vita con Ares come soci di minoranza e come ogni giorno erano pronti a prendere servizio per la serata. Le loro pacche elargite copiose sulla maglietta umida dicevano "sei di casa" ed io ci credevo davvero. Ricevute le mie dimostrazioni d'affetto, tutto tornò alla pace da giardino zen che contraddistingueva la fase preserale del Maltese e dopo un altro po' di gocce, aveva già smesso di piovere.

Tutto sbilanciato all'indietro sulla sua sedia, Ares, che avresti scommesso di vederlo cadere a terra, come un gatto sornione mi gettò uno sguardo distratto, poi si tirò su dritto con un gesto felino senza dir nulla e pochi istanti dopo in silenzio mi porse una pinta di Fargo, la mia rossa preferita. Lo ringraziai più col cuore che con le parole e pensai che mi sarei volentieri fermato a chiacchierare con lui, se non fosse stato sempre così taciturno. Me ne rimasi lì vicino, poggiato a uno dei pali che tenevano in piedi la veranda senza sedermi al tavolo come facevo di solito e osservai i capelli lunghi, sale e pepe che il vento arruffava attorno alla calvizie incipiente, lo sguardo acquoso e il sorriso enigmatico. Ares sembrava ancora un hippy passati da un po' i settanta, con lo spirito e il fisico asciutto di un Rolling Stones, ma molto più moderno. Aveva visto tante cose Ares, ma non ne parlava mai, non viveva nei ricordi; non è che non gliene fregasse niente, lui di solito se ne stava zitto, ascoltava e capiva se avevi bisogno di una mano, ti dava un consiglio, nulla più di una pacca sulla spalla tra una pinta e l'altra, che sapeva sempre quando portarti ed era il suo modo di essere presente, per starti vicino. Sarà forse perché dove tutti portano dentro lo stesso silenzio, è il silenzio che racconta la tua storia e lui semplicemente capiva i silenzi della gente dopo tanti anni passati a spillare la birra.

Sorseggiando la Fargo lo guardai nel suo ossuto metro e ottanta da cui ciondolava la camicia di lino bianchissimo perennemente sbottonata, con in vista sulla pelle di bronzo un piccolo monile d'oro a forma di sole, i pantaloni rossi a intricati disegni etnici tenuti su con un cordino, erano sbiaditi e cadenti come su una stampella che si prende dall'armadio. Avanzava leggero con gli zoccoli ai piedi sotto la pergola d'incannucciato, soppesando ogni passo della sua sagoma ossuta fino al limite della veranda e guardava verso un oltre lontano. Al largo i pescherecci tiravano a bordo le reti e un vortice di gabbiani strillava sulle loro teste in attesa degli scarti, il mare era cheto e limpido e rumoreggiava sommesso, le barche tirate in secca giacevano sossopra come tartarughe addormentate.

Ares si appoggiò al passamano di canna e legno e sperse lo sguardo oltre le dune verso il sole cadente, mentre le voci attorno si mescolavano in un brusio più distante. La Fargo posava lentamente la sua schiuma ed io la saggiavo a piccoli sorsi.

Per l'ennesima volta mi gustai tutta la scena ed era sempre la stessa emozione, sembrava uno di quei western alla Sergio Leone, dove tutto è fermo tranne le palle rotolanti che corrono frusciando nel deserto. Steli di vegetazione erano mossi dal vento nello spumeggiare di piccole onde che frangevano incontro al chiosco a pochi passi dal mare. Accarezzati dalla brezza estiva, gli sterpi producevano un lungo ronzare, ritmati da una lamiera male inchiodata che sbatteva sul cartello "spiaggia libera" e tutto volgeva in un'armonia corale nel mormorio della risacca.

I gabbiani compivano azzardate evoluzioni a pochi metri da riva litigandosi un pesce. Uno poco più avanti si adagiò sulla sabbia con un buffo passo traballante, sballottato qua e là dalle raffiche calde del vento che accompagnava la marea. Sembrò prima guardarsi attorno nel riflesso del bagnasciuga, poi afferrò qualcosa che si muoveva dalla spuma e soddisfatto riprese il volo, gli occhi socchiusi a evitare i granelli di sabbia alzati dal vento, nel becco un pesciolino luccicante.

Ares lo guardò e decise per quello. Distese le ali e con una leggera torsione del loro profilo l'aria cominciò a spennacchiarne il piumino e senza sforzo o rincorsa l'uccello bianco s'impennò privo di peso andando a ricongiungersi con gli altri.

Mentre Ares se ne stava là, proiettato in avanti e con la testa chissà dove, sembrò così normale che il suo sguardo da gabbiano varcasse le dune in volo radente sul pelo dell'acqua, teso a evitare gli spruzzi di schiuma bianca, per seguire nell'incavo l'onda fin sulla cima con veloci cambi di rotta, impennando sopra acque blu - abisso, per salire dove è prossimo Dio. Tra quelle nubi tutto è grigio, è freddo, è ostile, ma un attimo dopo ne emerge, gli esplode il sole addosso, investe il corpo, lo avvolge di luce tra nembi ovattati di un caldo cremisi. Lassù tutto rallenta, si ferma, è sublime infinito. Tutto è pace nel fruscio silente del volo e ora quasi sembra che anche Dio stia lì a contemplare per un po' le sue meraviglie, finché il sole si getta oltre l'arco del mare.

«Lo vedi, dove il sole tramonta?» chiese a bruciapelo volgendosi a me. Continuò: «*Ce maravigghie iè stù munnǃ*» nel dialetto barese di Tony e Nicky, che gli faceva strano addosso, ma che la diceva lunga su quanto lui fosse a casa.

«Sì, è un tramonto bellissimo» volli aggiungere, ma non ce n'era davvero bisogno.

«Che pace si respira, vero?»

«Sì.»

«Senti i suoni nel vento? Distingui il canto delle pernici di mare e le grida dei gabbiani; e se chiudi gli occhi, senti il gusto di salsedine.»

Annusai l'aria a occhi chiusi per sentire il sapore del mare portato dalle onde.

«È vero, ci sono tante cose nell'aria, ma io non me ne accorgo mai.»

«Nessuno si ferma più per questo da tanto», detto ciò, il suo viso scavato si scurì e i suoi occhi grigi si strinsero come a vedere qualcosa di lontanissimo e mi sentii libero di aggiungere altre impressioni.

«Invece chissà che c'è dopo l'orizzonte? Il mondo è così grande e bello e certe volte mi viene un senso di sconforto a pensare di non riuscire mai a vedere tutto quello che c'è.»

«Sai? Trent'anni fa dicevo le stesse cose: sembrava che non bastasse una vita sola per vedere tutto quello che c'è al mondo; poi ho cominciato a pensare che forse avrei dovuto soltanto vivere di più» ammise con una dolcezza senza rimpianto: e sembrava piuttosto il consiglio di un padre.

«Che significa?» chiesi.

«Un giorno forse te lo dirò, ma tu intanto pensaci...» Detto questo, si distolse, si avvide che dal sentiero di beole verso il bagnasciuga arrivava qualcuno. Mancavano ancora almeno una cinquantina di metri, ma Ares s'era già voltato e aveva preso la direzione del banco, salutato il tramonto con un ultimo sguardo innamorato, raccolse un nuovo bicchiere dalla rastrelliera e si mise a spillare un'altra birra come se celebrasse la vita.

Dopo un'ora circa, l'atmosfera nel chiosco si era fatta più pesante e una cappa di fumo denso sopra le teste lucidava gli occhi; un'altra birra era scivolata giù e mi annebbiava un poco a quell'ora digiuna, ma era il tempo ormai di quella malinconia che permea cose e persone che sono alla fine.

Avevo trascorso tutta l'estate a scrivere musica, scucendo ogni nota dalla mia chitarra e provando i passaggi difficili dei concerti. Tra stravizi e ore piccole avevo vagato con una vecchia panda troppo piccola per tutti i miei strumenti, casse e accessori che scaricavo a prima sera e ricaricavo alle ore dell'alba nei localetti vissuti dell'arcipelago di pub e villaggi turistici, dove chi suona, lo fa per campare. Ero diventato amico di tutti, se così si può dire, perché per uno che vive di musica, le public relations sono essenziali: "Ciao! Come va? Dove suoni stasera? Eddai bevi con noi!" Tanti amici intorno e ne avevo vista di gente in quei mesi che ormai andava via. Avevo visto accendersi i bagliori intensi di quelle storie estive da pochi colpi di lombi che ai primi rossi d'autunno vanno a morire assieme alle foglie. Ero diventato anch'io quasi una cosa del posto all'apparenza, ma la verità è che mi è sempre stato difficile essere un punto fermo nella vita degli altri, non mi ci abituavo. Tutti i miei nuovi amici: Ares, Eco, Alberto, Claudia e tutti gli altri, loro conoscevano le battute del copione, il giusto ritmo, i tempi e la trama in quel grande teatro all'aperto che mandava in scena la commedia dell'estate pugliese e sembravano una compagnia di attori già molto bravi, dove un debuttante fatica a trovar posto.

ALBERTO

«Allora è tutto pronto: tra due settimane partiamo per Istanbul!» Alberto me lo comunicò a bruciapelo ed era ormai settembre, sicché io davvero non ci pensavo più da quando il mese prima avevamo parlato di unirmi alla crociera che si regalava con la moglie Cristiana ogni estate.

«Dove ti piacerebbe andare?» chiese lui ed io subito, senza neanche pensare rimandai: «A Istanbul!», una città mai vista che a causa di una vecchia storia mi evocava l'idea di un sogno incompiuto; ma non facevo proprio sul serio, mi fosse piaciuto il polo sud avrei detto quello.

«Come Istanbul? Possibile che tu mi abbia preso sul serio?» ripresi. Alberto mi guardò con un sorriso di compiacimento: era un anfitrione sicuro di sé e un po' petulante a volte.

Alberto era l'erede unico di una solida casata allevato alla maniera dei college inglesi. Un punto fermo nell'incontro di energie in quell'angolo di universo che rendeva tutti noi figure evanescenti e precarie in un contorno così diverso. Era diventato in breve tempo il mio miglior amico, abitava poco lontano da casa mia in una grande villa che suo padre, un ex console morto vent'anni prima, gli aveva lasciato in eredità. Alberto l'aveva trasformata in una bella *country house* che affittava ai turisti, mentre lui appena poteva, girava il mondo in barca a vela. C'eravamo conosciuti sul molo proprio mentre ammiravo il suo yacht d'epoca CORINNA che lui stava ormeggiando alla banchina. M'investì con la sua voglia di vivere, il suo parlare schietto e convinto.

Con Alberto trascorrevamo ore a far discorsi su Corinna, bevevamo birra, parlavamo di donne, di vita e viaggi esotici. Sembrava uno che aveva visto tanto: un Saturnino Farandola personale che mi raccontava di viaggi avventurosi, gente diversa, mondi affascinanti che mi trasportavano in dimensioni fantastiche ed io avevo molta fame di cose vissute.

Alberto era presto diventato un famoso avvocato, giovane, ma già affermato e si era specializzato in diritti umani coniugando perfettamente la sua disposizione all'iperbole, col lavoro. Non frequentava molto gli altri del borgo, con sua moglie Cristiana se ne stava distaccato come un lord nell'ala privata della sua bella tenuta, ma nonostante ciò era benvoluto, era impossibile trovare qualcuno in paese che ne parlasse in termini poco lusinghieri. Lo ritenevano solo un po' eccentrico, ma in effetti era davvero uno fuori dal coro.

Stavamo seduti sul pozzetto di Corinna che ciondolava paciosa all'attracco del porto, mentre io gingillavo con la ruota del timone e lui mi guardava incuriosito puntandomi addosso gli occhi da lupo, neri e penetranti. Li vedevo scintillare da sotto la visiera bianca col logo Louis Vuitton Cup, contornati dal suo viso squadrato e scurissimo d'abbronzatura. Si sporse verso di me piegando il collo, guardandomi dal basso verso l'alto con l'aria sbarazzina di un George Clooney qualsiasi e disse: «Potevo perdere tempo secondo te con tutto quello che c'era da fare? Ormai mi conosci: quando una decisione è presa, è presa.» Confermò così i propositi di viaggio, allungandosi un po' sotto il sole nel pozzetto in teak di Corinna visibilmente compiaciuto. Guardò in alto verso il pennone dell'albero come fosse concentrato su qualcosa, poi ritirandosi su di scatto aggiunse: «A proposito, con Cristiana abbiamo pensato che dovresti invitare qualcuno. Mica vorrai fare il viaggio tutto solo a tenerci il moccolo?!» strizzò l'occhio stirando comodamente le gambe sulle assi di teak della panca, quindi allargò le braccia sul paraspruzzi esponendo la faccia abbronzata per godersi il sole splendente sulle nostre teste.

Aveva un grande fascino Alberto, era uno degli uomini più ammirati della provincia, ma lui era innamoratissimo di sua moglie Cristiana e questo lo rendeva ancor più glamour della sua tenuta da skipper, con la polo bianca, i pantaloni con le pince e le Timberland da barca. Io che così fortuitamente ero diventato suo amico sono sempre stato un tipo parecchio più rustico e offrivo un motivo notevole di contrasto alla scena nella mia uniforme d'ordinanza con la camicia di fuori, le maniche arrotolate e un paio di antichi jeans sulle Clarks abusate; in effetti il massimo del mio prêt-à-porter, anche se non quel giorno, era una vecchia giacca mimetica dell'esercito italiano. Per Alberto invece quella era un'occasione per mettersi in libertà giacché di solito era impaludato in più formali completi scuri dentro rigorose aule di tribunale.

«Mi piacerebbe chiederlo a Claudia» confidai, sapevo che lei era una cara amica di Cristiana, «ma ho paura che il padre le faccia storie con la scusa del negozio» continuai ammettendo le mie remore riguardo al progetto.

«Non preoccuparti, Cristiana conosce bene il padre di Claudia, vedrai che lo convincerà a lasciarla venire.»

«Spero proprio di sì, almeno avrò l'occasione per uscirci. E poi io non ho mai fatto una crociera su una barca così bella, non ho mai fatto una crociera in realtà.»

«Oh vedrai che ti divertirai, ma non credere che starai senza far niente, su una barca a vela l'equipaggio deve lavorare di braccia, quindi ti guadagnerai il viaggio come marinaio.»

«Va bene, questo non mi spaventa anzi, mi piacerebbe molto imparare a navigare.»

«Avremo anche il tempo di tirare fuori il capitano che c'è in te» affermò scherzosamente, poi cambiando discorso chiese: «E dunque ti piace Claudia eh?! Beh è una gran bella ragazza. Ma fai sul serio?»

«Eh adesso non corriamo, ci siamo visti qualche volta al Maltese, ma è la prima volta che le chiedo di uscire. Non so neanche come la prenderà; poi Istanbul, così su due piedi...»

«Uh! Verrà vedrai, ci penserà Cristiana, non essere pessimista, per convincerla basterà parlarle un po' del tuo fascino da poeta maledetto.»

«Sì bravo, scherzaci, tanto ormai sono abituato agli svantaggi del mestiere.» Lo dissi caustico, perché quello del privato era un territorio sensibile per me, in cui come un riccio in difensiva alzavo le spine immediatamente; e infatti soltanto pochi potevano addentrarvisi, ma con circospezione, a causa dei miei ripetuti fallimenti in fatto di musica e donne. La mia vita sentimentale specialmente era un argomento tabù di cui malvolentieri parlavo, al massimo con un paio di persone nel raggio di seicento chilometri, considerando che i miei da Roma evitavano accuratamente di farmi quelle domande da almeno dieci anni, tranne che a maggio per il mio compleanno e a Natale, naturalmente quando li chiamavo io.

«Quali svantaggi?» s'incuriosì.

«Non lo sai che per le ragazze un musicista è come il maestro di tennis? L'occasione di una bella avventura, ma non fanno mai progetti seri.»

«Sarà perché sei più preso dalla musica che dalle ragazze» osservò sarcastico Alberto.

«Sì, tu ci giochi, ma non sai quanto questa cosa mi fa incazzare. Hai presente le storie mordi e fuggi? Ormai sono anni che va avanti così e non ne posso più.»

«Scusa» si parò ridendo «però tu devi essere un po' più obiettivo, soprattutto se poi ti dà così fastidio. E cavolo, se non vuoi il mordi e fuggi, forse dovresti essere tu a scegliere meglio con chi te la fai. Mica puoi prendertela col tuo lavoro se poi quelle poverette ci stanno.» Appena ebbe detto questo, mi salì un gran nervoso e quasi mi prese un crampo allo stomaco. Alberto era un saggio consigliere, d'altronde era una caratteristica del suo lavoro, ma a volte per una sorta di deformazione professionale debordava assumendo accenti moralisti e pedanti esasperati da un'educazione cattolica che io non gli perdonavo. Questo scatenava dispute accese in cui ce le davamo di santa ragione per effetto della nostra cocciutaggine, delle nostre idee e dei nostri caratteri così diversi. Del resto io avevo frequentazioni indiscutibilmente progressiste e i bigottismi mi suscitavano un senso di spontanea insofferenza. Al contrario l'idea di una vita libera in sintonia con gli ideali della bandiera della pace mi sembravano la cosa più ovvia del mondo, sicché non mi trovavo per niente male in mezzo a hipster e figli dei figli dei fiori anche se venivo da una famiglia indubitabilmente tradizionalista. Comunque proprio non mi sentivo calzare in nessuna di quelle definizioni, perché di fatto della politica non me ne fregava niente, ero da sempre un anarcopacifista e alla fine sceglievo le persone per come ci stavo bene insieme. Del resto anche con Alberto le dispute ruotavano più che altro attorno alle spicciole questioni esistenziali che investivano le nostre vite.

«Parli bene tu. Che ne sai della vita di un musicista squattrinato? Le ragazze serie ti trattano come un poveraccio e in compenso attiri come una star di Hollywood le pazze scatenate.»

«E tu quindi che fai?» mi sfidò.

«Vabbè uno ci sta per carità, ma ho una dignità anch'io, a un certo punto metto un limite. Ci si stanca di giocare.»

«Accidenti che situazione snervante!» disse sarcastico «Ma è possibile che tu non abbia mai avuto una ragazza fissa da quando suoni?»

«Nessuna! Solo avventure da dieci anni e se permetti, penso di avere il diritto di sentirmi stufo.»

Seduto davanti al timone, poggiato sui gomiti, abbassai la testa a osservare le venature del teak del pozzetto; era deprimente tirare fuori quei ricordi davanti ad Alberto, non volevo rifiutarmi di parlare con lui eppure sul punto serbavo ancora un grande pudore che m'impediva di aprirmi.

«Solo avventure?» chiese per approfondire assumendo un contegno professionale; come lo psicologo al paziente e più probabilmente l'avvocato con l'assistito reo confesso.

«Sì e dopo un po' non le ho più contate.»

«Certo che se ti fai tutte quelle che conosci, poi è normale che le ragazze serie ti evitino. Come pretendi che si fidino di te?» Dapprima sorrise, ma poi assunse un'espressione indagatrice che gli segnava la fronte, come sembrasse sinceramente interessato a quei dettagli della mia vita.

«Sarà, ma io non ho mai chiuso la porta in faccia a nessuna.»

«Ma fammi capire: com'è che non ti sei innamorato mai?»

«In un'occasione ci sono andato vicino forse, ma è finita presto. Penso di non essere fatto per queste cose.»

«E come la vivi?»

«In che senso?»

«Nel senso che ci stai male, vorresti una famiglia o non te ne frega niente?»

«Non saprei, adesso sto bene, ma è certo che nella mia situazione precaria non ci penso proprio a farmi una famiglia.»

«Single a vita?»

«Beh, non dico questo, ma in un certo senso ho smesso di crederci. Magari se incontrassi la donna giusta. A me l'amore mi sembra una di quelle cose per pochi, come diventare ricchi: non capita mica a tutti anche a volerlo; a un certo punto me ne sono fatto una ragione. Del resto ho inseguito altre cose» esposi con fatalismo il sunto della mia storia tanto misera di risultati.

«Perciò hai sacrificato il cuore per la carriera?» domandò in tono neutro Alberto e tuttavia la domanda mi mise a disagio più di prima, perché aveva a che fare con l'esperienza dolorosa di Sammy Scarda che non ero ancora riuscito a metabolizzare nonostante fossero passati tre anni. Strinsi i pugni al riemergere dei ricordi prima di rispondere, ma sentii che mi avrebbe fatto bene sfogarmi un po' e cominciai: «In realtà solo all'inizio ho sperato di sfondare, ma dopo quattro anni di lavoro a Bologna ho odiato il mondo della discografia. Quando ho capito come funzionava quell'ambiente lì me ne sono andato perché alla fine mi sono reso conto che non ci credevano più e forse non ci avevano mai creduto. Ma intanto quegli stronzi tenevano in ostaggio le mie registrazioni perché gli interessavano i soldi del mio produttore esecutivo. Era un amico di famiglia e per colpa di questa storia adesso non lo sento più.»

«Uhm... capisco... e quindi che hai fatto dopo?»

«Alla fine ho girato cercando di piazzarmi a qualche etichetta discografica: Milano, Roma, tutto inutile senza un appoggio, così ho mollato tutto schifato di ogni cosa e mi sono ritrovato qui. Fine della storia.»

Espirai forte con sollievo dopo aver tirato fuori il rospo e mi rimisi a gingillare con la ruota del timone di Corinna. Alberto mi guardò come se avesse capito perfettamente la situazione e apparve per qualche istante intenzionato a intervenire sull'argomento, poi sembrò invece voler prendersi del tempo. Si voltò verso il lato sgombro di Corinna e seguì un gabbiano planare sul pelo dell'acqua per catturare un pesciolino. Si era alzato un venticello che faceva ondeggiare lievemente la bandiera della marina italiana a poppa della barca e allontanava la cappa di umidità che stazionava sul porticciolo. Alberto osservò un momento la stoffa che svolazzava alle mie spalle, poi come avesse stabilito qualcosa dentro di sé, si mise su e attaccò con energia: «Dunque adesso non cerchi l'amore...» segnò con il pollice, «nemmeno t'interessa la carriera...» segnò con l'indice, «hai mollato tutto... insomma non combatti più per niente!» incalzò con medio e anulare sporgendosi minaccioso nella mia direzione. Mi lasciò piuttosto interdetto. Mi attendevo un po' di empatia, magari una difesa d'ufficio, ma lui sembrava molto più intenzionato a ridefinire i contorni della mia vita privata e visto come ciò lo appassionava abbozzai una risposta.

«Ma non è che non m'interessa più niente. Per adesso mi basta quello che ho e non cerco di più» mi giustificai, a me sembrava una posizione tutto sommato ragionevole.

«Buon Dio Fabian! Dovresti sentirti.»

«Ma perché scusa?»

«Perché parli come un bambino viziato che si aspetta soddisfazione solo per essere venuto al mondo. Devi crescere un po' se vuoi concludere qualcosa» sbottò.

«E perché? Credi che basti tutto questo a giudicarmi?» No, proprio non mi andava giù che qualcuno che non aveva vissuto la speranza, la pazzia e l'impegno di quei giorni incredibili si sentisse autorizzato a farmi il processo. «Con tutto il rispetto Alberto: ma che ne sai tu?»

«Te la dico come meglio posso Fabian, il mio è un discorso da amico che nessun avvocato ti farà mai; perciò lascia stare il tuo orgoglio ferito, dimentica il tuo punto di vista e fai finta che io non sia neanche un legale, lascia stare torti e ragioni quelli sono un'altra questione che non ti fa vedere l'essenziale.»

«E l'essenziale qual è?»

«Che questa storia è una scusa e tu sei rimasto incompiuto. Ti sei attaccato a una banale disputa ferma a un tempo che ormai non c'è più e non riesci a superarla, non fai proposte, non fai nulla. Credi forse che il tuo vecchio produttore si sia fermato? Oggi tutto dipende da te eppure non fai niente in attesa che le cose ti piovano dall'alto.»

«Ma che dovevo fare? Avevo le mani legate, tenevano in ostaggio le mie registrazioni. Avevo investito tutta la mia vita in quel progetto.»

«Ma che te ne frega ormai? È stato ieri! Che c'entra col presente? Avrai incontrato pure dei furfanti, può succedere, ma porca miseria! Le fregature le prendiamo tutti, non è possibile che tu continui a incolpare quel fatto lì di tutti i mali del mondo.»

«E allora che devo fare?»

«Cambia prospettiva! Buttati la cosa alle spalle: chi ha dato ha dato, chi ha avuto ha avuto.»

«Sì! Ti sembra facile a te.»

«Mettila così: io ti ho sentito suonare e per quel che conta ci vedo la stoffa, ma la gente non sa nulla di te, sì sente la musica, ma non vede la persona. Eppure sei un artista, sei nella condizione di dire quello che gli altri si sognano, ma se lo sei veramente, allora devi parlare più forte.»

«Ma io so soltanto suonare.»

«Ma dai? Io penso che tu debba scoprirti un po' e far vedere di più quello che sei.»

«Io faccio del mio meglio, ma non voglio che ci vada di mezzo anche la mia vita privata.»

«Ma se è proprio questo che la gente vuole da un artista! Che racconti la loro vita attraverso la sua. Le persone si riconosceranno in te se tu ti apri, ma vedo che in realtà tu non lo vuoi per nulla. Hai trovato la tua comodità senza rischi e ti ci sei seduto sopra, come un adolescente orgoglioso preoccupato solo dei giudizi del gruppo. Non tenti davvero di metterti in gioco o forse non credi veramente in quello che sei? Sì sei un bravo chitarrista, suoni bene, ma un artista? Se non ne sei consapevole tu come puoi convincere gli altri? E poi guarda che questo vale nella musica come nell'amore: se non ti scopri con un pubblico che ti vede da lontano, figuriamoci come potresti farlo con chi ti sta vicino.»

Rimasi ad ascoltare a bocca aperta, Alberto era stato davvero troppo ingiusto, forse il suo intento era proprio di provocarmi, ma ebbi la sensazione di essere stato pugnalato alla schiena diverse volte. Tentai di balbettare una risposta con la sola idea di non dargliela vinta.

«Così secondo te io sarei solo un perdente? Io cercavo solo il consiglio di un amico e tu che fai? Mi aggredisci così! È così che tratti i tuoi clienti? Li ammazzi prima del boia?» non riuscii ad aggiungere altro, lo dissi difendendomi. Non sopportavo l'idea che Alberto mi facesse un processo sommario, trovavo crudele e insensibile quell'incursione nelle mie cose più care.

«Non ho mai pensato di giudicarti, ma a un amico dico quello che penso» rispose calmo, poi si allungò per mettersi più comodo sulla panca, sembrava a suo agio nel ruolo del carnefice e aggiunse: «Il tempo non è infinito, dovrai dare un senso alla tua vita prima o poi» rincarò la dose guardando distrattamente in alto verso il segnavento dell'albero come se la cosa non lo riguardasse minimamente e più si distraeva più m'innervosivo. Eppure preferivo restare là a farmi crocifiggere senza alzarmi e andarmene come avrei fatto in qualsiasi altra circostanza; lui sembrò rendersene conto, si alzò e disse: «Aspettami qui, torno subito...» e scomparve scivolando giù nel tambuccio che portava sotto coperta. Lo sentii armeggiare brevemente, finché qualcosa si chiuse con un tonfo e dopo un minuto lo vidi ricomparire da dov'era sceso recando due bottiglie di birra dal collo lungo già stappate e schiumanti.

«Birra!» esclamò trionfante «Ce n'era bisogno no?»

«Eccome se ci vuole. Amico mio, tu sei un vero moralista del cazzo, se non ti volessi bene, ti avrei già mandato a quel paese» dissi per nulla esagerando.

«Uhuh! Addirittura? E tu pensi che non lo veda?» sorrise sicuro di sé, «Ma per me sei un amico e certe cose te le voglio dire in faccia. Caro mio tu hai bisogno che qualcuno ti sbatta di fronte la verità perché rischi di autoassolverti» infierì per nulla impensierito dal mio disappunto.

«Fottiti! Almeno, fammi bere 'sta birra in pace» e schioccammo cameratescamente i colli delle bottiglie gustando lunghi sorsi dissetanti di birra amara sotto il sole brillante del pomeriggio. Ci guardammo e sembravamo quasi due fratelli molto diversi che si rincontravano dopo anni di lontananza.

LA MORALE DEL CARRELLO

Dopo che l'intermezzo rinfrescante ci aveva restituito le energie, riprendemmo la conversazione e stavolta partii subito all'attacco.

«Sai non dovresti parlare così, tu sei un privilegiato Alberto per te è facile giudicare.»

«Non credo di aver giudicato nessuno» controbatté con calma.

«Oh sì invece, tu giudichi le mie scelte, ma la tua situazione è molto diversa dalla mia, io non ho potuto scegliere liberamente. I miei non condividevano niente di quello che avrei voluto fare, saranno stati in buona fede, ma che dovevo fare? Anche oggi non accettano la mia vita, si sono solo rassegnati, secondo te non è un peso questo per me? Ho dovuto inventarmi da solo, andando contro tutti, improvvisando il più delle volte. Non ho avuto la strada tracciata come Pollicino. Tu che sei stato appoggiato e consigliato in ogni cosa sei un cazzo di privilegiato e sei un bell'ipocrita a non riconoscerlo.» Non appena ebbi pronunciato quelle parole, mi prese un certo senso di colpa. Alberto vedeva le cose da un punto di vista diverso, ma sapevo che non intendeva offendermi, eppure aveva suscitato dentro di me un moto così irrefrenabile di ribellione che non ero riuscito a dominare la mia difesa scomposta.

«Sbagli.» interruppe con una calma compassata che contrastava con gli accenti striduli della mia voce.

«Neanche io ho ricevuto le istruzioni. Quando è morto mio padre mi sono piovute addosso tutte insieme le sue responsabilità, tutti si aspettavano che io occupassi quel vuoto. Ero solo un ragazzo alle prime armi, non avevo ancora finito l'università; tu non hai idea di quanta gente è venuta a cercarmi per continuare a tenere in piedi quello che faceva grazie a lui e non immagini neanche le proposte illegali che ho ricevuto, i soldi promessi, i favori. Non sapevo di chi fidarmi, ero solo. Mia madre era il sostegno morale di papà, ma lei è sempre stata fuori dalle sue faccende di lavoro, lui mandava avanti la baracca da solo. Quando è morto, anche la mamma arrivò presto al limite... è stato un brutto momento, piangeva spesso. A volte sembrava tutto finito e in quelle volte lei mi diceva solo: "Prega"; non ce la facevo più, puoi immaginare come mi sentivo.»

«Pregare?»

«Già... e sai che facevo io?»

«Direi che facevi il bravo ragazzo.»

«Bravo! Pregavo. E sai perché? Perché l'ho visto da mio padre ed è una cosa che non si può dimenticare. Capisci? Papà non era infallibile, anche lui era una persona normale che cercava risposte, che poteva sbagliare. Allora ho capito che nessuno nasce con le istruzioni in mano. Ci sono momenti della vita in cui nessuno può aiutarti e certe volte scatta qualcosa dentro, ti accorgi che devi confidare in qualcosa più grande di te.»

«Ma che c'entra questo discorso?»

«C'entra» disse mettendosi dritto «se adesso mi lasci dire quello che penso.» Mi guardò fisso e attese il mio assenso.

«E chi ti frena?!»

«Allora diciamo che ti trovi in un grande supermercato con la lista della spesa in mano... che cosa metti nel carrello?»

«Boh? Che ci metto?»

«Per esempio potremmo dire che ti limiterai alla lista e quello che non è in lista non lo ficcherai mai dentro?»

«Va be' e allora?»

«Allora ti accorgeresti che non puoi sapere al cento per cento tutto quello che ti servirà per il futuro. Che fai a quel punto, compri tutto il supermercato?»

«E quindi?»

«Quindi, il problema è che la gente si comporta così per tutto. La questione è se essere disposti o no ad accaparrarsi ogni cosa. Hai mai visto qualcuno che non si affanna così?» E subito si affacciò alla mente l'immagine di Ares come l'avevo visto l'ultima volta, ma considerai che dopo tutto fosse un caso raro.

«Veramente sì e comunque è normale che ognuno cerchi di farsi gli affari suoi.»

«Già e a quanto pare la felicità starebbe solo nelle cose materiali, come se si potesse comprare tutto al supermercato. Ma senza ideali mi spieghi che vita sarebbe?» Alberto parlava con occhi ispirati che guardavano molto avanti. «Eppure» proseguì, «quanti sogni inutili.»

«Vabbè, dai, in fondo è normale desiderare quello che ci piace e con gli ideali non si mangia» dissi questo e nello stesso istante mi accorsi che stavo parlando come mio padre, me ne rammaricai segretamente e cercai di seguire Alberto con un po' più d'interesse.

«Sì, ma non basta togliersi le voglie per essere felici. O tu pensi che sia così?» concluse sbrigativo e fece una lunga pausa. «Sai...» continuò «nel mio lavoro ho conosciuto due tipi di persone: quelli spietati, competitivi, pronti a mettere le proprie ragioni davanti a quelle di tutti gli altri; e poi gli arrabbiati, quelli spaventati dal mondo, chiusi nel loro bunker di diritti negati a reclamare una giustizia astiosa contro ogni male. Per entrambi vedo solo la ricerca di continue rivalse e conferme reciproche, tutte confuse dentro un grande senso di vuoto» fece una nuova pausa ispirata.

«Perché?» chiesi incuriosito.

«Perché guardano solo a ciò che vogliono senza pensare a ciò di cui hanno bisogno! Si fissano lì e smettono di guardare l'orizzonte, ignorando che ci sono risposte davvero importanti per loro.»

«Ma non siamo mica tutti così.»

«Davvero? Però continuiamo a lasciarci persuadere che l'unica cosa davvero essenziale sia avere la pancia piena, il benessere, finché alla fine ci crediamo. Ma stiamo morendo di benessere.»

«Un po' ti do ragione, ma non puoi pensare che la signora Pina che fa la spesa al mercato ti capisca.»

«Dipende come le parli. C'è un linguaggio che capiscono tutti e se si parlasse di più, ci capiremmo molto meglio.»

«Cioè?»

«Quello della dignità, del rispetto, dell'amore. Tutti sanno che amare gli altri è una cosa importante, l'amore lo capiscono tutti.»

«Ma Albe'! Dove vivi? Amore? Quello dei giornali? Le emozioni da lacrimuccia dei programmi TV? Dove lo vedi tutto st'amore oggi? Ero pieno di amori così: infatti ho chiuso!» tagliai corto.

«E quindi che ne pensi?»

«Boh, non ne ho più idea ormai... penso che il più delle volte ci riempiamo la bocca di una parola vuota.»

«Oh no, invece bisogna intendersi sull'amore: l'amore è il contrario dell'egoismo; guarda che la parola giusta per descrivere l'amore non è mica l'emozione, come dici tu, è l'impegno.»

«Che c'entra l'impegno con l'amore?»

«C'entra perché col mito della passione, della sbandata non si arriva lontano. Secondo te ha senso che ci voglia un'emozione sempre a mille per restare insieme, se no addio? No, una relazione per essere autentica ha bisogno d'impegno. Okay l'idea di amore che va di moda è una specie di romanticismo ondivago e inaffidabile, ma se l'amore fosse davvero questo Cristiana ed io ci saremmo lasciati da anni.»

«E non avete mai avuto una crisi?»

«Ma è ovvio che sì! Le crisi sono un fatto normale quando due persone stanno insieme, superarle è questione d'impegno. Bisogna essere alleati, ci vuole fiducia. Le emozioni vanno e vengono, ma alla fine è l'impegno la cosa che mette davvero alla prova l'amore.»

«Quindi che cosa dovremmo fare secondo te?» domandai cominciando a sentirmi un po' frastornato.

«Bisogna sporcarsi le mani, darsi da fare, rischiare. Ogni relazione pretende uno sforzo di fiducia.»

«Ma non è possibile fidarsi completamente di qualcuno!»

«Questo lo dice chi si fida solo di se stesso.»

«Perché tu non lo fai?»

«Forse non con tutti, ma comincio dando fiducia a chi mi vuol bene e per il resto mi affido a Dio.»

«Magari bastasse Dio per risolvere i casini della vita» contestai beffardo e lui stette in silenzio, portò indietro il capo, guardò in alto e così rimase. Feci uno sforzo per racimolare i contorni del suo discorso, poi tornando serio ripresi: «Senti Alberto... lo sai, io sono una persona... con questi argomenti non mi trovo a mio agio.» Da anni non pensavo più a certe cose. Quando te ne vai da casa e cominciano a pioverti addosso tutte le occasioni della vita, poi diventa difficile fermarsi a riflettere. Mi ero lasciato trascinare nella gazzarra delle nottate perugine e bolognesi, ne avevo viste di tutti i tipi e di tutti i colori. Riconosco che non esisteva nessuna etica, nessuna morale ed io mi ero accodato a un civilissimo vivi e lascia vivere. Ogni notte era una festa speciale, ogni locale in cui suonavo aveva le sue cameriere o clienti affezionate. Tutte ragazze in vena di divertimenti, in genere studentesse fuori sede o impiegate annoiate, tutte con la fregola di una libertà autogestita di cui era davvero impossibile non approfittare. Perché le nuvole del paradiso a volte sono semplici lenzuola profumate di bucato tra cui svegliarsi la mattina e per un povero diavolo senza un domani è irresistibile la tentazione di una pelle diversa ogni notte. Il resto lo facevano le occhiate complici degli amici: "Ci sei andato?", "Ce l'hai fatta?" e così via... Una vita così ti anestetizza parecchio rispetto al resto. Poi ogni tanto accade qualcosa che ti fa fermare; così quando scopri che un amico se n'è andato in un brutto incidente la cosa lascia tutti scioccati per un paio di giorni e poi si riprende il solito andazzo. Oppure, "l'Indigeno" si fa beccare a spacciare pasticche in discoteca e giù allora coi commenti: "Io lo dicevo che prima o poi l'Indigeno faceva una cazzata!"; "Ma no! Dai, in fondo è un bravo ragazzo, era senza soldi..." Tutti bravi ragazzi. Eravamo sempre bravi ragazzi, ciascuno in cerca di una via; ma di certo non portava né agli altri, né a Dio.

«La gente non parla mai di Dio, eppure prima o poi si trova ad averci a che fare» intervenne Alberto.

«Ma siamo nel duemila e passa, a Dio non ci crede più nessuno!» sentenziai insofferente «e poi per amare non serve Dio!» conclusi con indifferenza.

«Ma perdiana, a me sì! E l'ho imparato da mio padre e mia madre» ammise candido «tu non capisci che quando uno incontra Gesù ama senza aspettarsi che l'altro faccia la prima mossa.»

«Quando uno incontra chi?! Mettersi in bocca Gesù Cristo è sempre facile per uno ricco come te! *Mavaccagare Albe'!*» obiettai crudele.

«Siccome tu non lo vedi, non vuol dire che non c'è» rispose. Appariva toccato, ma inspirò forte e s'acquietò col fare del santo.

«Questa è una stronzata New-age!» tagliai netto.

«Be', non preoccuparti, Dio o chi per Lui, starà fuori fintanto che tu lo lascerai fuori» rispose cercando di dominarsi. Alberto ci metteva tutta la buona volontà, ma le sue lezioni morali mi davano sui nervi. Non ero un bambino! Mi voltai verso la passerella e sbuffai desiderando di andarmene lontano da quei discorsi fastidiosi.

«Ti ho irritato vero?» chiese.

«Te ne sei accorto?» reagii sarcastico.

«Con un amico parlo chiaro» ribatté.

«Se sei un vero amico, la prossima volta odiami!»

«Testardo!» proferì secco; e con ottima scelta di tempo si alzò per recuperare un altro paio di bottiglie lasciandomi solo; ero scazzato non volevo discutere, desideravo solo un'altra birra.

Da allora non riprendemmo più l'argomento, l'amicizia non ne uscì danneggiata: Alberto non cercò più di cambiarmi, io imparai a rispettare il fatto che credeva in qualcosa molto più di me.

CORINNA

Corinna si mosse pigramente quando Alberto scavalcò col piede la battagliola e l'elefantino di giada usato a mo' di fermacarte traballò sul tavolo da carteggio proprio davanti a me. Stavo diligentemente appuntando su un post-it giallo le notizie che la capitaneria di porto riferiva sui venti e le previsioni per i prossimi giorni, poi quando ebbi terminato, staccai il foglio e lo appiccicai bene in vista sulla bacheca. Claudia scostò i capelli da una parte e mi lanciò un'occhiata veloce dal divanetto del quadrato, distogliendosi infine dalla lettura di un libro quando Alberto si chinò entrando dal tambuccio e poggiò sul tavolo le ultime scorte per la cambusa.

«Cristiana ha telefonato, ha detto che sarà qui a momenti» informò, mentre riponeva una gran quantità di scatolette nella dispensa. I preparativi di un viaggio per mare sono molteplici e ognuno ha la sua giusta dose di mansioni: fare le provviste era una di queste e di solito competeva allo skipper, che aveva programmato il piano di viaggio, il tempo delle rotte, delle soste, dei pranzi e dei turni al timone; sicché Alberto aveva dato a tutti alcune istruzioni essenziali, lasciandoci il tempo di prendere confidenza con la barca.

«Io vado fuori a prendere una boccata d'aria» li informai uscendo, «le previsioni sono nella bacheca: per il week end sarà bello» aggiunsi.

«Molto bene!» rispose distrattamente Alberto indaffarato con la spesa e lo lasciai lì intento a riporre, per appartarmi in coperta a fumare e contemplare la bella giornata di sole, con le ondine che occhieggiavano a pelo d'acqua tra il bianco delle barche e il blu-turchese del mare.

Aveva navigato sempre Corinna, ma sembrava appena uscita da un progetto di Sparkman & Stephens, con l'odore del legno ancora fragrante nei suoi cinquantadue piedi che Alberto manteneva in maniera impeccabile. Lo yacht era stato acquistato dal padre di Alberto negli anni Sessanta e lui lo abitava quasi più della grande country house di famiglia, Villa Esther (come sua madre), dove viveva con Cristiana, occupandone l'ala più remota vicina al parco privato. Alberto lasciava che suocera e nuora gestissero insieme Villa Esther per accogliere i prestigiosi clienti, che spesso erano proprio i suoi colleghi di lavoro. Mentre della country house Alberto si curava poco, delegando al resto della famiglia l'amministrazione di tutto, riservava a Corinna uno spazio speciale, molto più di quanto si darebbe a una bella barca d'epoca. Corinna rappresentava intatto il ricordo di suo padre, che adesso giaceva sepolto dentro un'urna scolpita nel travertino in un posto riservato alle personalità illustri nel cimitero del borgo. Fin da bambino Alberto era cresciuto dentro gli scricchiolii del legno marino e quando il vecchio era morto aveva cominciato a curarsi di Corinna in maniera quasi maniacale, come se dentro a quello scafo il suo spirito potesse restare in vita. Si capiva che per lui era il simbolo di una casata libera e avventurosa in cui affondava le radici e da cui attingeva ogni giorno i suoi valori. "Le radici sono fondamentali per sapere chi sei, da dove vieni e dove vai" ripeteva sempre.

Poco dopo sulla bici arrivò Cristiana, la moglie di Alberto. Di primo acchito si può subito dire che Cristiana e Claudia erano belle tutte e due, ma di bellezze differenti e a bordo portavano un clima spensierato: proprio ciò che ci voleva per cominciare col piede giusto una vacanza. Ero dell'idea che le due amiche si somigliassero alquanto, avevano entrambe gusti simili, modi spigliati, erano moderne e aggiornate, così che Cristiana faceva bene da contraltare ad Alberto (che invece dava l'idea di essere un tipo all'antica). A conoscerle meglio tuttavia si capiva che erano profondamente diverse: Claudia era un pezzo di ragazza dai colori e lineamenti nordici, estroversa, solare, forte e indipendente. Era la figlia del titolare della boutique più in di Bari, per questo vestiva sempre alla moda; oggi portava in giro con allegra leggerezza una mise anni sessanta con shorts rosa e una camicetta bianca strizzata in vita. Pur non passando inosservata sapeva essere sobria, con un filo di ombretto color caramello per gli occhi azzurri, gli zigomi alti e le labbra carnose tinte appena appena di fucsia; il make-up perfetto per un carattere forte e assertivo. Cristiana invece era più minuta, longilinea, castana, quasi bruna, con i capelli che cadevano lisci sul viso affilato e gli occhi cervoni, svegli e attenti; una donna intelligente e alla mano, dall'indole pacata, per metà francese da parte di papà, anche lui avvocato che era stato un caro amico del padre di Alberto. Sua madre in gioventù era stata una vivace ragazza italiana di buona famiglia, vagamente ribelle, che oggi fa la giornalista; invero Cristiana parlava con rara ricchezza di espressioni e un accento indefinito e molto sexy. Con Alberto si conoscevano da sempre e infatti avevano fatto sempre tutto insieme, anche l'Università Cattolica del Sacro Cuore, dove le famiglie, profondamente religiose, li avevano mandati a studiare. A guardarli, pensavo che probabilmente Alberto e Cristiana si piacessero sin da bambini, anche se la scintilla era scoccata soltanto alle giuste condizioni ambientali. Così oggi, dopo due anni di matrimonio e sette di fidanzamento, sembravano ancora due fidanzati alle prime uscite.

«Via così!» strillò Alberto dal pozzetto come in un romanzo di Conrad. Corinna prese l'abbrivio uscendo scoppiettante dalle braccia materne del porto, che ci salutava con la sua Madonnina dei naviganti. Dall'ultima boa dov'era relegata, la campana di segnalazione dondolava note inquietanti, mentre noi per contro, gridavamo un'allegra pazzia di ragazzi. Alberto dava istruzioni a tutti durante i bordeggi per portarci al largo, spostandoci qua e là sul ponte per sbandare la barca. Si fece prendere solo un po' la mano a sbraitare come il capitano Achab da farci ridere di gusto, quando più al largo avvistò dei delfini che ci precedevano solcando l'acqua con allegri salti; era una luminosa giornata di vento teso che sembrava fatta apposta per le nostre vele. Ormai eravamo lontanissimi dalla costa, diretti verso l'arcipelago nel mare d'Oriente. Avevamo avuto fortuna, sole e mare cicaleggiavano di bagliori avanzando sul pelo dell'acqua profonda. Leggeri sussurri di vento filavano tra il sartiame e il luccicare di ottoni, mentre la prua incideva l'acqua come una penna e disegnava uno svolazzo di morbida scia che ci lasciavamo dietro dallo specchio di poppa col nome Corinna dipinto a grandi lettere dorate. Splendide, distese sotto il cielo caldo come sirene dalla pelle unta d'olio al cocco, le ragazze nell'intimità della tuga si scambiavano segreti amorosi.

Dondolava dolcemente Corinna, cullata dal mare, mentre il clima dolce di quella fine estate impreziosiva ogni istante della traversata. Ero così esaltato che cercavo di imprimermi nella mente ogni dettaglio. Al largo il mare ha un altro aspetto, è diverso da come appare da riva; non è più un orizzonte che non puoi raggiungere: stai andando a prenderlo, ti fa sentire vivo, comincia smuoverti dentro, accende i colori dello spirito e ti riempie di pace, finché ne diventi parte.

CLAUDIA

La notte immersa nel silenzio faceva uno strano effetto in mezzo al mare, avevo pensato al termine di quell'intensa giornata, mentre nello sfumare del crepuscolo guardavo accendersi la volta di stelle.

La cena che Alberto aveva cucinato, giostrando ai fornelli come uno chef un po' fanfarone, era stata ottima e ora bevevamo Porto e fumavamo gettando la cenere nei piatti sporchi. Nell'aria frizzavano discorsi e confessioni. Ci guardavamo con rapide occhiate fugaci Claudia ed io e mi sentivo allegro ed eccitato, lei come sempre appariva solare e sicura di sé.

«Come sei gentile!» sussurrò Claudia all'orecchio col suo timbro caldo, respirandomi contro così vicina da farmi salire un brivido sul collo.

«Io sono sempre gentile» rimandai flautato flirtando con lei, mentre si stringeva sul divanetto per farmi accostare.

«Ma guardate che piccioncini!» s'intromise Alberto ironico «Che dici Crissy? Li lasciamo soli?» ammiccò a sua moglie.

«Buona idea! Perché non fate un bel bagno?!» scattai in contropiede.

«Mi sa che un bagno è meglio che lo facciate voi!» reagì d'attacco. E scoppiammo tutti in una grossa risata.

«Suonaci qualcosa Fabian» chiese Cristiana.

«Sìì dai!» tifò Claudia.

«Se me lo chiedi così, non posso proprio rifiutare» le risposi suadente «Eh, se ne avessi di più come voi...» Risero di gusto lanciando gridolini tra sguardi complici.

Estraendo la chitarra dalla custodia mi appoggiai un po' a Claudia che prese posto più profondamente sul lato lungo del divano, riservandomi uno spazio ai suoi piedi.

«Speriamo che tenga...» considerai pensieroso, tentando di aggiustare l'accordatura nell'aria umida e salmastra.

«Dai, adesso non trovare scuse» si burlò Alberto, mentre mi accomodavo premendo contro Claudia.

«Cosa volete che vi suoni?» chiesi atteggiandomi come una star.

«Facci qualcosa di tuo» rispose Cristiana.

«Nooo, prima quella dei Negramaro: meravigliosooo...» irruppe Claudia con una delicatezza da amazzone canticchiando la canzone del suo gruppo preferito. Normalmente non mi disturba vedere snobbate le mie composizioni, ma stavolta provai una certa delusione, "non s'interessa alla mia musica?" pensai e m'inorgoglii. «A parte che è di Modugno...» replicai saccente e abbastanza antipatico «andiamo per ordine, mica vorrete che faccia torto a qualcuno? Prima c'è Cristiana e poi Claudia coi Negramaro, okay?» Claudia mi guardò imbronciata e notai che tendevamo a metterci in competizione. «Sorry» le dissi, mentre facevo gli occhi affranti da emoticon, spedendole poi un bacio soffiato.

Continuammo quelle scaramucce per un poco ancora, mentre la musica creava la giusta atmosfera e nel frattempo io m'impegnavo a trasformare quella seratina intima nel più grande concerto mai visto su quel nostro transatlantico fermo in mezzo al mare stagnante.

Un'ora più tardi (e un'intera bottiglia di Porto dopo), davo il meglio del mio repertorio da intrattenitore, cavalcando i miei cavalli di battaglia con gli altri che facevano il coro. Lentamente ci spogliavamo dei nostri pudori raccontandoci poco a poco sogni e illusioni. Claudia sembrava fin troppo interessata a me, mi aveva ficcato i piedi sotto la maglietta e li strusciava su e giù sulla schiena come un gattino, visibilmente compiaciuta. Intorno, la bonaccia ci lasciava nel mare immobile come inchiostro di china. Il nero là fuori però, in tutto l'ammanto sopito si faceva d'appresso, attratto dalle onde di vita che la barca pulsava da dentro.

Tutto andava per il meglio, ma guardando quel pubblico pensavo che a loro la vita non destasse mai grandi sorprese, sembrava che nulla potesse davvero scalfirli e tutto sommato non dovevano preoccuparsi che di preservare la loro agiata serenità.

"Ma io che ci faccio qua in mezzo?" Il pensiero irruppe quasi automatico. Mi tornò alla mente quella vecchia cena con gli amici altolocati di Ilaria e il peso di quel ricordo iniziò presto a gravare sulla serata. Chi ero io? Una mascotte? Il giullare di corte? Un nuovo giocattolo? Subito cominciai a sentirmi fuori posto. Più tentavo di non pensarci e più quella sensazione amaricante cresceva, sicché rintuzzavo continuamente il tramestio interiore distraendomi nella musica.

Un mare in bianco e nero era entrato con tutta la sua malinconia dentro di me. Cercavo di scacciare i pensieri negativi con altri contrari e più colorati che mi scaldassero il cuore. Ripensai a una serata magica di tanti anni prima, quando ero studente a Perugia, con un gruppo di amici, stretti nell'unità di spiriti di quando ancora tutto era puro. Tante facce di ragazzi pieni di sogni e speranze che cantavano con gli occhi chiusi una canzone guidati dalla voce roca di Eddie Vedder.

"How much difference does it make?" diceva il testo di una ballata crepuscolare nel ritmo ciondolante dell'Hammond sugli armonici di basso.

«Ho ingoiato veleno finché ne sono divenuto immune... urlerò a pieni polmoni finché non riempirò questa stanza. Mi aprirò la strada verso un altro giorno. Che differenza fa?»

Cantavo l'inglese come fosse italiano, tanto mi sentivo addosso quelle parole, con tutta l'angoscia di uno che non trova più sbocchi al suo domani; e il tempo passato, quasi vent'anni, sembrava volato con un soffio di vento che aveva rapito tutti, ragazze e ragazzi belli come il sole, portandosi via anche i miei sogni. "Il domani di ieri è questo" pensavo "ma quanta differenza fa?" Nessuna! Non era cambiato nulla.

Con la mente aggrappata ai ricordi e i sogni rivolti al futuro, cozzavo contro un presente senza direzione. Mi domandai se la strada che avevo imboccato fosse solo un vicolo cieco e nella vertigine malinconica cominciò a instillarsi il timore di restare per sempre un fuori posto.

... E poi Alberto prese Cristiana con un giro di valzer per avvicinarla a sé, le cinse la vita, lei gli strinse i capelli giocandoci un po' nel pugno, si accoccolò meglio tra le sue braccia e continuò a canticchiare *Indifference* dei Pearl Jam. Io li guardai e mi sentii molto solo.

M'interruppi all'improvviso con la gola strozzata. Incontrando gli sguardi perplessi di Cristiana e Alberto mi resi conto di dover reagire. Con gran forza d'animo repressi tutto quel groppo e lo ricacciai indietro spostandomi improvvisamente sull'ultimo tormentone estivo. Indossai con sapienza la maschera del guitto. Okay gente, era tutto okay.

M'infastidiva il retrogusto amaro che guastava tutto; non amo la nostalgia, il confronto col tempo che passa, detesto perfino guardare le vecchie fotografie. Decisi risoluto di passare all'attacco: avevo Claudia tutta per me, mi spinsi verso lei, respirai il suo musk, mi fece l'effetto dei sali d'ammonio, non era il caso di lasciarsi andare!

Davo le spalle alla prua su un cuscino arancione, mi poggiai ancor più contro Claudia che con le ginocchia raccolte mi faceva da schienale e lei per gioco mi chiuse gli occhi da dietro con mani profumate; così alla cieca, giocai a mordicchiarle, poi cominciò a massaggiarmi le tempie e il collo mentre continuavo a suonare. Claudia ed io come giovani puledri giocavamo con gesti d'intesa, tutto sostava nell'aria come in attesa di un colpo teatrale.

Quando Alberto si alzò percepii appena sollevarsi il cuscino al mio fianco, Cristiana lo seguì e sentimmo i passi di entrambi in coperta. Mi accorsi che si era portato dietro anche quel che rimaneva del Porto. Nel dondolio di quel loro andare oscillavo anch'io arpeggiando a tempo e come furono fuori, mi voltai e guardai Claudia, era rilassata, sorrideva: una bella mossa lasciarci soli. Non indugiai, mollai la chitarra, le presi una mano, la trassi vicina con energia e la baciai sorprendendola. Claudia mi guardò stupefatta e divertita.

«Non perdi tempo tu?!»

«No!» risposi io e la baciai di nuovo fuggendo da tutto. Lei non oppose resistenza, anzi, stese le gambe perché mi acquattassi meglio sui divanetti morbidi.

I due sul ponte, incespicando si spostavano a prua ma, pieni di vino, il loro equilibrio non li sosteneva.

«Che staranno combinando quelli di sotto?» chiese Alberto con la voce biascicante, mentre avanzava instabile e Cristiana rideva per lui e per i due di sotto.

«Domani lo scopriremo» rispose. Poi lui la abbracciò aggrappandosi e lei ridendo si lasciò andare e rimbalzarono qua e là per tutta la lunghezza del ponte tra draglie e tientibene.

«Attento! Così mi fai cadere...» protestò Cris poco convinta.

«Brindo a te, leggiadra fanciulla!» Così dicendo si era trascinato a prua barcollando malfermo a causa del rollio di Corinna, sino al pulpito, dove la barca si aggettava più alta sull'acqua.

«Sei completamente ubriaco!» disse Cristiana divertita per la comicità involontaria del suo illustre marito. Ancorato con una mano alla drizza del fiocco, Alberto, minaccioso, brindava con la bottiglia protesa a guisa di spada, lui solo e il silenzio del mare, beccheggiando paurosamente in quella posizione sullo sfondo nero della notte, mentre Cristiana sorridendo lo raggiungeva e quando fu appena a un passo... Con uno "spluf" sordo lui scomparve tra i flutti. Era precipitato così improvvisamente che a lei si gelò il sangue, senza aver il tempo di emettere un gridolino almeno. Si sporse da là col cuore impazzito e con sollievo lo vide.

«Sei pazzo!» strillò liberando lo spavento in un grido accorato che percorse migliaia di chilometri sulla piatta del mare, mentre lui se ne stava ancora attaccato alla drizza del fiocco che si era mollata e cantava: «Quindici uomini, quindici uomini sulla cassa del morto...» non aveva perduto la bottiglia né il buon umore e guardando in alto la moglie esclamò: «Alla tua Fabian, marinaio d'acqua dolce che non sai fissare un fiocco!» per poi sputare sdegnato il Porto salato.

Scaramucce amorose le nostre, sottocoperta, quando a un tratto sentimmo il tonfo e il grido, poi più nulla. Ci guardammo interdetti, dapprima scherzammo, ma tutto era immobile, al silenzio sovvenne il buon senso e uscimmo a indagare se fosse tutto a posto. Nessuno a dritta, né a poppa, né suoni; esplorammo ansiosi la barca e infine li trovammo, avvinghiati e ridenti nell'acqua di prua proprio sotto di noi.

«Alberto» dissi, «abbiamo avuto paura!» Ma lui sollevando la testa gridò: «Che fate ancora là sopra? Dai, venite anche voi, che l'acqua è stupenda.»

«Macché!» lo zittì Cristiana, «aiutateci a tornar su per favore.» E poiché Alberto non ne voleva sapere di risalire mi tuffai per dare una mano a ripescarlo.

Ci recuperammo poco più tardi ansando fradici per quel bagno fuori programma, mentre Alberto, ebbro e canticchiante si faceva sollevare a peso morto sulla coperta da tutti e tre. Sfinito, franai sul pozzetto dopo aver deposto il mio amico sulle tavole del ponte e quando mi voltai nella sua direzione, lo vidi supino che puntava il cielo col dito, gli occhi fissi allo spettacolo delle stelle infinite sulle nostre teste. A quel punto lo udii biascicare: «Ma che meraviglia! Ma che bella nottata...» poi crollò senza speranza di rivederlo fino a domani.

Ci rassegnammo a portarlo nella sua cabina come fosse un sacco di patate, consegnandolo alle cure di Cristiana. Lui russava, sembrava felice come un bambino.

«Penserò io a fare la guardia al timone, voi andate pure a dormire» disse Cristiana.

«Sei sicura?» chiese Claudia.

«Ma certo! Non vi preoccupate.»

«D'accordo, buonanotte allora.» Chiusi la porta salutando e guardai la maniglia d'ottone pervaso da una piacevole sensazione, mentre staccandosi con un sorriso complice Claudia sgattaiolava nella nostra cabina. Facendomi largo tra le macerie della festa per raggiungerla, osservai il tavolo ingombro, qua e là le piccole cose di quel giorno, il posacenere colmo, le bottiglie vuote, la chitarra dimenticata in un angolo; e con queste immagini mi addormentai stringendo Claudia fresca di notte.

CRISTIANA

Il giorno successivo, come nulla fosse, Alberto era già sveglio e intento a calcolare la rotta dentro l'arcipelago greco delle Cicladi. Sembrava tonico e vigoroso come al solito, chino sul tavolo da carteggio a smanettare cose tecniche con lo schermo del GPS. Cristiana preparava un caffè al cucinino, la guardai: aveva il viso un po' tirato perché doveva aver badato alla barca tutta la notte mentre Alberto dormiva, ma non dava per nulla l'impressione di essere innervosita dalla cosa. Aveva due bei segni scuri sotto gli occhi che risaltavano ancora di più sulla T-shirt bianca e il costume verde alla fine di due gambe ossute e sottili. Era molto bella, parlava con Alberto guardandolo sempre dritto negli occhi e quando parlava, faceva delle espressioni un po' buffe: arricciava il naso lentigginoso, strizzava gli occhi, compiva aggraziati movimenti con le braccia per accentuare le cose di cui parlava; mi ricordava una danzatrice. Mi scoprii a subirne il fascino e la desiderai e mi sentii in colpa per questo pensiero. Cristiana è il tipo di donna capace di starti vicina e parlarti sempre in maniera diretta e pacata; per qualche strana alchimia mi sentivo incuriosito e attratto dalla sua naturalezza, nonostante che nella mia cabina una ragazza bellissima avesse appena trascorso la notte con me.

«Ciao Fabian, dormito bene?» mi chiese appena mi vide.

«Quasi benissimo.» risposi «ho la testa pesante, sembra che mi ciondoli.»

«Ahahah!» rise «È l'effetto della barca, non preoccuparti dopo un po' ci si abitua» spiegò.

«Sarà» replicai «ma io stavo pensando più a quello che abbiamo bevuto stanotte!»

«Ahahah! Può darsi. Adesso prendi un caffè, è appena fatto, ti va?» Parlava con grande dolcezza e questo faceva ancor più presa su di me che avevo in fondo un grande bisogno di tenerezza. Continuavo a sentirmi in imbarazzo per i miei pensieri, perché, posso essere una carogna a volte, ma l'affetto delle persone che entrano nel mio mondo è sacro e quando Cristiana mi porse la tazza, abbassai lo sguardo intimidito.

«Grazie, volentieri» dissi senza aggiungere altro.

Mentre gustavo il caffè, mi rivolsi ad Alberto e gli chiesi informazioni circa la rotta e il viaggio, più che altro per cambiare discorso.

«Se siamo fortunati col vento e sembra di sì, entro domani supereremo la Grecia» mi rispose lui con grande energia.

«Di già?» chiesi.

«Se navighiamo giorno e notte i tempi sono questi.»

«Bene allora! Mi sto proprio godendo il viaggio.»

«Ora vado al timone, finisci pure il tuo caffè e poi sali su che ho bisogno di una mano per le manovre, così facciamo un po' di scuola.» Poi aggiunse: «Lasciamo riposare Cristiana, stanotte per colpa mia ha fatto tutto il turno di guardia.» Cristiana sorrise con calore.

«D'accordo!» risposi e lo vidi chinarsi per risalire il tambuccio.

«Com'è andata?» chiese Cristiana sorridendo con l'aria da fatina curiosa, non appena Alberto fu uscito.

«In che senso?» risposi facendo finta di non capire.

«Hai capito dai!» sorrise e sorrisi anch'io un po' imbarazzato.

«È andata bene» risposi con un certo pudore.

«Claudia è una brava ragazza, trattala bene.»

«Lo so, è okay.»

«Sai che suo padre non voleva farla venire?»

«Immagino che sarà stato geloso.»

«Vorrei vedere te con una figlia come Claudia.»

«Non penso che mi ci vedresti.»

«Farai lo scapolo fino a cinquant'anni!» rise.

«Finché dura» ammiccai e mi accorsi che stavo ancora flirtando con lei. Conoscevo Cristiana da qualche mese ormai, era sempre così dolce e disponibile che metteva ognuno a suo agio, ma non eravamo mai stati così in confidenza e c'era qualcosa d'irresistibile in lei che mi attraeva. Ripresi il controllo dei miei istinti , speravo di non aver dato a vedere quella mia debolezza.

«Non dovresti dire così» esclamò Cristiana interrompendo il filo di quei pensieri.

«Scherzo, non la conosco abbastanza.»

«Tu scherzi troppo!» mi rimproverò «Ma un giorno o l'altro potresti anche pensare di fare sul serio.»

«E tu invece? Quando hai capito di fare sul serio?» chiesi provocatoriamente di rimando.

«Ovviamente, quando ho visto che guardava un'altra» rispose impertinente.

«Ovviamente!» considerai divertito.

«Sai, ci conosciamo da sempre, quasi come fratelli, non ho pensato seriamente ad Alberto, finché un giorno l'ho visto con una collega di università e ho capito che era una vera rivale. Ho sentito in quel momento che dovevo scegliere o rischiavo di perderlo; ma siccome ci facciamo tanti problemi inutili ed io non sapevo come l'avrebbe presa, me ne stavo lì, scioccamente immobile, perché avevo paura di rovinare l'amicizia.»

«E poi che è successo?»

«Lui ovviamente non aveva capito niente. In quel periodo abbiamo cominciato ad avere battibecchi e a scontrarci come non ci era mai capitato prima. La nostra amicizia stava cambiando. Finché un giorno, mentre preparavamo un esame, abbiamo cominciato a litigare di brutto, a dirci tutto quello che pensavamo, rischiando di bruciare tutto; a quel punto ci siamo guardati negli occhi e finalmente abbiamo capito.»

«E che vi siete detti?»

«Proprio niente! Ci siamo abbracciati stretti, come da bambini.»

«Che bello.»

«Sì...» per un attimo ebbi l'impressione che si fosse commossa.

«Quasi v'invidio, lo sai?»

«Perché? Anche tu hai le tue belle opportunità.» Sorrise e ammiccò verso la cuccetta dove dormiva Claudia.

«Forse, ma... posso farti una domanda?» chiesi divenendo improvvisamente più serio.

«Dimmi.»

«Cosa ti ha fatto capire che lui era la persona giusta, se lo conoscevi da tutto quel tempo?»

«È stato quando ci siamo guardati negli occhi... in quel momento ho visto tutta la mia vita con lui.» Arrossì.

«E ne sei stata sicura?»

«Sicurissima!» Le brillarono gli occhi.

«Cose da donne, immagino.»

«Cose da innamorati!» rispose ridendo.

«E adesso?» incalzai e subito assunse un'espressione più assorta.

«Stiamo provando ad avere un bambino...» comunicò, con la tenerezza che una frase di questa portata suscita in una donna innamorata.

Cristiana mi ammaliava senza far nulla e d'un tratto, mi accorsi che l'amore trasfigura le persone, le rende contagiose. Gli occhi di una donna innamorata fanno innamorare tutti quelli che la guardano ed io avevo talmente bisogno di amore da esser risucchiato nel suo vortice.

«Auguri!» manifestai affettuosamente con un filo di pudore ai suoi occhi sognanti.

«Grazie» rispose, intristendosi subito.

«Cosa c'è? Qualcosa non va?»

«Noi... non ci riusciamo...» i suoi occhi si riempirono di lacrime e mi sentii un verme per tutto quello che avevo pensato.

«Mi... dispiace davvero molto...» Rimasi senza parole, non sapevo che dire, la cosa era completamente fuori dalla mia portata e capii di essere parecchio inadeguato per quel discorso.

«Non preoccuparti, va bene così. Grazie.» Mi diede un bacio sulla testa tenero e materno. Da quel momento provai per lei un affetto sincero.

«Per mille bombarde! Dov'è la ciurma?» si sentì strillare da fuori. Ci guardammo e a Cristiana subito scappò un sorriso spontaneo.

«Lo amo per questo!» sussurrò sorridendo, subito rincuorata. Lo capisco bene. Alberto è quel tipo di uomo che riesce a dare certezze a chiunque gli stia accanto.

«Agli ordini capitano!» gridai scattando sull'attenti; poi le dissi: «Adesso è meglio salire in coperta, non vorrei che il capitano Achab mi appendesse al pennone.»

«Buona fortuna!» mi augurò sorridendo, mettendosi a sedere sul divanetto.

«Anche a te!» glielo dissi con una complicità che raramente avevo avuto con una donna.

Mi alzai edificato da quella conversazione, mi sentivo più leggero: Cristiana era innamorata di Alberto, per me era una rarità, di solito quelle che stavano già con qualcuno venivano con me apposta per scacciare la noia.

Mi guardai un po' dentro, la storia di Cristiana aveva suscitato in me una specie di curiosità. Quel dettaglio così apparentemente banale che aveva citato, quel "guardarsi negli occhi", aveva colpito moltissimo la mia immaginazione, perché sentivo con chiarezza che nessuno mi aveva mai guardato così.

Ero felice di sospendere quei pensieri uscendo sul ponte per imparare a fare finalmente un po' di vela con Alberto. Lasciai Cristiana riposare sul divanetto del quadrato a sfogliare il libro di Claudia, mentre Claudia dormiva ancora nel nostro letto.

LEZIONI DI VELA

«*Vira!*» gridò secco Alberto, io mi ricordavo i movimenti giusti, ma il tempismo era quello bradipo del principiante e siccome in barca il coordinamento è essenziale feci un bel po' di casino. Raccoglievo la scotta con tutta la velocità che potevo, mentre Alberto azionava la ruota del timone e Corinna gonfiando le vele s'inclinava dal lato opposto. Dopo aver fissato la scotta del fiocco nello strozzascotte, guardai Alberto per cercare conferma e lui rispose al mio sguardo ondeggiando il profilo della mano come a dire: "Non ci siamo ancora". Guardai a poppa verso di lui ancorato ai tientibene, mentre Corinna navigava sbandata sul lato destro.

«Bravo, i movimenti li hai capiti, devi essere soltanto un po' più veloce e ci siamo» disse incoraggiandomi.

«Sembrava più semplice in TV» constatai.

«Un po' è vero» ammise «Corinna non ha i dispositivi automatici delle barche moderne, bisogna darsi da fare; te lo dicevo no?!»

«Mi sono divertito però, ma secondo te quando potrò tenere il timone?»

«Anche adesso se vuoi, vieni qua al mio posto.»

«Davvero?!» andai di corsa e sentii immediatamente l'effetto che fa stare al timone di una barca a vela.

«È una sensazione bellissima!» gridai controvento.

«Sì!» disse lui «Questa è la vera libertà.»

«È fantastico!» Al colmo dell'entusiasmo ammirai i dettagli di Corinna, la sua ruota di metallo scintillante fissata sul sostegno d'ottone della chiesuola della bussola. Il teak di coperta disegnava linee chiare e scure che si portavano a prua dando la sensazione di allungare la barca e slanciarla verso la nostra meta d'oriente come un ponte tra il passato e il futuro ed io serbavo la segreta certezza che quel viaggio mi avrebbe trasportato molto oltre il semplice approdo geografico. Guardavo l'albero in legno che il vento teso e regolare fletteva come un arco, scricchiolando sotto la sua spinta tesa. Osservavo il boma potente alla base della randa gonfia e frusciante; tenevo sotto controllo i filetti che sventolavano ai lati del fiocco per tenere a segno le vele e non perdere la spinta del vento. Ogni scorcio di quella vista volevo imprimermelo nella memoria come un servizio fotografico. Aranci di sole, azzurri di cielo e spicchi di mare, legno, stoffa cromo e ottone si fondevano ai sibili del vento e allo sciabordare delle onde sulla prua. Tutta Corinna incideva l'acqua appoggiata di taglio, percorsa da crepitii d'altri tempi conditi dall'odore di salsedine. Nella brezza fresca che ci soffiava addosso, godevamo di una meravigliosa giornata di sole. Sul mare le onde disegnavano una superficie quasi solida solcata regolarmente di saliscendi ornati di schiuma e sembrava di navigare sulla scorza dura e arata di un campo azzurro.

Claudia e Cristiana salirono in coperta già in costume portandosi appresso i teli da mare e le creme solari, come sinuose sirene pronte per il sole. Le istruzioni eccitate di Alberto gridate controvento le avevano convinte a godersi le mie prestazioni da regatante e, quando mi videro al timone, emisero gridolini di ammirazione e incoraggiamento.

Non mi era mai capitato di trovarmi in mare aperto, è così strano sentirsi tanto distante da ogni cosa, guardarsi attorno e vedere soltanto mare e della costa greca laggiù, lontana, soltanto un'ombra più scura all'orizzonte.

«Fai un altro bordo tra un po'» consigliò Alberto.

«Che devo fare?»

«Io andrò al *winch*, dove stavi prima a fare da prodiere, quando sei pronto dammi il segnale di "vira" e quando Corinna inizierà a muoversi, io sarò pronto a cazzare la scotta del fiocco; sentirai che lo scafo ti scivola da sotto, ma non spaventarti, tu lasciala fare, devi soltanto assicurarti di non virare troppo.»

«E come me ne accorgo?»

«Immagina di fare un angolo di circa novanta gradi, l'importante è che non esageri: né troppo, né troppo poco, vedrai che non è difficile. Andiamo?»

«Okay!» confermai. Alberto si piazzò a dritta pronto a sbloccare lo strozzascotte che imprigionava la scotta del fiocco, in quel momento mi feci coraggio, presi un lungo respiro e gridai: «*Vira!*» e subito iniziai a ruotare il timone a sinistra, con decisione, ma non troppo violento. Non si capiva molto bene il punto in cui fermarsi, non è come guidare la macchina, pensai. Corinna cominciò a girare, dapprima come se un cavallo stesse per disarcionarci, affondando la prua nel mare per poi impennarsi; immediatamente dopo, quando le vele presero il vento pieno, s'inclinò decisamente a sinistra abbattendosi tutta quanta da quella parte nei suoi venti metri d'altezza, mentre il boma con la randa si caricavano sull'albero che crepitava. Mi sembrò di governare una balena, quando la pancia sinistra si appoggiò scivolando sull'acqua e cominciò a filare più stabile. Appena le vele presero vento dal lato opposto, il boma scattò repentinamente da quella parte, fischiando paurosamente sopra la testa come un proiettile di cannone, sfogando in un potente *"slam!"*, mentre Alberto recuperava il fiocco per tenderlo nella direzione opposta a quella dove si trovava prima. La barca sgusciava di qua o là, ora in ritardo, ora troppo o troppo poco, bisognava imparare a sentirla; infine Corinna compì la curva, stabilizzandosi piegata sul suo fianco, mentre correva decisa sull'acqua. Quando fu prossima ai fatidici novanta gradi del bordo opposto bloccai la barra e Corinna si stabilizzò in quella posizione. Tutto era durato non più di pochi secondi, ma a me sembrava di averci messo tutta la vita. Alberto mi guardava attraverso gli occhiali a specchio e la visiera parasole, mentre raggiante m'indicava col pollice alzato che era andata alla grande.

«Uuuh bravo!» si complimentò Claudia ammirata, accompagnata da un applauso di Cristiana.

Alberto intanto si era portato a poppa e disse: «Bravo, hai fatto tutto bene!»

«Ho fatto tutto d'istinto» replicai euforico.

«La vela è un fatto d'istinto» osservò raggiante Alberto.

«Tra poco avremo un altro skipper a bordo» intervenne Cristiana, che ci porse due bicchieri di tè freddo, li agguantammo con avidità e ci rinfrescammo sotto la calura di quella meravigliosa giornata di sole.

«Per adesso lasciala andare così, tra un po' potrai fare un altro bordo» continuò Alberto.

«Posso continuare a timonare?»

«Se ne hai voglia sì.»

«Allora resto qui a godermela.» Gongolavo come un bimbo sulla giostra.

«Divertiti, ma segui la rotta, perciò ogni tanto controlla che la direzione sia sud-est.»

«Io prendo un po' di sole» disse Cristiana rivolgendosi ad Alberto.

«Ti raggiungo» e mi fece segno di continuare, mentre si spostava con lei verso prua dove piazzarono il telo e si stesero a terra nascosti dall'albero e dal tetto della tuga.

Claudia era rimasta seduta sulla panca del pozzetto e mi guardava sorridendo da dietro gli occhiali di Prada, sotto il cappellino da baseball. Io la ammirai nel suo costume blu abbinato perfettamente col pareo a disegni cachemire; mi attraeva, solare, esaltata dall'energia positiva dell'estate e del mare. Lei se ne stava seducente e raffinata come una diva di Hollywood, seduta con le braccia distese e le gambe accavallate, allungata su tutta la lunghezza della panca e guardava nella mia direzione. Il fisico tonico, da palestra come va di moda, cosce ben tornite, un collo lungo, zigomi alti e le labbra carnose, i suoi lunghissimi capelli biondi. In quel momento al timone, anch'io mi sentivo un divo di Hollywood.

«Sei stato bravo davvero lo sai?» esordì.

«Mi prendi in giro?»

«Dico sul serio, non te la cavi male per uno che non è mai stato in barca.» Dimenticavo che lei si viziava spesso in quel modo, anche tutti gli altri avevano un tenore di vita molto più alto del mio. Mi sentii lusingato di quella sua attenzione, ripensai nuovamente a quando mi ero sentito snobbato tra gli amici di Ilaria, ma stavolta, una volta tanto non apparivo il solito sfigato.

Giocando le dissi: «Come ci si sente a fare la bella vita?»

«Perché tu che stai facendo adesso?»

«Diciamo che in genere non è proprio la stessa cosa.» Ridemmo assieme guardandoci. La brezza le scompigliava i capelli che lei aveva raccolti a malapena sotto un cappello da baseball dei New York Yankees.

«Perché non ti togli il cappello?» le chiesi.

«Perché?»

«Senza sei più bella.»

«Grazie… come sei galante.» Mi sorrise e si tolse il cappello lasciando che i capelli si sparpagliassero davanti al viso nella turbolenza del vento, mentre cercava di ammansirli con le mani.

«Sei molto bella lo sai?»

«Smettila di fare il cascamorto con me» e guardò dall'altra parte con un'espressione maliziosa.

«Ma io sono serissimo» replicai.

«Quindi dovrei arrossire?»

«Tu?! Per quel che ne so mi sembra difficile.»

«Come sarebbe a dire? Ma si può sapere che idea hai di me?»

«Che sei una molto più tosta di quanto sembra.»

«E questo sarebbe un bene o un male?» domandò con aria di sfida.

«Non lo so ancora...» risposi ambiguo.

«Tu non dai l'idea di essere uno che si fa mettere sotto da una donna.»

«Punti di vista.»

«E fai così con tutte?»

«Sono assolutamente in buona fede» mi difesi «poi, sarà che in mezzo a questo mare... Come posso restare indifferente? Bello quasi quanto te!» proseguii indicando l'orizzonte scintillante.

«Sei proprio un buffone!» si schernì lusingata «Però hai ragione, è un panorama che innamora» aggiunse trasognante e mi sorprese scoprirla romantica. L'idea che mi ero fatto di Claudia somigliava più a quella di una donna decisa che non lasciava immaginare molto di sé, oltre a quello che si vedeva dall'esterno.

«Vorrei stare su questa barca un mese ancora e scordarmi di tutto il lavoro a casa» confessò guardando verso il mare.

«Invece arriveremo tra poco. Peccato!»

«Però ce la stiamo godendo no?»

«Già...»

«Spero di godermela di più stasera» azzardai con una certa sfacciataggine: avevo capito che con lei dovevo essere sempre brillante.

«Ehi! Sei un mascalzone!» mi rimproverò stizzita lanciandomi il cappellino degli Yankees. Lo scansai divertito riprendendolo al volo.

«Ma che hai capito? Io intendevo un altro concerto» scherzai restituendole il cappellino.

«Lo so io se ho capito!» rintuzzò allegra «i musicisti sono inaffidabili come i marinai e tu fai per tutti e due mio caro.»

«Sono solo malelingue invidiose» ricusai sdegnato.

Ridemmo di gusto pronti a goderci ancora un altro giorno di quella vacanza sopra ogni aspettativa. Claudia era una donna giovane e sicura di sé, sapeva cosa voleva dalla vita ed era pronta a prenderselo; tuttavia sembrava conservare ancora una certa spontaneità, un'innocenza che la rendeva amabile anche dietro il piglio deciso. Certo, era sicura anche perché non doveva porsi troppi dubbi circa il suo futuro, considerando il livello di agiatezza della sua famiglia; si vociferava stesse aprendo un nuovo negozio in centro a Bari. Certo, per lei non doveva esser tanto facile: da unica figlia femmina, Claudia subiva un padre che definirei quantomeno ruvido di modi e si portava dietro l'onere di salvaguardare il patrimonio di famiglia dai cercatori di dote che le ronzavano attorno continuamente e, sarei pronto a scommetterci, aveva il mandato paterno di stare a distanza anche da sbandati, saltimbanchi e musicisti. Sono sicuro che avesse faticato parecchio per strappare a suo padre quella vacanza.

GRAN BAZAR ISTANBUL

Sbarcati nel porto turistico di Atakoy, dovevamo scavalcare mezza città per arrivare al Gran Bazar. Avevamo studiato un programma di relax e intrattenimento culturale per toccare in tre giorni tutti i luoghi più interessanti della città. Il primo punto all'ordine del giorno era quello dello svago nel grande mercato coperto di Istanbul, per far decantare la fatica delle giornate di mare. Prenotammo un taxi per coprire il lungo pezzo di strada che conduceva al cancello d'ingresso del bazar nella centralissima zona di Eminönü. Attraversammo diversi quartieri partendo dall'elegante yacht club del porto, dove avevamo finito di espletare le formalità burocratiche. Lambimmo quindi la periferia malandata, per accedere infine all'area metropolita della parte europea, nel cuore del Corno d'oro di Sultanahmet, il quartiere storico e ancora carico di pathos del versante europeo. Affrontammo le possenti mura romane che delimitano la città vecchia, contrapposte all'intrico delle vie della medina nella parte asiatica; sembrava davvero incredibile di trovarsi al confine tra Europa e Asia. Il colpo d'occhio riusciva a restituire un bel panorama annegato nella vegetazione che diradava dai declivi, tappezzando come un manto uniforme i sette colli che fondano la città. Man mano che ci avvicinavamo alla zona del centro, emergeva la disordinata architettura popolare di case e alti palazzi raccapezzati, quasi baraccati a volte, accatastati uno sull'altro, nel design occidentale più trito che da anni aveva cominciato a sostituirsi alla poetica architettura bizantina. Eppure la città era ancora prepotentemente multicolore, una commistione di elementi più inusuali come i terrazzini di foggia ottomana aggettanti sulla via o i curiosi accampamenti di tendaggi ombreggianti messi su alla buona, che sfarfallavano sui tetti dei palazzoni della periferia. Nonostante l'apparente caos sciatto e la suggestione millenaria, la metropoli è razionalmente organizzata in quartieri e distretti e servita da numerosi servizi pubblici che la rendono una città perfettamente inserita nel presente e proiettata nel futuro, probabilmente come poche altre al mondo; anzi, credo che se il mondo volesse darsi una capitale sceglierebbe proprio Istanbul.

Quasi casualmente, nel panorama s'incastonano gli elementi che contraddistinguono l'attuale megalopoli globalizzata pronta a entrare in Europa: ponti di ferro e cemento, vetro, asfalto, insegne colorate, tram, metropolitane e traffico e più in là, nella circoscrizione nord di Şişli, i grattacieli ultramoderni del cuore commerciale e secolarizzato. Poi, come per contraddirsi nuovamente, rinviene la miscellanea di case dall'architettura *bohemienne* della parte residenziale, tutta immersa nel verde, affacciata sullo stretto tra il Mar Nero e di Marmara, dove le grandi moschee e i minareti, sbucano improvvisamente qua e là, sullo sfondo del canale, solcato dalle enormi navi da crociera, le superpetroliere, i velieri e i sottomarini nucleari, come in un gioco a rimpiattino con la modernità.

Contrasto e integrazione sono le due parole migliori per raccontare Istanbul; lo testimonia l'incredibile skyline millenario del Bosforo, dove la cultura e la storia si giustappongono caoticamente eppure razionalmente come le sue case. L'incontro dei due continenti, come nella *Creazione* di Michelangelo, racchiude nel punto dove si sfiorano un'enorme potenza, sfumando ogni differenza in bilico nel rosso infuocato di tramonti che scandiscono i passi del tempo.

Non appena scaricati dal taxi davanti a uno dei vari ingressi secondari, fummo rapiti dall'euforica confusione del mercato. Il Gran Bazar di Istanbul è la più grande piazza per trattare ogni merce e il porto, crocevia strategico del Risiko internazionale, si allea con la città offrendo un mix di arte e malizia commerciale che scorre nel sangue di tutti gli abitanti, capaci di rendere ogni cosa irresistibile, soprattutto per i turisti dei viaggi organizzati dai ventri grassi e i vestiti alla moda pronti a farsi svuotare il portafogli. All'ingresso del mercato coperto, sotto le alte volte arabe, decorate di maiolica fiorita, già colpivano i primi banchi colmi di mercanzie esotiche che danno al bazar il suo fascino unico. Nel calderone di culture diverse che si fatica ormai a chiamare Europa, si poteva trattare ogni cosa e tra le bancarelle delle vie affollate sembrava non esserci più nessuna distanza con le fiabe delle *Mille e una notte*. Ogni passo addentro ai vicoli coperti era come l'ingresso in un'altra dimensione. Non c'era un centimetro di parete, a destra o sinistra, che non fosse tappezzata da una bottega, una bancarella di rutilanti merci esposte. Nella rumorosa confusione i mercanti erano affabili e scaltri intrattenitori; c'era la tentazione di portare a casa mezza Turchia o tutta.

Da un po' contrattavo per una pashmina variopinta d'oro e blu che volevo regalare a Claudia, ma era difficilissimo spuntare un buon prezzo. Alberto diceva che se la trattativa non è accesa non si merita rispetto, così mi davo da fare per arrivare a una cifra onorevole, mentre un ragazzo non ancora adolescente, sotto l'occhio premuroso del padre che osservava dalla cassa, esercitava la sua abilità di venditore con me ed io mi preoccupavo di essere sufficientemente battagliero, per far fare a entrambi un buon affare e una buona figura. Quando sembrò che la trattativa fosse allo stallo dunque, accordai un compenso più che dignitoso e tornai orgoglioso come un crociato dai miei amici che si erano intanto quasi dispersi, addentrandosi nei dedali un poco più avanti distratti dalle merci. Eravamo eccitati da quell'avventura e desiderosi di cogliere ogni esperienza prima di tornare a casa. Ognuno aveva le sue preferenze, così a turno frequentavamo le botteghe che ci incuriosivano di più: spezie e aromi cosmetici, sapone d'Aleppo, ceramiche decorate e narghilè, tappeti, oggetti d'arte, statuette d'ebanisteria, gioielli e bigiotteria, abbigliamento, pelletteria... un mare magnum da esplorare che due ore dopo ci aveva sfinito e affamato, alla faccia della giornata di svago e riposo che avevamo programmato.

Camminavamo indolenziti, affiancati coppia a coppia e quando all'ora di pranzo trovammo un ristorante, rumorosamente, all'italiana, scalzammo i quattro turisti inglesi che si stavano alzando per avvicendarci a loro.

«Che cosa ordiniamo?» domandò Alberto sistemandosi sulla poltroncina in ferro battuto decorata con lo stile bizantino caro ai turisti.

«Ho una fame pazzesca» disse Claudia.

«È quasi l'una, per forza! Con questa camminata ho i piedi a pezzi» aggiunse Cristiana. In quell'istante arrivò un cameriere vestito di nero con un gilet tradizionale rosso e oro che cominciò a ripulire il tavolino per noi.

«*Hallo, do you want to have lunch?*» chiese.

«*Yes please*» rispose Alberto.

«Siete italiani!» sentenziò il cameriere con sicurezza, sorprendendoci.

«Sì! Come ha fatto?»

«Io conosco turista italiani» proruppe quello sorridendo, senza neanche far terminare la frase ad Alberto, quindi spiegò: «People in Istanbul conosce tutto turista: italiano, inglese, *español*, americano...»

«Come ti chiami?» domandò Alberto divertito, tutti eravamo incuriositi.

«Kemal», sorrise con denti bianchissimi.

«Vorremmo mangiare qualcosa di buono, Kemal» disse Cristiana «che ci consigli?»

«Molto buono *kebap* e *dolma*, piace tutti turisti.»

«Cos'è il dolma?» chiesi.

«*Uhm... Vegetables, zucchini, pepper, tomatoes, filled of rice.*»

«Sono verdure ripiene di riso. È un piatto tradizionale» intervenne Alberto, «sembra molto gustoso» soggiunse.

«Io ho una gran fame e vorrei assaggiare un po' di tutto» li guardai.

«Anch'io.»

«Anch'io» intonarono quasi all'unisono le nostre due ragazze.

«Allora li prendiamo tutti e due e poi ce li dividiamo» propose Alberto. E fummo d'accordo.

«Okay!» dichiarò Kemal che aveva capito tutto e già segnava l'ordinazione sul blocchetto delle comande.

«Che beve?» poi domandò.

«Coca per me!» alzò la mano Claudia.

«Anche per me!» aggiunse Cristiana.

«Avete bevande tipiche?» chiesi ancora curioso.

«Ayran» rispose secco.

«Che cos'è?»

«Yogurt» e mi guardò, come se sapessi benissimo di cosa parlava.

«E si beve? Ma sì! Proviamo, già che ci siamo» azzardai senza stare troppo a investigare.

«Se tu non piace, prende acqua, tè, *beer*, okay?»

«No, no, va bene così, voglio provare quest'ayran.»

«Okay!» e segnò sulla comanda.

«Per me tè freddo e acqua gassata» concluse Alberto.

«Grazie.»

Kemal si allontanò soddisfatto piroettando tra i tavoli.

Sul tavolino in lega di ghisa ci godevamo il passaggio della gente, turisti, cittadini, ragazzi, donne musulmane col capo coperto dall'hijab. Uno sparpagliamento di persone incredibilmente eterogeneo.

«Che fame ragazzi!» esclamò Claudia.

«Già, speriamo che i kebab arrivino presto» aggiunsi in sintonia.

«Qui si chiamano kebap» precisò Alberto.

«In qualsiasi modo si chiamino, spero che arrivino presto.» Chiosò con enfasi Claudia. «Ma secondo voi come ha fatto a capire che siamo italiani?» proseguì incuriosita; noi ci guardammo in faccia e poi attorno.

«Penso che a incontrare così tante persone diverse ogni giorno, alla fine ci si faccia l'occhio» considerò Alberto, con l'unica risposta possibile.

«È veramente fantastico questo posto, sembra di stare in un'altra epoca» osservò Cristiana.

«È vero, però, non vi sembra che sia tutto troppo perfetto? Come fosse Venezia» avanzai.

«In che senso?» fece Claudia.

«È tutto così... organizzato; e cercano tutti di spennarti, ogni cosa sembra studiata per i turisti, non vi pare?»

«Beh, non direi proprio tutto, ma se ci pensi, è anche normale: Istanbul è una città moderna, organizzata, ci sono posti pieni di turisti; assomiglia a Roma. È normale che tutto sia sotto controllo, chi ci verrebbe altrimenti? E comunque, non puoi dire che non abbia un grandissimo fascino; è un po' Roma e un po' Alì Babà; anche il bazar sembra un set cinematografico, eppure è tutto vero; guardati attorno. Tu che ne dici Crì?» domandò infine rivolgendosi a sua moglie.

«Per me è tutto fantastico» rispose.

«Anche a me piace da morire» aggiunse Claudia.

«Eppure sarei curioso di vedere anche qualcosa di più... autentico» dichiarai «mi piacerebbe vedere la parte di Istanbul che non fanno vedere ai turisti.»

«Sicuramente ci sono posti così, ma in tutta sincerità, non ne sono tanto curioso. So che non è prudente stuzzicare il lato oscuro di un Paese e ti garantisco che io non ho nessuna voglia di scoprirlo» spiegò saggiamente Alberto.

«Va beh, ma mica ho detto che dobbiamo andare a rompere le scatole ai fondamentalisti islamici; vorrei soltanto trovare un posto dove si può respirare un'aria più genuina.»

«A parte che qui non ci sono i talebani, mi spieghi dove vorresti andare?» chiese Alberto.

«E che ne so io?! Chiediamolo a Kemal quando torna.»

Kemal arrivò poco più tardi con un enorme vassoio di peltro brunito, con sopra quattro grandi piatti fumanti dentro cui stavano deposti due giganteschi kebap riccamente contornati da ciuffi d'insalata affogati in salsa all'aglio e due dolma misti, di zucchine, peperoni, pomodori e melanzane. Sembravano squisiti, colorati e speziati. Il suo collega portava un vassoio con due alti bicchieri di coca e una coppa di rame ornata e ribattuta con un liquido lattescente e schiumoso che così scoprii essere l'ayran, la bevanda nazionale a base di yogurt: aveva un gusto acido e leggermente salato, che il mio palato aveva apprezzato, pur abituato al dolce dello yogurt nostrano.

Il ragazzo aveva appeso indosso un grosso aggeggio metallico che sembrava una specie di pompa per dare il verderame come quelle che usano i contadini, ma che invece era una speciale teiera che serviva un tè molto concentrato da diluire con l'acqua secondo i gusti; Alberto per l'occasione appariva piuttosto compiaciuto della sua scelta.

«*You welcome!* Buon appetito!» ci augurò Kemal con il suo sorriso sempre gentile dopo averci serviti. Intanto noi, affamati come gente che ha camminato per un'intera mattina e quattro giorni di mare, sopraffatti dagli odori fragranti che arrivavano dai piatti, avevamo già cominciato ad assaggiare le pietanze, scambiandoci impressioni compiaciute.

«Senti Kemal: potresti consigliarci un posto da visitare che mostri la vera Istanbul?»

«Tu vuoi sapere night club?» chiese.

«No, no, voglio sapere dei posti che frequentano gli abitanti, non i turisti.»

«Tutta Istanbul va bene. Tu trovi sempre gente.»

«Ma c'è qualche posto, dove i turisti di solito non vanno mai?»

«Oh, sì, ma è posto no buono per turista, pericoloso!»

«Per esempio? Che c'è qui vicino?»

«Vicino, poca strada: *Tarlabasi in Beyoğlu district, but is no good for tourists... no women...* no bene donna italiana, *no hijab!*» disse indicando le ragazze e mimando con la mano il velo delle donne musulmane. «*Wearing no hijab in some places is disrespectful!*» chiarì definitivamente il concetto.

«Uhm, ho capito. Dice che è un quartiere da evitare, soprattutto dalle donne» tradusse Alberto quello che già tutti avevamo chiaro.

«E se andasse solo uno di noi?» proposi.

«No, anche tu solo è pericolo... *Tarlabasi is not good for tourists!*»

«Ma quanto è lontano da qui questo posto?» chiesi insensibile alle raccomandazioni.

«*It's close to downtown, twenty minutes maximum by walk. Just follow the Tarlabasi Boulevard and you'll get there*» spiegò Kemal con l'aria perplessa di chi non capisce che gusto si può avere ad andare a cercarsi dei guai.

«Venti minuti da qui, è vicino al centro passando per una strada che si chiama Tarlabasi Boulevard» tradusse Alberto.

«Grazie Kemal» dissi io, così pure Alberto e lo salutammo. Ero immensamente soddisfatto per quelle indicazioni.

«Sapete che vi dico? A me non va proprio di mettermi nei casini per questa tua curiosità Fabian. Sono venuta per divertirmi, non per fare Indiana Jones. Godiamoci la vacanza e andiamo a vedere i monumenti, i musei, quello che vi pare, ma in quel posto io non ci vengo!» incalzò squillante Claudia, manifestando un gran disappunto.

«Ma abbiamo tutto il tempo per vedere quelli domani, oggi diamo uno sguardo veloce a questo posto, dai!» implorai scodinzolante come un cagnolino.

«Fabian» interruppe Alberto «forse Kemal ha ragione, non è il caso di fare qualcosa di pericoloso, finiamo il nostro giro qui al bazar, ne abbiamo visto solo un pezzetto e mi pare già una bella avventura; se Claudia non se la sente, del resto... forse gradirebbe che restassi un po' con lei.» Alberto mi strizzò l'occhio, ma io ormai ero preso dal richiamo della foresta e adesso ero davvero intrigato dal vedere Tarlabasi; ma visto che loro non intendevano andare, io per mio conto non volevo assolutamente rinunciare.

«Anch'io preferisco restare se non ti dispiace, vorrei finire di girare il mercato» subentrò Cristiana. «E poi, ci sono tantissime cose ancora da vedere: il palazzo reale, Ayasofya, la Moschea Blu; e non possiamo perderci una passeggiata sul lungomare del Bosforo, non abbiamo tanto tempo.»

«Non capisco perché devi fare questa cosa stupida! Non vedi che così complichi la vita di tutti» lamentò Claudia stizzita.

«Non hai voglia di andare a vedere tutte queste cose?» con dolcezza Cristiana cercava di distogliermi dall'intento ed era appoggiata dalle manifestazioni di consenso degli altri. In effetti non avevo un particolare interesse per tutti quei posti, e in qualche modo avevo stabilito in cuor mio che li avrei visitati con calma solo dopo aver visto quello che mi interessava veramente.

«Porca vacca! Non credevo di creare tutti questi problemi» dissi. A me sembrava una buona idea, ma dovetti riconsiderare i desideri dei miei amici. «Ma certo che voglio vederle!» esclamai «Ma cercate di capire, Claudia e anche tu Alberto, per me è importante fare quella visita: certi posti e certe persone sono una cosa che non si può spiegare a chi non vive di musica... sono fonte d'ispirazione.»

«Ispirazione?» e s'interruppe Claudia mordendosi le labbra. Non volli cogliere il tono di sufficienza che aveva lasciato trapelare. Ormai ero abituato a quell'atteggiamento verso le cose che hanno a che fare con il mondo dell'arte. Evitai di rispondere, ma mi sentivo ferito, decisi comunque di puntare dritto su Tarlabasi.

«Vi prego però, non giudicatemi male, soprattutto tu Claudia. Se voi non volete venire, rimanete pure qui, ma io vorrei veramente prendermi un'oretta o due di tempo.»

«Se proprio non ne vuoi fare a meno ci adatteremo, però lascerai la povera Claudia senza cavaliere» cercò di accomodare Alberto, mentre Claudia, tutta contratta sulla sedia s'era girata dall'altra parte piuttosto irritata.

«Facciamo così: voi finite di gironzolare per il bazar e ci ritroviamo all'ingresso da cui siamo entrati entro un paio d'ore? Che ne dite?»

«D'accordo» disse Alberto arrendendosi ai miei occhi imploranti «almeno così non perderemo il resto della giornata» aggiunse. Anche Cristiana era favorevole alla proposta ed ero convinto che Claudia avrebbe tollerato quella mia piccola deviazione, dunque, avrei avuto il mio fuori programma personale quel pomeriggio.

«Grazie... Claudia scusa, vedrai che mi farò perdonare, promesso.»

«Va bene per forza! Che vuoi che dica? Adesso basta, non ne parliamo più e pensiamo a mangiare» chiuse seccamente Claudia, visibilmente piccata e cominciò a ticchettare nervosamente col piede sulla gamba del tavolino, infine s'immerse sul suo piatto silenziosa e contrariata. A un tratto sollevò la testa e aggiunse: «Però, più tardi si va nei negozi che dico io!» Alberto e Cristiana risero sommessamente ed ebbi l'impressione che ci considerassero come una coppia in luna di miele che litigava; provai a sdrammatizzare cercando sorridente lo sguardo degli altri, finché Claudia mi fulminò con un'occhiata sbieca e stabilii che era più saggio assumere un contegno dimesso almeno fino a dopo pranzo.

TARLABASI

Istanbul ha caratteristiche decisamente europee, ma calate dentro una realtà dal sapore ancora bizantino e ottomano. Nei paesi mediorientali l'eco della primavera araba che ha portato con sé grandi novità di emancipazione e la promessa di benessere, qui era stata colta come un'opportunità per l'ambizione storica della Turchia di porsi come Paese di riferimento per gli equilibri delle aree calde del Mediterraneo e del Medio Oriente; non poteva essere altrimenti, vista la sua funzione di cerniera tra Oriente e Occidente.

Il Movimento colorato aveva colpito l'immaginazione di molti giovani diseredati che, come in tutta l'area calda del Medio Oriente, in una megalopoli di tredici milioni di abitanti a maggioranza musulmana, sono tanti e sognano la rivoluzione di un'inclusione sociale. Purtroppo in molti si sono presto resi conto che non sempre la primavera è sufficiente a portare a tutti i fiori del cambiamento, che crescendo ha sbandato sulle strade del fanatismo politico-religioso portando un fiume immane di poveri cristi a fuggire da guerre e persecuzioni riversandosi sul resto del mondo.

Quaggiù, nel punto dove tutto si sovrappone, molte ambizioni di riscatto sono passate dal tortuoso sentiero degli alti ideali, a vie più brevi e terrene, trovando spesso sfogo nelle facili opportunità di arricchimento del mercato illecito, che come nel nostro sud è diventato l'economia di welfare per molti poveri diavoli e per le organizzazioni del malaffare. Per esempio, bastava spostarsi nel quartiere ghetto di Tarlabasi, solo un quarto d'ora a piedi, più in là di qualche via dal Gran Bazar accalcato di turisti, che il paesaggio diventava sporco e decadente, anzi, in certe vie decrepito come nei quartieri bombardati durante la guerra. Un programma dell'amministrazione pubblica aveva tentato di strappare una parte del ghetto al degrado, ma il processo si era fermato a metà strada, lasciando veri e propri scheletri urbani scalcagnati così com'erano, proprio in mezzo alla città e a un passo dal centro, a colonizzarsi di topi, diseredati senza un tetto e tutti i rassegnati dalle speranze perdute.

Nel mercato locale di bancarelle e tende modeste alzate sui carretti, accanto al commercio legale, comparivano il contrabbando, la prostituzione, la droga e il gioco d'azzardo, che erano un business parallelo particolarmente fiorente e persino a cielo aperto in certe zone franche della città come Tarlabasi. Gente poco raccomandabile ti avvicinava per proporti di tutto, mentre nei vicoli accanto la puzza di piscio e pattume si mischiava ai fumi che si alzavano tra i palazzi come una leggera foschia, in un contrasto netto coi profumi gradevoli dell'incenso all'olio di sandalo delle bancarelle. Le *fahişe* invitavano in qualche lupanare affacciato sulla strada e coperto da una tenda malconcia, dove le donne si offrivano sfacciatamente per poche lire in quei vicoli dove era facile beccarsi anche una botta in testa da qualche loro compare. Intorno si spandeva musica locale da radio sintonizzate su stazioni che trasmettevano prevalentemente melodie e canti tradizionali. Non c'era ombra di turisti nelle vie sovrastate da festoni di panni variopinti, stesi tra un palazzone scalcinato e l'altro, cento volte più colorati e grandi del Rione Sanità. Il senso di estraneità era accentuato dalla foggia inusuale dei vicoli, una volta vie borghesi del quartiere bene e oggi invece fantasmi decadenti, dove i palazzi stretti all'altezza della strada si andavano slargando dal primo piano in su, nelle geometrie dei balconi coperti dello stile levantino, che rubavano progressivamente il cielo restituendone soltanto una sottile striscia parecchio più in alto.

La giornata era scandita puntualmente dalle salmodie del muezzin, che dai minareti diffondeva le preghiere tramite altoparlanti disseminati per la città. Tra quelle vie diseredate la prima sensazione che si percepiva era un brivido d'inquietudine, il disagio che coglie allo stridio di civetta nella notte, per uno straniero in terra straniera, lontano, indifeso, ostile. Quello stato d'animo cozzava con l'immagine edulcorata dei depliant dei tour operator, mandando a puttane tutte le conquiste di civiltà e tante balle sulla globalizzazione, catapultando ogni cosa entro un mondo reale, pericoloso e diverso. Forse per me, abituato agli ambienti underground, l'impressione di dimestichezza con la sottocultura trascendeva il rischio; in fondo Istanbul non è più pericolosa di una qualsiasi metropoli occidentale, pensavo, a meno di non andarsi a infilare nei posti sbagliati; e sospirando mi accorsi di essere stato tremendamente superficiale.

Donne infilate nelle lunghe gonne della tradizione armena, con la testa coperta da fazzolettoni ricamati, simili a quelle di certe foto dell'Italia anteguerra, accompagnavano bambini sporchi e malmessi, che vivacizzavano le strade cenciose giocando sui marciapiedi. Tipi asfissianti con fez e sguardo vispo in abiti variopinti ed energumeni con un odore pungente di sudore, attaccavano bottone con una facilità disarmante ed erano venditori abilissimi di merci e svaghi a catalogo che andavano dall'hammam, al ristorante per grulli, fino alle danze del ventre e al sesso a pagamento. Oppure potevano essere un ottimo bazar per droghe come l'oppio, l'hascisc e l'eroina, utili a finanziare il terrorismo fondamentalista. Altri ancora offrivano tappeti e patacche preziose o illegali come oggetti intarsiati d'avorio e d'argento, oltre alle stesse cose che avevo visto nel Gran Bazar, ma di qualità molto più scadente. Ero entrato nei bassifondi dissimulando la mia diversità come fossi uno dei tanti europei residenti a Istanbul, ma la mia meschina copertura era saltata subito e fui immediatamente circondato da un gruppo di bimbi con occhi dai grandi dolori che chiedevano solo un soldo di pietà. Per uno spicciolo dato a qualcuno, l'orda degli insoddisfatti avanzava insistente. Gettai a terra una manciata degli spicciolini che si chiamano kuruş e i bimbi si tuffarono facendo gazzarra sopra quei pochi centesimi, dandomi il tempo utile a svignarmela.

Mi facevo largo tra la gente, stupito dalla differenza del contesto già a un centinaio di metri da dove ero entrato: odori, colori, tutto completamente differente, per lo più in stato di degrado e abbandono. Alcune parti erano sopravvissute in maniera quasi decente: sbarre alle finestre, drappi di panni stesi ad asciugare, gente che sbirciava dai vetri; altre parti sembrava fossero state bombardate, i palazzi erano ridotti a scheletri da cui era stato sottratto tutto il possibile, tranne le mura ormai ridotte a relitti disintonacati, coperti di graffiti e scritte di vernice. Altri ruderi ancora, cadevano talmente a pezzi che non era consigliabile neanche avvicinarcisi e avevano accatastati ai piedi filari di immondizia che delimitavano i lati della strada.

A ogni passo le viuzze diventavano un labirinto sempre più privo di senso e gli alti edifici rendevano ancor più scuro e insicuro il paesaggio. Nella zona del mercato si riusciva ancora a capire la geografia del quartiere, ma curiosando distrattamente lungo i cunicoli sempre più stretti, tra le bancarelle ricolme, con grandi tende tese in alto a coprire il cielo, semplicemente persi l'orientamento e mi smarrii.

Vagavo tra gli sconosciuti continuando a guardarmi attorno disorientato, non riuscivo a ricordare da che parte fossi venuto; ogni via, ogni faccia la stessa, lo stesso tizio con gli occhi furbi e la barba a ogni angolo, la stessa prostituta alla finestra. Un uomo giovane senza gambe con indosso una logora mimetica da soldato, elemosinava qualche spicciolo da una specie di carretta a rotelle, porgendo una tazza di terracotta con la scritta "I love Istanbul".

Avevo una gran voglia di tornarmene a casa, ma non riuscivo ancora a scorgere alcun dettaglio rassicurante che mi suggerisse la via d'uscita. Nel dibattermi dentro quei dedali fui come preso da una vertigine e un senso di soffocamento. Voltai una, due, tre, stradine e come invischiato in una tela di ragno, mi trovai ancor più disorientato. Mi appoggiai al muro di un edificio e venne subito giù una quantità di macerie, come se la mia mano fosse stata una mazza. Ovunque vedevo iniquità e disperazione e tutto quel che era colorato ed esotico un attimo prima, si era tramutato in un incubo. Le calli claustrofobiche si aprivano strette dentro l'umidore del vicolo, dove l'effluvio maleodorante che colava da una stradina verso un tombino mi dava la nausea, e mi tenni la bocca a reprimere un conato di vomito.

Aveva cominciato a farsi sera ormai e atmosfere antiche pigolavano di luci fosche qua e là dalle nicchie nei muri, dove lampade traforate di ghirigori tradizionali iniziavano a illuminare i vicoli. Cercavo di ragionare, procedendo al crepitio dei passi nelle viuzze di macerie e asfalto, preso dall'ansia e ormai stavo per mancare l'appuntamento con i miei amici.

Ero terrorizzato all'idea di trovarmi solo e un tarlo a un certo punto si fece strada: cominciai a intravedere negli abitanti di quel luogo gli stessi miei tratti. Gente che mi assomigliava cominciò a passeggiare intorno a me e a guardarmi, fino a vedere un Fabian che vendeva paccottiglia, uno entrava in una casa chiusa, uno negli stracci dell'accattone che mi porgeva la tazza. Il posto delle paure divenne lo specchio delle mie paure: d'incanto fui sommerso da un'onda di emozioni che avevano a che fare con gli ultimi dieci anni della mia vita, illuminando tutto a giorno, come un lampo nella notte e mi apparve con chiarezza il vero motivo per cui mollai tutto e fuggii dalle responsabilità un tempo.

DISCORSI DA DONNE

Cristiana camminava tenendo Claudia sotto braccio, mentre Alberto fremente le precedeva di un passo. Tra le bancarelle di spezie Alberto progettava qualche nuovo esperimento culinario, ma le due ragazze apparivano interessate soprattutto a confabulare complici tra loro, mentre lui gongolando ne approfittava per prendersi carta bianca negli acquisti.

«Io entro qui» disse poco dopo Alberto, all'ingresso di un'amorevole bottega con l'affaccio in legno di mogano intarsiato con temi geometrici tradizionali, la cui vetrina era colma di soprammobili e argenteria. «Entrate?» chiese col piede già dentro.

«Noi aspettiamo qua fuori» rispose Cristiana «non farti derubare mi raccomando!» si preoccupò.

«Starò attento, te lo prometto.» Detto questo, suo marito sparì dentro saltellando con la faccia di un bambino in un negozio di giocattoli.

Le due ragazze continuarono i loro discorsi da donne appena fuori l'ingresso della bottega, giusto scostate di quel tanto che bastava per non lasciarsi ascoltare inavvertitamente.

«Questa non gliela perdono!» sentenziò Claudia risoluta.

«Cerca di capirlo, è fatto così. Fabian è un po' come un ragazzino certe volte» giustificò Cristiana «ma quale uomo non lo è?» e ammiccò con gli occhi all'interno della bottega ed entrambe sorrisero.

«Ma come si fa ad andarsene in questo modo?» riprese subito Claudia «In un posto del genere poi? E pretendeva che andassimo anche noi. Ma ti rendi conto?»

«Magari per lui è una cosa normale ambientarsi in certi posti. Basta che guardi com'è di casa al Maltese! Però dai, ha qualcosa di davvero affascinante, non ti sembra?»

«Sì è vero, ma è troppo diverso da come me lo aspettavo. Credevo almeno fosse più responsabile, più partecipe, invece vive in un mondo tutto suo; guardalo, è... uno squattrinato, sembra che dei soldi non gli interessi niente.»

«Cosa ti aspettavi? È un artista!»

«Già.»

«Questo in fondo lo sapevi già, ma ti conosco abbastanza per sapere che non vedevi l'ora di toglierti la curiosità. Io lo trovo amabile.»

«Io non sopporto che sia così trasgressivo... mi destabilizza.»

«Ma che te ne frega scusa? Guarda piuttosto a quello che c'è di buono veramente.»

«E che sarebbe?»

«Beh, l'hai detto tu stessa: se pensi che quella con i soldi sei tu, quando ti ha invitato non è stato certo per quelli. Io fossi in te rifletterei di più su quest'aspetto del tuo ragazzo.»

«Non è il mio ragazzo! Il problema è che a volte mi fa sentire come... come se non gliene fregasse niente di me.»

«Ma tesoro, è che tu vuoi essere sempre messa al centro dell'attenzione e siccome lui non lo fa te vai in crisi. Eppure, mi era sembrato che foste entrati in sintonia o mi sbaglio?»

«Beh, magari per altre cose, tutto funziona come si deve.»

«Allora qualche lato positivo ce l'ha» strizzò l'occhio Cristiana.

«Sì, quello dove non batte il sole!»

«Ahahah! Sei una ragazzaccia lo sai?» Risero entrambe con gusto, ma poi Claudia continuò più seria.

«All'inizio ti prende, è vero, è affascinante, ti fa divertire, quando suona ti fa sentire importante, ma poi all'improvviso, si fa ombroso, magari ride, ma si vede che ha altro per la testa. Mi fa uno strano effetto, sembra... tormentato. Io non posso stare con uno così, voglio qualcuno che mi trasmetta sicurezza, che mi faccia divertire.»

«È vero, è un po' tormentato, ma è di animo candido.»

«Già io invece sono una stronza! Vuoi dire questo no?»

«Volevo dire, che forse ti fa bene frequentare un uomo diverso da quelli con cui esci di solito.»

«Non lo so Cristiana, io voglio un uomo tutto d'un pezzo; odio ammetterlo, ma, vorrei qualcuno che mi sappia tenere testa.»

«Tu vuoi uno come tuo padre! Ecco la verità.»

«Tu dici?»

«Mi sembra ovvio.»

«Forse, ma tu te lo immagini uno come Fabian a negozio? A consigliare l'ultima moda mare?»

«Ahahah! Hai ragione, non me lo vedo proprio.»

«Hai capito adesso che cosa voglio dire?»

«Già e quindi che vuoi fare? Lo vuoi scaricare?»

«Oddio, così su due piedi, non lo so, mi sembra una carognata, è stato così carino a invitarmi.»

«Che fai adesso ci ripensi?»

«Non so, una parte di me chiuderebbe subito, sono furibonda, d'altra parte mi fa tenerezza... sono combattuta.»

«Ehi, stai attenta a non prenderlo in giro: ti conosco sai?»

«Che vuoi dire?»

«Voglio dire che adesso non ti va di scaricarlo per non trascorrere la vacanza da sola e magari avere il tuo giocattolo a disposizione e lui invece di capirlo ci cascherebbe con tutte le scarpe e la chitarra; così appena saremo tornati a casa, gli spezzerai il cuore e ti odierà per sempre.»

«Sarei proprio una stronza vero?»

«Sì e non se lo meriterebbe, si vede che ha avuto già tanti guai, dovresti rispettarlo almeno.»

«Già, anche se quando ripenso a come mi ha abbandonata per andarsene chissà dove, mi verrebbe voglia di fargli davvero uno scherzo.»

«Ah! In questo però ti tiene testa, devi ammetterlo, ha fatto sempre quello che voleva lui.»

«Già, ma è perché in fondo non gli interesso.»

«Ma non vedi che neanche lui sa cosa vuole?»

«Sembra proprio uno incasinato.»

Claudia sospirò profondamente, parlare con Cristiana la faceva sempre riflettere, lei delle due era lo schiacciasassi, Cris era quella col carattere riflessivo e col tempo era diventata la coscienza di cui l'amica aveva imparato a fidarsi.

«Per maturare dovrebbe avere qualcuno accanto che lo aiuti» continuò Claudia.

«Sì, ma non tu, lo useresti soltanto e forse lo molleresti comunque. Comunque andasse lui ti odierebbe.»

«Hai ragione, è un uomo onesto, mi dispiacerebbe perdere la sua stima.»

«Quindi cosa intendi fare?»

«Non lo so, sono ancora indecisa.»

«Soltanto una cosa ti chiedo: non prenderlo in giro!»

«D'accordo, te lo prometto, ci rifletterò.»

«Adesso basta dai, cerchiamo di goderci questo posto. Chissà che sta combinando Alberto dentro questa bottega? Se lo conosco abbastanza, dovrebbe aver già comprato mezzo negozio.»

«Andiamo a fermarlo allora!»

Rasserenate da quello scambio di vedute entrarono anche loro nella bottega a curiosare tra la mercanzia, lasciandosi rapire dal clima vacanziero. Claudia appariva un po' più tranquilla, ma Cristiana sapeva che era nel suo carattere covare il fuoco sotto la cenere.

L'URLO

L'Urlo di Munch dà la giusta impressione; fu l'attimo in cui credetti di impazzire, scoppiare, urlare scoprendomi inerme. L'attacco di panico venne così. Non l'aveva chiamato nessuno, ma lui si affacciò, fece un po' di casino e poi mi lasciò ad ansimare appoggiato a un muro, sudando freddo. Allora, molto lentamente, ripresi la calma e feci qualche respiro profondo per tornare lucido. Ormai l'incanto era rotto, mi ero guardato in faccia allo specchio di Tarlabasi e avevo visto con orrore ciò che avevo fatto della mia vita: avevo imboccato la strada del nulla, come l'eroe solitario di un western di Sergio Leone. Incominciai a sentirmi il cuore battere nel petto con una forza tale che credevo mi sarebbe scoppiato. Mi guardavo intorno, qualcuno mi osservava nella solitudine buia del vicolo. Tutti uguali, eravamo tutti uguali, tutti diseredati.

«Io non sono come voi!» gridai fuori di me e cominciai a correre fuori quella specie d'inferno. La verità era venuta fuori in mezzo a quei disperati: mi ero illuso di governare il futuro credendo che sarebbe stato eccezionale ed ero finito per diventare uno di loro. Non avevo capito le regole del gioco, non le avevo accettate e avevo combinato un bel guaio; adesso sapevo che per uscirne avrei dovuto rimettere ordine nella mia vita, ma non avevo idea di come fare.

Rapito dalle mie angosce, sperduto in vicoli pericolosi, i miei sensi erano esasperati e a fior di pelle. Vagavo frugando rapidamente con gli occhi ogni vicoletto, in cerca di una via d'uscita da una condizione disperata fuori e dentro di me. Tutto d'un colpo era riemerso quello che era successo negli ultimi dieci o addirittura venti anni prima. Ognuno di quei giorni era tornato improvvisamente a galla col suo bagaglio di rimorsi. Non restava altro dei tempi spensierati, del tepore cieco della mia determinazione quando mi nutrivo di speranze sognando a occhi aperti, convinto che sarei diventato qualcuno e le mie aspirazioni realizzate entro poco. Poi arrivarono le difficoltà, i compromessi e gli inganni della professione; cominciai ad accorgermi che non bastava essere me per essere chi volevo io; me la presi col mondo senza dubitare un istante che non fossi all'altezza delle mie ambizioni. Nessuno sembrava seriamente interessato a me, vedevo altri passarmi avanti senza restare impuntati dov'ero io: da anni fermo ai blocchi di partenza a dirmi che sarebbe stata ancora questione di un mese, poi due, poi quattro, cinque, sei. Avrei dovuto capirlo: il fantastico Sammy Scarda era così convinto di me, che in caso d'insuccesso le colpe erano solo mie e nel successo tutto merito suo. La mia musica non dava contropartita sufficiente, al produttore, all'editore, al pubblico? Ma chi se ne frega! Pensai. Mi ero scelto quel mestiere per uscire dal nulla, ma non al punto da vendermi l'anima. Per questo ero fuggito in silenzio, lasciando il mondo a scordarsi di me in un giorno qualunque, un momento qualunque. Come una specie di magia: "Goodbye vado a prendermi il mondo! Arrivederci... Puff."

Turchia, Istanbul: avevo ingolfato la mia mente di esperienze finché era esplosa e adesso mi toccava fare i conti con i cocci del passato, cercando di rimettere insieme i pezzi sparsi tutt'attorno.

Labirinto di Tarlabasi: un ghetto in cui non avevo idea di dove andare. Mi spinsi dove sembrava ci fosse rumore di folla, dopo qualche vicolo mi parve di ascoltare della musica e m'incamminai in quella direzione. Incontravo via via più persone, fino a ritrovare la calca del mercato. Camminavo affrettato, facendomi strada tra la gente, incurante delle facce infastidite, mentre m'insinuavo con violenza tra uno e l'altro nella foga di uscire. A un tratto mi trovai in una piazza, piccola e stipata, animata da suoni, grida, musica, colori. Quando colpii rudemente un banchetto di sigarette, un tipo smilzo sui quaranta, dalla pelle scura e gli occhi penetranti con indosso solo un gilet amaranto, mi si parò contro proferendo cose incomprensibili. Lo spostai di peso superandolo, senza preoccuparmi dei suoi insulti che intuivo benissimo. Mi fermai dopo pochi passi per tentare di orientarmi e a quel punto mi sentii afferrare per la spalla e tirare di lato. Mi ritrovai il tizio davanti alla faccia che sbraitava il suo disappunto; sentivo l'odore pesante d'aglio e fumo del suo alito misto a quello di cumino e sudore. Mi roteava i pugni davanti al naso, mentre m'investiva la pioggiolina di schizzi proiettati dalla sua bocca per la violenza delle proteste. Gli occhietti neri e penetranti strabuzzavano dalla pelle scura e rugosa, mentre il viso traduceva esattamente le cose che uscivano dalla sua bocca. Lì per lì tentai di accampare una scusa, ma da qualche parte della mia mente, una vocina proruppe seccamente: "Ma che ci fai qui fermo? Scappa scemo!" e così feci, girando su me stesso e dandomi alla fuga, lasciandolo a roteare i pugni in aria. Ricominciai il mio percorso di guerra, mi voltai e vidi che il tipo mi stava seguendo. Ebbi davvero paura e mi resi conto di quanto rischiosa fosse quella zona. Velocizzavo il passo per quanto possibile tra la gente e lui sempre dietro, gridava parole secche che facevano voltare i passanti. Mi avessero preso e ammazzato nessuno avrebbe detto niente, mi avrebbero lasciato dentro uno di quei palazzi diroccati e sarebbero passati dei giorni prima di ritrovarmi solo grazie alle insistenze di Alberto. Non potevo farmi raggiungere. Voltai un carretto e mi acquattai dietro di esso tra la tenda e un mucchio di stoffe. Da dietro la catasta vidi il tipo che mi sorpassava e proseguiva dritto per poi fermarsi qualche metro più avanti a guardarsi intorno e agitarsi risentito. Il cuore rimbombava e avevo il fiatone, ma cercavo di non fare alcun rumore. Stetti fermo ancora qualche istante finché mi sembrò che tutto fosse calmo, poi presi la direzione opposta a quella del tizio col gilet amaranto e l'alito d'aglio. Col bagno di adrenalina recuperai anche il sangue freddo; non avevo risolto il problema principale, ma almeno ero ancora sano e in cerca dell'uscita. Mi guardai intorno con i sensi acuminati pronto a lanciarmi in qualche nuovo vicolo.

Di tutto ciò che trovai nel ghetto non parlai mai ai miei amici, sapevo che non avrebbero capito. Li scovai più tardi, grazie all'aiuto dei ragazzini mendicanti, che mi ero ritrovato attorno per il trambusto che aveva procurato il mio inseguitore. La voce si era sparsa velocemente e loro mi avevano rintracciato in un lampo. Così decisi di devolvere tutto il mio budget per la buona causa della mia incolumità. Con lo stimolo della mancia, mi ricondussero sulla strada principale con la stessa velocità con cui mi avevano trovato; era bastato dire le parole magiche: "Tarlabasi boulevard", facendo il segno dei soldi con le dita ed erano scattati come a una partenza di Formula Uno trascinandomi per le mani.

Più tardi, ricongiunto con gli amici, rifugiati al sicuro sul nostro yacht, cominciammo a mostrarci gli acquisti. Tutti eravamo curiosi di ritrovarci, ma Claudia appariva sempre molto pensierosa; pensai che forse l'arrabbiatura per la storia di Tarlabasi fosse stata parecchio più sonora di quanto in realtà sperassi, visto che non sembrava intenzionata a riservarmi la solita attenzione; era visibilmente meno solare e dinamica, gli altri se ne rendevano conto e cercavano di stemperare l'aria pesante, con toni un po' sopra le righe che apprezzai come gesto di sincera amicizia. Dal mio canto, ero ancora troppo sconvolto per destinarle la giusta attenzione.

Tra le cose acquistate da Alberto, ora sparse sul tavolo del quadrato, lui fece emergere da dentro un grosso sacco di tela multicolore un involto oblungo di carta di giornale. Da quel pacchetto mal arrangiato comparve un meraviglioso narghilè alto come un bambino, fitto di trame d'argento tra lacche blu-arancio e pietre luccicanti; poi da una busta di carta bianca estrasse delle scatoline quadrate di colore bianco con scritte e didascalie a ghirigori incomprensibili e sul coperchio, l'immagine di un ramo da cui pendevano delle rosse ciliegie mature. Erano confezioni di tabacco per narghilè, appiccicoso e melenso, aromatizzato al gusto di ciliegia, che andava piazzato nell'apposita vaschetta ornata sull'apice. Quell'oggetto esotico e coloratissimo allettava la curiosità di tutti e si pensò subito di provarne il funzionamento, sicché accendemmo il carbone di quercia nel braciere posto sopra il tabacco che divenne immediatamente incandescente e appoggiammo a coprire il tutto un bulbo traforato, finemente intarsiato. La lunga cannula flessibile da cui si aspirava affondava nel suo collo di cigno, dove il fumo, prima di essere inalato, si stemperava nell'acqua dell'ampolla laccata. Alberto armeggiò un po' col flessibile del narghilè cercando di capire come usarlo, mentre le luci tremolavano sui nostri visi che il caldo umido rendeva lucenti; poi assaporò due o tre brevi boccate di fumo, emettendo dense nuvolette di soddisfazione. Subito il piccolo ambiente del quadrato si saturò di fragranze speziate che annebbiarono la scena trasportandoci in un'atmosfera fiabesca. La luce delle lanterne di bronzo si rifletteva intorno giocando sul verde delle tazze del nuovo servizio da tè per la country house, mentre dagli oblò il sole proiettava un reticolo argenteo di raggi intrecciati nel fumo. Alberto e Cristiana erano stesi sul divano e si passavano il beccuccio di legno, stringendosi in un mondo tutto loro. Claudia, in disparte, faceva frusciare tra le mani la pashmina che le avevo regalato. Desideravo abbracciarla, così tentai un approccio guardingo scivolandole accanto, ma lei si voltò e m'infilzò con gli occhi lucidi; infine sussurrò: «Se non ti dispiace, questa la tengo...» mettendo la stoffa blu-oro sulla bocca; poi si rintanò nella profondità del divano dove non potevo raggiungerla. Non ebbi forza d'insistere, così raccattai la chitarra e mi distesi sul divanetto più lontano guardando la scena come fossi altrove e cominciai a improvvisare una cosa che poteva essere la colonna sonora di quel pasticcio. Alberto e Cristiana ci scrutavano con le facce indulgenti di due genitori, mentre i fumi orientali salivano impregnando l'aria di essenza dolciastra. Alberto mi passò il flessibile colorato del narghilè, aspirai e un afrore dolce mi raggiunse, chiusi gli occhi e nella musica tutto sparì.

DIFFERENZE

Poco dopo una cena alquanto silenziosa, Alberto e Cristiana scesero sul molo per fare una passeggiata, avevamo progettato di fare un salto allo Yacht Club, molto ricercato dai turisti per il suo lounge bar, ma non ci chiesero di andare con loro, ero sicuro che in realtà intendessero lasciarci parlare in pace. Claudia ed io restavamo su Corinna, in una bolla di silenzio surreale tra lo schiamazzo della città oltre il cancello del porto e il tenue sciabordio dell'acqua nera e calma dell'ormeggio.

Me ne stavo a fumare affacciato mezzo dentro e mezzo fuori dall'ingresso scorsoio del tambuccio, mentre Claudia sedeva sul divanetto del quadrato rivestito di olmo, apparentemente intenta a leggere il suo *Orgoglio e pregiudizio*, illuminata dalla luce calda dei faretti, che davano un'atmosfera familiare a tutta la scena.

«Senti, domani sera ti andrebbe di andare a mangiare fuori, solo tu ed io?» le chiesi a bruciapelo. Quell'idea mi era venuta guardando le luci della città e riflettevo che erano anni ormai che non portavo fuori a cena una ragazza. Era dal pomeriggio che mi sentivo in subbuglio, mi era venuta la smania di far succedere qualcosa; chissà, saranno stati i fatti di Tarlabasi, i discorsi di Alberto, la grazia di Cristiana; sarà che Claudia mi piaceva nonostante le sue intemperanze. M'ero detto: "Perché non provare a conoscerci meglio?" ripromettendomi di fare tutte quelle cose con più calma.

«Non credo!» scattò «Non ti ho perdonato» e inarcò appena un sopracciglio con uno sguardo *Mezzogiorno di fuoco*, deponendo soltanto un istante il libro e gelando ogni mia velleità di uscire dallo stallo del pomeriggio.

«Ma perché fai così scusa?»

«Secondo te?» rispose severissima.

«Dai! Ho solo detto che avrei voluto dare uno sguardo in giro...»

«In giro? Il posto peggiore forse?»

«E sia! Ma se non fossi andato, mi sarebbe molto dispiaciuto. Invece tu non ti sei persa niente e hai fatto quello che volevi senza cambi di programma. Tutti sono rimasti soddisfatti: dove ho sbagliato?»

«Non è questo il motivo Fabian: in quel cazzo di posto potevi andarci in qualsiasi altro momento!» strillò «Eravamo usciti per stare insieme, invece tu hai preferito fare di testa tua, te ne sei fregato di tutti noi e soprattutto di me!»

«Mi dispiace che te la sia presa, ma non penso di aver fatto niente di male.»

«Ma lo capisci come mi sono sentita? Come hai fatto sentire tutti? Sono venuta perché mi hai invitata tu e tu invece mi pianti in asso in mezzo al mercato più grande del mondo. E io stupida, che ti sono venuta dietro; se ci ripenso, mi chiedo chi me l'ha fatto fare.»

«Ma non ti ho piantata in asso, eri con Alberto e Cristiana...»

«Sei un idiota! Come fai a non capire?»

«Scusami dai, te l'ho già detto, non sono andato via perché non m'importava niente di te.»

«Infatti, la verità è che sei andato via perché t'importa troppo di te!»

«Non sarai soltanto un po' offesa?»

«Offesa? Forse, ma ti sbagli se pensi che sia solo offesa. Mi dà fastidio essere messa da parte e il bello, lo sai qual è? È che neanche ti rendi conto di dove sta il problema.» Pronunciò quelle parole con un'aria talmente risoluta, mentre mi fissava dritto in faccia, che solo allora mi resi conto di quanto avesse a cuore la questione. Claudia era sempre stata una donna forte, ma un po' impulsiva, il carattere doveva averlo ereditato tutto dal ramo di suo padre, uomo corpulento e rubizzo, che con una determinazione senza compromessi — e senza santi in paradiso — aveva tirato su dal niente *Le Rose*. "La boutique più alla moda di Bari" come recitava lo spot tormentone di Telenorba, girato nei settecento metri quadri d'interni e dove si vedeva una sorridente Claudia porgere gentilmente la mitica busta rosa pastello a una cliente, mentre suo padre in gessato blu raccontava quanto amore, passione e bla bla bla ci mettevano nella missione di vestire la gente.

«Accidenti, se avessi saputo che per te era così importante non sarei andato.»

«Voi uomini non capite niente: non dovevi evitare di andarci per farmi un favore, avresti dovuto voler stare con me e basta, stupido!»

«Ho capito, adesso ho capito, la prossima volta starò più attento.»

«Senti Fabian, io non ho voglia di aspettare nessuna prossima volta. Non siamo a scuola, è finito il tempo degli esperimenti, certe cose devono venire d'istinto, se no, vuol dire che non te ne frega niente.»

«Non siamo mica fidanzati, non puoi farmi un discorso del genere.»

«E io non sono una puttana, stronzo!» Richiuse di scatto il libro scagliandomelo contro e quello mi frullò vicino l'orecchio per andarsi a stampare sulla rosa dei venti intarsiata nella parete di *boiserie* alle mie spalle; così scoprii che Claudia ha una pessima mira ed è una di quelle donne che tirano la roba addosso agli uomini, come nelle barzellette e nel nostro momento peggiore questo mi fece sorridere. «Sei proprio un coglione!» aggiunse non paga.

«Grazie per non avermi colpito. E io non penso che sei una facile» osservai recuperando il libro, mentre ammiravo la grossa ammaccatura che si era creata sulla copertina.

«È possibile che non ti renda conto di quanto sei infantile? Ti comporti da egoista!» gridò furiosa.

«Ma in fondo che è successo di così grave?»

«È successo che mi chiedo se ho fatto bene a venire via.»

«È la mia presenza? Sono io?»

«Me lo sto chiedendo da stamattina.»

Ci fu un attimo di pausa a quelle parole, in cui tutto sembrava sospeso: il tempo cominciò a scorrere più lentamente, se adesso mi avesse scagliato il libro contro lo avrei visto arrivare al rallentatore. Proprio in quel momento dal ponte di coperta si sentì un rimbombare di passi, mentre Corinna si mise a oscillare e poco dopo comparve dal tambuccio la silhouette di Cristiana nella controluce proiettata dal lampione sulla banchina alle sue spalle.

«Tutto bene?» domandò, non sapevo se avesse ascoltato il trambusto di prima. Guardò me, poi Claudia con aria ansiosa, aveva già capito tutto della situazione.

«Più o meno» risposi io.

«Un disastro! È irrecuperabile» giudicò Claudia e l'altra assunse un'espressione come per dire: "Cerca di essere paziente"; Claudia annuì rassegnata e Cristiana le rimandò un sorriso di speranza, ma nello sguardo un alone di pessimismo.

Eppure, a me davvero pareva che non fosse successo nulla di veramente importante; sembrava così sciocco dover rovinare tutto per una cosa del genere.

«Alberto ed io abbiamo pensato di invitarvi al bar del club a bere qualcosa, volete venire?» Cristiana si era resa perfettamente conto di essere capitata nel momento meno indicato, ma ormai era là e sperava di darci l'occasione per chiudere la questione.

«No grazie, sono un po' stanco» risposi, anche se in realtà pensavo che sarebbe stata una grande idea mollare tutto e seguirli.

«Io sto bene così, poi va a finire che non dormo», si scusò Claudia e Cristiana comprese che non era il caso di insistere.

«Ci vediamo dopo allora e voi fate i bravi, mi raccomando.» Strizzò l'occhio indugiando un momento su ognuno di noi. Col suo intervento aveva allentato la tensione ed io pensai che in fondo ci stavamo comportando entrambi in maniera infantile.

«Ciao...» scivolò sul saluto Claudia, accennando appena un gesto con la mano prima di incrociare le braccia.

Cristiana scomparve dall'ingresso e i suoi passi rimbombarono sulle nostre teste finché non scese dove la aspettava Alberto.

Io e Claudia ritornammo al nostro confronto, l'atmosfera era tesa, lei sembrava intenzionata a rimanere sulla sua posizione, non voleva parlare per prima; io non potevo restare in quel modo, non sopporto lasciare le questioni aperte.

«Quei due sono proprio affiatati; e se cercassimo di andare d'accordo come loro?» esordii rompendo il ghiaccio.

«Uhm...» mugugnò lei rimanendo a testa bassa e braccia conserte.

«Dimmi qualcosa almeno»

«Senti Fabian, non sono dell'umore adatto stasera per fare conversazione.»

«Posso chiederti almeno perché continui a essere arrabbiata con me? Ho capito che non sarei dovuto andarmene e che questo ti ha infastidita, ma potresti almeno spiegarmi perché questa cosa non si può superare?»

«Non è che non si può superare, sono io, che non intendo superarla.»

«Ma perché?»

«Perché mi sono resa conto che tu hai un'idea molto diversa dalla mia, riguardo al motivo per cui siamo qui.»

«Io volevo trascorrere una vacanza senza pensieri, divertendoci il più possibile. Tu cosa ti aspettavi?»

«Pensavo che mi avessi invitata perché avevi visto qualcosa d'interessante in me, come anch'io credevo di vedere in te un uomo diverso, invece ho capito che persona sei: cercavi soltanto una partner per giocare.»

«Non è come dici tu! Tu mi piaci! Mi sei sempre piaciuta. Mi spiace che tu mi veda così.» Le sfiorai la guancia con una carezza accostandomi, lei alzò lo sguardo e vidi che aveva gli occhi rattristati dietro il trucco color pesca; sorrise leggermente e due rughine segnarono le fossette ai lati della bocca, le labbra si schiusero per parlare ancora.

«Fabian... mi sono accorta che ci sono tante differenze tra te e me, che non sono semplici da conciliare.»

«Mi sta bene, ma perché dobbiamo comportarci come fossimo nemici?»

«Hai ragione, ma la verità è che non ce l'ho con te, forse più con me stessa, perché avevo immaginato una cosa e invece è tutto diverso.»

«Che ti eri immaginata?»

«Non una cosa precisa: desideravo mi facessi la corte, mi volessi tutta per te. Invece, sei uno di quelli che se ne va piantandoci tutti là. A te piace fare le cose per conto tuo; ti piace stare con Alberto e Cristiana. Anche a me piace, ma speravo volessi stare solo con me. Insomma, ti vedevo più indipendente. Non fraintendermi, lo sei anche troppo indipendente, ma non nella maniera che credevo io.»

«E allora come sono?»

«Egoista» disse, ma senza rabbia, con rassegnazione. Stava tirando fuori tutto quello che pensava con onestà e mi sorpresi di ascoltare una persona molto diversa da come l'avevo sempre vista.

«Egoista?» ripetei a pappagallo.

«Mi spiace Fabiano» disse pronunciando per la prima volta il mio nome e guardandomi si fece più scura «non voglio dirti cose che possono ferirti.»

«No, tu non mi ferisci, ma da come parli, sembra che tu mi stia mollando.»

«È così. Credo che non sarebbe il caso di continuare questa cosa. Molto meglio dirsi in faccia tutto subito e forse salveremo l'amicizia, perché a quella ci tengo.»

«Chissà perché voi donne volete sempre salvare l'amicizia?»

«Ecco, lo vedi ti ho ferito.»

«No... no... sono solo un po' frastornato, sai io ci avevo creduto... ti giuro che non mi capita spesso, non mi era mai capitato di essere scaricato così in fretta.»

«Lo sapevo che te la saresti presa.» Frenò il disappunto, trasse un lungo respiro e mise la mano sulla mia con dolcezza, poi la strinse delicatamente e cominciò a carezzarla col pollice.

«Ma sì, me lo aspettavo prima o poi sai, solo non pensavo così presto» ammisi amareggiato come un bambino che ha sbagliato un rigore.

«Lo vedi da te che eri partito già senza prospettive? Come si può cominciare qualcosa così? Tu la costruiresti una casa con una ditta che non ti garantisce di finire i lavori?»

«Hai ragione, non posso darti torto.»

«No, non puoi darmi torto. Io voglio veramente conoscere qualcuno che mi desideri. Tu puoi darmi questo?»

«No... cioè, non lo so; non sono sicuro di poterti dare quello che vuoi, così, senza concedermi del tempo.»

«Ho capito che sei fatto così e non hai nulla di sbagliato, ma siamo troppo diversi; per questo ti dico che è meglio chiuderla subito senza fare che le cose diventino più complicate.»

«Forse hai ragione... io non so nulla di queste cose, solo, credo che ognuno ha i suoi tempi; forse questo non è il nostro tempo... io non sono preso da te come tu vorresti, anche se...»

«Anche se?»

«Mi sto divertendo con te.»

«Grazie...» sorrise guardandomi sollevata.

«E ti trovo una gran bella donna e molto intelligente.»

«Anche tu sei una bella persona.»

Ci abbracciammo a lungo, stretti con tenerezza, ci guardammo, poi disse: «Evitiamo di rovinare la nostra amicizia, d'accordo?»

«Cercherò di farmene una ragione.»

«Allora cerchiamo di non sprecare questi pochi giorni», sorrise dimessamente «e siccome la giornata non è ancora finita, forse mi è tornata la voglia di uscire: quindi, ti andrebbe di raggiungere quegli altri due?» Ammirai lo sforzo e decisi di assecondarla.

«D'accordo!» dissi «ma a Cristiana e Alberto non diciamolo subito.»

Una separazione soft fa meno male di una stroncatura netta e mi sentii un po' meno angosciato e un po' più maturo per aver trovato insieme a lei una via indolore al nostro rapporto. Forse saremmo riusciti davvero a salvare la nostra amicizia speravo, o per lo meno il resto della vacanza. Ciò che davvero mi preoccupava era il mio carattere e l'orgoglio ferito.

AYASOFYA E RITORNO

Dalla cavalcata iniziata alle isole Cicladi dove ci avevano raccolto i venti portanti, eravamo stati proiettati nel mare d'oriente e avevamo vissuto l'arrivo mozzafiato nel Bosforo dove come di norma migliaia di navi di ogni tipo punteggiavano la spianata d'acqua davanti al grande canale. Sembrava fosse l'appuntamento per una festa di colori: tante vele tremolanti come ali di farfalla nel panorama d'immenso turchese, tra i profili verdi dei due continenti che quasi toccandosi sprofondano nel mare d'arancio tramonto. Riflettevo, affascinato dall'impatto che avevo avuto con quella strana civiltà, divisa a metà tra futuro e medioevo, che sa di oriente e d'occidente e con la sua gente cordialissima o temibilissima, qualora uno fosse in cerca di emozioni forti. Era inevitabile per me ripercorrere passo passo gli eventi di quella vacanza, fino all'ultimo sorriso di Claudia. Me ne stavo in silenzio pensando tutte queste cose, fissando supino il soffitto nella cuccetta di servizio di Corinna; una sistemazione molto più spartana dell'andata, perché avevo lasciato a Claudia la comoda cabina dove avevamo condiviso la traversata. Okay, ero abituato ai disagi dei pernotti di fortuna, ma vuoi mettere viaggiare in prima classe? Vuoi mettere il tepore, il profumo di una donna accanto? Entrato nei quaranta ormai cominciavo a sentire le conseguenze di uno stile di vita troppo giovanile. Tra i pensieri del viaggio e il cambio di letto, era la notte più pesante trascorsa negli ultimi dieci anni. Nella dura scomodità di quella lettiga da fachiro, mi veniva molto meglio recriminare d'essere passato per l'ennesima volta in un frullo di passero, da uomo gettonato a uomo gettato.

«E adesso come dovrei definirmi? Un perdente o un gigolò? Uno che fa collezione di donne perché ne ha avute tante? Uno scialacquatore di occasioni? Un Mister X da TV spazzatura?» Ahimè pensieroso contemplavo i miei magri risultati. Vivevo le storie come si fa immergendosi in apnea per vedere quanto tempo ti riesce star sotto. Cazzo, avevo la media di un treenne!

Ovvio che erano sbagliate le premesse: mancava un ingrediente magico per andare oltre e per quello tutte le mie storie sembravano condannate a una zuppa mortifera senza sapore. Pranzavo fuori tutti i giorni al fast food dei sentimenti: sapori dolciastri e consistenze poco tenaci da consumare sul posto. Per certe cose ci vorrebbe una sana cucina casereccia, altro che sofisticazioni nouvelle cuisine e sofismi ultraterreni radical chic. Al confronto con Alberto e Cristiana, che erano due extraterrestri, io e Claudia incarnavamo benissimo l'archetipo delle storie moderne: barlumi d'entusiasmo incatenati a terra da incurabile egoismo. Sembravamo galline che tentano di spiccare il volo credendosi aquile.

«Oh basta! Probabilmente doveva andare in questo modo» conclusi tagliando corto, con l'orgoglio mortificato. No, non avevo voglia di struggermi per Claudia come un adolescente. Il colpo di grazia era stato quel graffio nell'anima il pomeriggio a Tarlabasi. Nel coacervo di pensieri mi arrovellavo sul senso di quell'uno-due, con l'attacco di panico che aveva scombussolato d'un tratto la mia vita lasciandomi come un pugile suonato. Un pugno in faccia è pur sempre un pugno in faccia e non puoi scordartelo perché ti spezza il cuore. Avevo in mente ognuno dei fantasmi evocati in quelle strade polverose e i giudizi severissimi su me stesso.

Io sono un istintivo, preda di sensazioni indefinite: una parola sulla punta della lingua, un quadro astratto da commentare. Tutte queste cose mi mettevano una strana inquietudine addosso e avevo bisogno di trovare uno sfogo.

«Coraggio, ci siamo!» L'ingranaggio ricominciava a muoversi, ogni dettaglio di quella storia voleva essere raccontato e diventare musica. Dovevo solo aprire la porta magica e segreta verso un mondo fatto d'invenzione, davanti soltanto sconfinate praterie da cavalcare con la fantasia. Ma non si possono fare queste cose a comando, solo prendendo una penna o una chitarra. Di solito iniziava un profondo scuotimento interiore che mi lasciava pensieroso e apatico per giorni, senza scrivere nulla, con tutto ancora troppo fumoso nella testa per condensarsi in forma compiuta. In quelle nebbie dell'animo, puoi scorgere solo i contorni della sagoma di qualcosa che sta là in mezzo, è un'ombra che ha un peso, ma non sai ancora come chiamarla. Poi, senza un particolare segnale, inizi e per giorni non hai tregua, a tutte le ore del giorno e della notte, come in trance, senza orari, senza stanchezza, né fame, con l'unico obiettivo di veder realizzato, fatto e finito tutto quello che hai in testa. Mi ripromisi per il rientro di scrivere ogni cosa di quei giorni, nulla sarebbe dovuto andare perduto. Corroso da questi sentimenti, un grande peso si posava sui miei occhi: da tutta la notte non riuscivo a trovare tregua, continuando a rigirarmi sul materassino basso e scomodo della cuccetta, talmente sottile che mi sembrava di stare direttamente sulla trave sottostante. Avevo bisogno di dormire, ormai desideravo soltanto di potermi stordire nella panacea di un sonno ristoratore.

Al mattino ci ritrovammo tutti e quattro seduti al tavolo del club velico a fare la colazione continentale, io ero distrutto per la notte insonne e mi ero attaccato già per la terza volta alla tazza del caffè. L'atmosfera degli Yacht Club è sempre molto esclusiva, quello di Atakoy poi, avvezzo agli armatori di mezzo mondo era un piccolo gioiello che non avrei mai potuto permettermi. Alberto invece non faceva fatica a tenere quel tenore di vita, aveva offerto lui le tasse portuali e il resto e per quanto si trattasse soltanto di quattro giorni di permanenza, tutto era notevolmente sopra i miei standard. Però, dall'alto della terrazza godevamo la vista degli yacht più belli sotto il sole bianchissimo e l'acqua satura d'azzurro, mentre bastava voltarsi di novanta gradi, per vedere in lontananza il centro di Sultanahmet e del Corno d'Oro. Da quella postazione, la giornata si mostrava promettente, tuttavia, le forze disgreganti scatenate il giorno prima ci avevano reso silenziosi e nella speranza di riuscire a recuperare il buonumore, Cristiana aveva ordinato una ricca e colorata colazione.

Tutti eravamo un po' in imbarazzo: si era bell'e capito quel che era successo quando, nottetempo, scoprendo che intendevo sistemarmi sul divanetto del quadrato, Alberto mi aveva offerto la cuccetta di servizio per i turni di notte al timone. Quella sera non c'era stato modo di indugiare in spiegazioni a caldo, non andava a nessuno di noi. Da parte mia scolai la birra che Alberto cavò dal frigo giusto per l'occasione, limitandomi a informarlo sommariamente della nuova circostanza; lui aveva appreso la cosa con una certa sportività, del resto era il suo carattere non apparire particolarmente preoccupato. Cristiana sembrava più toccata dalla vicenda perché aveva avuto modo di confrontarsi con Claudia bisbigliando in bagno e aveva una chiara idea della situazione.

«Hai una faccia da cadavere Fabian, non hai dormito?» chiese Cristiana.

«Pochissimo, mi sento uno straccio, il materasso era terribile» risposi stropicciandomi gli occhi.

«Già! Devo ammettere che non è il massimo: hai due belle occhiaie» commentò Alberto.

«Sì, devo ancora svegliarmi.»

«E tu come hai dormito?» chiese Cristiana rivolgendosi a Claudia.

«Bene, ho dormito abbastanza bene» disse con una certa indifferenza, ma s'interruppe immediatamente. Alberto e Cristiana si guardarono interdetti. La situazione era ovviamente incartata e bisognava intervenire.

«Sentite ragazzi, non stiamo troppo a girarci intorno» esordii «Claudia ed io abbiamo deciso di... uhm, aspettare... per ora vogliamo essere soltanto buoni amici, quindi non preoccupatevi per noi e cerchiamo di goderci queste splendide giornate.» Alle mie parole si rilassarono e vidi che anche Claudia aveva disteso un po' il volto; per la verità anch'io, appena pronunciate quelle parole, sentii che lo stomaco mi si apriva e raccolsi un dolcetto ai datteri che sembrò buonissimo.

«Mi dispiace che abbiate rotto» disse Alberto.

«Però vedo che vi siete ritrovati, in qualche modo...» proseguì Cristiana. A quel punto, con Claudia ci guardammo all'unisono: infastidiva entrambi l'idea d'intraprendere una difesa corpo a corpo della nostra privacy, sapevamo che i due amici erano solo in pensiero e non intendevano essere invadenti, ma andavano fermati subito ed eravamo certi che avrebbero accettato ogni nostra qualsiasi decisione.

«Non preoccuparti Cristiana, io e Fabian sappiamo sbrigare le nostre faccende da soli» intervenne Claudia con grande controllo di sé, poi gelidamente aggiunse «e spero che non dovremo tornare sull'argomento per il resto del viaggio!» Da barese doc, tosta e fiera, Claudia non accettava intromissioni nelle questioni personali. Guardai Alberto e Cristiana sorridere, niente affatto piccati da quella risposta rovente e anzi, sembravano quasi sollevati nel sentirla rispondere combattiva come sempre.

«Sì Alberto, non dovete preoccuparvi per noi, va tutto bene» assicurai e tendendo la mano sul tavolino verso Claudia, la aprii porgendogliela, come lei aveva fatto la sera prima con me. Mi guardò accigliata e le lanciai un segnale *007* con gli occhi, dopo un momento d'indugio la afferrò con complice controvoglia e la cinse con le dita intrecciate; ci stringemmo forte la presa davanti a tutti, come a saldare un patto di sangue. Guardandola l'esortavo a metterci più impegno mentre le scuotevo il braccio, lei rispose alla mia stretta stritolandomi la mano e affondando le unghie lucide, elegantemente smaltate nella carne. «*Sììì! Va tutto bene...*» dissi in un falsetto entusiastico. Lei sollevò le mani quasi come un trofeo, col sorriso serrato a trentadue denti dei politici in campagna TV. Ci mollammo all'unisono, lei mi lanciò un'occhiata assassina, io osservai le cinque unghiate a mezzaluna stampate tutt'attorno alla mano, ma feci finta di niente, Claudia sbirciò con aria soddisfatta la mia espressione sconsolata; poi rivolgemmo gli sguardi ad Alberto e Cristiana. Comunque fosse, tutti in qualche modo ci sentimmo rassicurati che la nostra amicizia non sarebbe stata compromessa. Non più di tanto almeno e, tirando un sospiro di sollievo, finalmente trovammo lo spazio nei nostri pensieri per la vacanza; così cominciammo subito a intavolare il programma della giornata.

«Che cosa vogliamo fare oggi allora?» domandò Claudia voltando risolutamente pagina.

«Si era detto di fare il giro dei monumenti, no?» le rispose Cristiana «Ayasofya e la Moschea Blu, stamattina, poi rimaniamo in zona per il pranzo e nel pomeriggio visitiamo il palazzo imperiale Topkapi.»

«Sì, è un bel programma, mi piace» accordò Claudia.

«Approvo anch'io» dissi.

«Ah! Pensavo volessi fare un altro giro per i bassifondi!» sferzò pungente Claudia.

«Guarda: ieri ti ho preso anche la cartina per i turisti e mi son fatto segnare le zone più pericolose da un poliziotto; nel caso avessi voglia di fare una capatina...» intervenne con tempismo perfetto Alberto col suo humour inglese.

«Ma vaff...» m'interruppi netto, dandogli una pacca sul petto e tutti sbuffammo finalmente in una risata liberatoria.

Ayasofya e la Moschea Blu sono poste una davanti l'altra, separate soltanto dallo spazio di quattrocento metri dei giardini del parco Sultanahmet. Noi eravamo proprio in mezzo al parco, dove si trova una grande fontana rotonda contornata di panchine e turisti, che spruzza al suo centro sottili raggi d'acqua. Credo che sia una delle cose più caratteristiche di Istanbul, anche se sembrano i giardinetti di una normale piazza romana. Ciò almeno finché, sollevando la testa, non si notano le guglie svettanti dei minareti delle due cattedrali, che con le loro volte a cupola si confrontano dirimpetto, quasi sfidandosi, una nei suoi antichi fasti cristiani, imponente e remissiva, l'altra, nel suo odierno, islamico orgoglio. Ero rapito dalla meraviglia di quelle due costruzioni che per la maestosità delle geometrie, la potenza delle mura o l'eco esotica dei minareti, suscitavano ammirazione e stupore dal profondo. Nonostante i secoli, la Moschea Blu è un'opera relativamente moderna, mentre Ayasofya è un pezzo millenario di storia.

Le due costruzioni mi sembravano piuttosto somiglianti, con le loro cupole schiacciate, così diverse dai cupoloni rinascimentali italiani. Mirabili mura a contrafforte su cui s'inseriscono finestre ad arco disposte in geometrie triangolari di un gusto molto diverso da quello occidentale; le coperture di volte e semivolte sono raccordate sinuosamente da tegole che sembrano scaglie di drago, a formare una specie di pelle protettiva e uniforme sui tetti; ma è soprattutto la silhouette dei minareti con le guglie aguzze ed esotiche a rendere edifici così mastodontici davvero unici.

Ce ne stavamo come dei turisti qualsiasi davanti a quelle meraviglie architettoniche, scattando foto con i cellulari e la macchinetta reflex di Alberto, ammirati di tanta bellezza. Il virtuosismo ingegneristico delle costruzioni tuttavia era senza confronto rispetto all'impatto mistico di ognuna. Ayasofya mi aveva atterrito con la maestosità della sua capienza: sotto la volta immensa sentivo il peso dei millenni di storia. Molte volte la grande cupola era crollata per i terremoti e le guerre, ma era stata ricostruita con la caparbietà dello zelo verso Dio. Mi lasciava senza fiato l'immenso volume tra il pavimento di marmi pregiati e la cupola di mosaico che si stendeva come un cielo dorato sulle nostre teste. Lontanissima lassù, tutt'intorno era traforata di finestre che raccogliendo il sole in ogni momento della giornata, riempivano di una luce mistica quello spazio vuoto, dando senso e anima alla vista. Monumenti più grandi, come l'antico ippodromo su cui è stata costruita mezza Istanbul erano stati spazzati via dal tempo, ma i simboli della fede sono rimasti, nonostante terremoti e saccheggi, offese e oltraggi. Sotto l'enorme mosaico del Cristo Pantocrator vidi Alberto fermarsi al centro della chiesa, profondamente toccato; guardandolo là, col naso in su, minuto come un ragazzino che guarda il cielo, ebbi un fremito: pensai che Dio non avesse mai avuto qualche ruolo nella mia vita e questo per la prima volta mi suonò strano.

Quando uscimmo da Ayasofya, proprio non sembrava di aver visitato un museo, qualcosa lì dentro era ancora vivo e aveva conservata intatta la sacralità suggestiva della cattedrale.

Ebbi la scossa definitiva quando entrammo nella grande Moschea Blu antistante, perché a differenza di Ayasofya, questa è ancora un luogo di culto ed era frequentata da persone che pregavano. Ciò rappresentava una novità per me che da almeno trent'anni non entravo in una chiesa. Già durante la fila per l'ingresso percepivo una strana curiosità, anche se sotto i minareti fu inevitabile tornare per un attimo alla sera prima e alla paura di essere linciato per un motivo futile.

Entrando nella moschea, dopo esserci tolti le scarpe, la prima cosa che mi colpì fu l'odore acre di piedi e la penombra; poi, superato il primo impatto, mi piacque la morbida felpatura dei sontuosi tappeti persiani dai disegni fioriti, che ricoprivano completamente i pavimenti per una superficie grande come un campo da calcio blu cobalto. Quando dopo l'ingresso s'aprì lo sguardo allo spazio immenso della sala, come per Ayasofya, a fatica trattenni il respiro. La volta altissima era forata a mo' di corona, anch'essa come la cattedrale antistante e si lasciava trapassare dai raggi solari, colorati come fossero provenienti da un altro mondo. Le vetrate disseminate lungo le mura intercettavano i raggi iridescenti tingendo l'atmosfera come si fosse sospesi nell'universo. Dall'alto della cupola ornata di arabeschi blu, scendevano infiniti fili, fitti come trame di ragnatela, a cui erano appese intricate volute di lampadari a ricami circolari che occupavano come un controsoffitto reticolare tutto lo spazio sulle nostre teste. Enormi colonne, come torri di castello, si proiettavano in alto a sorreggere la volta ed erano percorse da nervature longitudinali che ne slanciavano l'imponenza. Davanti a quelle mi sentivo minuscolo come sotto una montagna, mi sembrava di essere solo ed estraneo al mondo. Più in là, poco verso il centro della struttura, nel grande vuoto sotto la volta, qualche centinaio di persone erano raccolte in preghiera; sembravano solo un gruppuscolo sparuto sotto quell'immensità architettonica; erano tutte rivolte di spalle, in atteggiamento di prostrazione, con la faccia al suolo e le mani a terra. C'erano tante donne col volto coperto, tutte molto devote, radunate in una zona separata mediante delle ordinate transenne in legno. L'idea che avevo dell'Islam si modificò istantaneamente, con tutto l'immaginifico Medio Oriente che mi ero costruito a partire dallo schianto degli aerei sulle torri gemelle in quel tragico undici settembre che mi cambiò il mondo davanti agli occhi. Mi sembrava davvero inconcepibile che da qualche parte qualcuno che usava pregare con quella devozione potesse trucidare di colpo duemila persone e sconvolgere la storia in un modo così pazzesco.

Uscii dalla moschea più impressionato di come ero uscito da Ayasofya, Alberto se ne accorse, invece le ragazze al momento parlavano tra loro scambiandosi commenti di meraviglia. Quello che mi aveva colpito era l'intensità di quella preghiera: una dimensione completamente assente nella mia vita; però non volli entrare nell'argomento, avevo bisogno di ragionarci da solo.

Per tutto il resto della giornata fui rapito da quelle riflessioni e nemmeno il tour dentro il palazzo imperiale di Topkapi con le sue ricchezze e la vista mozzafiato sul Bosforo mi distolse più di tanto. Cercavo di usare la mia razionalità, ma troppe cose erano intervenute in quei giorni a scombussolarmi, dovevo metabolizzarle, riflettere. Volevo capire il senso di quel viaggio e che significato dava alla mia vita, perché di una cosa ero certo: non sarei tornato uguale a prima.

IL VOLO

Alte davanti a me, illuminate da un raggio di sole, calde d'estate, una linea imperfetta segnata ogni tanto fra minute trame di pelle e sulla destra, un'antica cicatrice proprio all'attaccatura dell'indice, residuo di giochi infantili.

Le mie mani non sono belle, sono ruvide e screpolate, le nocche un po' grosse, le dita un po' tozze; sui polpastrelli a sinistra, i piccoli calli da chitarrista, a destra le unghie più lunghe per pizzicare le corde. Ho la mano quadrata, come i pittori, dicevano al conservatorio, ma non era un complimento, non sono le mani migliori per suonare: ci vogliono dita lunghe, affusolate, aggraziate, col garbo per lo strumento invece. Sono veloci le mie mani, nervose e scattanti sì, ma affatto leggiadre, mentre volano sulla tastiera, strusciando le corde ruvide e l'ebano morbido dei tasti quando premono le note che mi danno da vivere. Quello del musicista è un mestiere umile, usa le mani per lavorare, come un artigiano della musica.

Le guardo ancora le mie mani e ancora, che altro posso fare? Bloccato, fermo in un letto, contenuto dal busto rigido, immobilizzato quasi da testa a piedi. Siamo tornati in tutta fretta dalla nostra crociera, compromessa irrimediabilmente; d'urgenza al porto, al Pronto Soccorso, dentro questa stanza bianco latte nella luce fredda d'ospedale.

Quando ho chiesto ad Alberto d'insegnarmi a navigare, avevo cominciato da ogni lavoro utile e facevo da mozzo e nostromo a seconda del caso. Il viaggio di ritorno era quasi concluso e ormai sapevo portare Corinna a motore per farla navigare, conoscevo tutte le manovre di base con le vele; non ero bravo, ma le sapevo fare. Da quando avevo chiuso con Claudia mi scaricavo sulla vela, avevo preso così tanta confidenza ormai che su Corinna volevo fare sempre da solo.

Purtroppo, le barche sono come le donne e i cavalli: se ti prendi troppa confidenza non sai mai che reazioni hanno.

Il guaio è avvenuto mentre ero in piedi nel pozzetto, giusto davanti alla ruota del timone, distratto a gestire le cime per preparare la strambata. La strambata è una manovra che consiste nel far curvare la barca lasciandola girare nella direzione del vento; la forza dall'aria gonfia le vele, finché spinge tutto con grande potenza sul lato opposto. È allora che il boma, quel lungo bastone orizzontale che collega la base della vela principale all'albero, diventa un maglio impazzito che spazza da un lato all'altro la poppa della nave, più o meno ad altezza d'uomo nella zona del timoniere, travolgendo a tradimento chiunque si trovi in traiettoria. Uomini di mare esperti sono morti a causa sua ed io ci sono andato vicino, per questo mi ritengo fortunato. Ricordo l'istante in cui ho sentito lo spostamento d'aria e il tintinnio di tutta la ferramenta che il boma si portava appresso.

«*Attento!*» fu lo strillo di Alberto preceduto da un fruscio crescente e il colpo netto, esplosivo. D'un tratto, ebbi la sensazione di essere strappato da terra da una forza sconosciuta.

Il volo fu breve, d'istinto cercai di acciuffare il timone, ma avevo mancato la presa ed ero partito. Tutto in meno di un secondo: *SBAM!*

Credere di morire...

Buio.

Il boma sibilando colpì alla sprovvista, rapido come il morso di un serpente, sovrapponendosi all'urlo di Alberto. Mancò di un niente la testa, ma mi centrò alle spalle, scagliandomi con violenza feroce sulle draglie della battagliola; il cavo d'acciaio della ringhiera frenò lo schianto impedendomi di finire in mare, ma rispose come una fionda e mi spiaccicò a mo' d'insetto sul ponte in teak. Subii un violento contraccolpo alla schiena e sentii un dolore immediato alla base del collo.

"E adesso?" pensai, compresi subito d'essermi ferito seriamente. Tutto diventò nero, poi nel nero, i friccicori di molte stelline, mentre montava un calore, poi brividi di freddo, infine l'intorpidimento dell'incoscienza. "Sto per morire?" mi chiesi spegnendomi, "Che cavolo ci fa un musicista in mezzo al mare?" Non avevo previsto di finire così quando avevo scelto di cominciare a suonare. "Un musicista dovrebbe chiudere la carriera sulle tavole polverose di un palco, non su quelle umide di un ponte in teak; che epilogo di merda!"

Dentro quel torpore mi ritrovai in un momento senza tempo, come spettatore di un film evanescente, tra echi di voci e ricordi lontani che non è vita e non è morte, non è sogno né realtà. Mentre calava un sipario ovattato, tutto assumeva uno stato innaturale di calma, non c'era né dolore né preoccupazione, tutto rallentava fino a fermarsi, mentre nel fruscio del vento mi sembrava di udire un brusio di voci lontane.

LEGGENDA

Gli annunci dall'altoparlante si mescolavano al brusio dei viaggiatori nel viavai indaffarato della stazione. A vent'anni ero sempre solo nei miei spostamenti lungo le strade ferrate d'Italia, l'inter-rail un mezzo economico per scoprire il mondo. Visto che di malizia non ne avevo alcuna ed ero un pulcinotto ingenuo, per nulla instradato alle cose del mondo, mi mettevo spesso a spiare da un cantuccio la gente immersa nei fatti suoi. Osservavo attentamente la vita degli altri che si srotolava davanti ai miei occhi come in un film e studiavo affascinato i vizi e gli slanci di un'umanità tutta da scoprire. Avevo il futuro davanti, desideravo avidamente imparare e la curiosità è sempre uno stimolo più che sufficiente per smuovere un giovanotto irrequieto. Preparavo con cura ogni viaggio davanti alle cartine e i depliant delle agenzie turistiche: un po' vacanza, un po' scoperta, un po' per fuggire; e come tutti i giovani avventurieri sognavo che il viaggio un giorno diventasse leggenda.

Una volta, sulla via per Napoli, entrò nello scomparto del treno un passeggero speciale: un ragazzone biondo, dall'aspetto mite, sui venticinque anni, di mascella forte e capelli lunghi; era bello, alto, un enorme zaino rosso, i jeans consumati e una T-shirt bianca piena di scritte intitolata a un gruppo musicale mai sentito. Salutò in inglese con un grugnito educato. Il fisico asciutto e allampanato mi fece pensare all'Olanda, invece era austriaco, come mi spiegò più tardi. Cominciò subito a chiacchierare socievolmente mettendo alla prova il mio inglese scolastico. Mi chiese se conoscevo un quartiere alla periferia di Napoli, di cui naturalmente non sapevo nulla. Sulle prime poteva sembrare un vagabondo, ma in realtà inseguiva qualche band musicale ignota in Italia, di quelle che hanno un buon seguito all'estero e questa faceva una tournée per tutta Europa che iniziava dall'Islanda e finiva a Istanbul, toccando nel mezzo infinite città grandi e piccole. Ogni santo giorno lui si ficcava in un treno e raggiunta la meta della prossima esibizione, si cercava un lavoro di lavapiatti, cameriere, uomo di fatica, qualsiasi cosa per tirar su due soldi e la sera andava al concerto. Il giorno dopo raccoglieva di nuovo le sue cose e partiva per la prossima città del tour. Dubitavo che quel racconto potesse essere vero, ma a un certo punto, quasi intuendo i miei pensieri, il tipo cacciò dal portafoglio una pagina di quaderno piegata in quattro, lisa e sgualcita dall'uso. Era fitta di nomi e date scritte a mano, perlopiù di capitali europee come Londra, Parigi, Berlino, Roma, Napoli, altre città meno famose e un buon numero di posti completamente sconosciuti. Di essi, almeno la metà erano cancellati a penna e mi resi conto che parecchi erano gli stessi che tappezzavano la sua maglietta: i nomi delle città con le date dei concerti ai quali aveva assistito, fino a Istanbul, la terra fantastica, alla fine del viaggio, che nel mio immaginario divenne il Catai al confine coi sogni, dove tutto trova un senso.

Siccome le date cancellate sul foglio erano davvero tantissime e altrettante ne restavano, gli chiesi stupito: «Ma perché lo fai?»

«*I love the band!*» rispose lui, cominciando a narrare appassionatamente le gesta del gruppo e la spettacolarità delle esibizioni. Mi raccontò che il suo sogno era di riuscire a diventare membro del loro staff e che gli bastava fare il fonico, il tecnico delle luci o sistemare il palco, pur di stare col gruppo e girare il mondo. Esaltava la loro musica con occhi lucenti, i concerti nei club affollati, le sonorità sperimentali, i suoni elettronici, i campionamenti digitali. Mi mostrò perfino l'articolo di un giornale in cui c'era la recensione del gruppo e la foto di un concerto dove si vedevano il tastierista e il cantante mascherati con alle spalle uno sfondo giallo flou. M'incuriosiva la loro performance live perché si esibivano completamente imbacuccati con strani abiti di scena, che li facevano sembrare pupazzi di pezza avvolti dalla testa ai piedi in un patchwork di stoffe colorate. Le loro facce dunque rimanevano sempre nascoste così che nessuno potesse riconoscerli. Il ragazzo mi raccontò che una volta i membri del gruppo lo avevano notato in mezzo al pubblico e lo avevano invitato sul palco, spiegando alla gente il perché di quel fuori programma. Per lui era stato come andare in paradiso, quell'evento lo ripagava di tutti gli sforzi. Mi sembrava felice, senza porsi tutte le domande che mi facevo io circa quella strana devozione. Per un giovane studente borghese come me, per di più abituato alla compostezza del conservatorio, tutta quella storia sembrava una follia e anche quel compagno di viaggio appariva un po' folle; però, più lo guardavo meno mi dava l'idea di un matto; era idealista, ma molto concreto, sapeva cosa voleva e per lui quello era il traguardo da raggiungere. Ne rimasi molto colpito. Mi dissi che in fondo sarebbe stato fantastico fare il musicista e girare il mondo come quei tizi assurdi, con la sola differenza che per me non aveva senso fare tutto quel lavoro se non potevi raccontarlo a nessuno, come un supereroe dall'identità segreta.

Certi fatti apparentemente insignificanti, a volte agiscono così profondamente che diventano le tappe mirabili che segnano le scelte della nostra esistenza. Anche se oggi so che l'unica cosa che veramente conta è provarci e non struggersi nel dubbio, su quel treno assaggiai per la prima volta il sapore di una scelta davvero libera e l'incontro con lo sconosciuto cambiò per sempre la mia strada. Non ricordai mai il suo nome, né quello della band, perciò lo avevo soprannominato Neil Young, come l'autore del disco che ascoltavo quel giorno e ciò rese il ricordo ancor più magico negli anni a venire. Da quel momento, il sogno di fare il musicista non fu più un'idea folle, si ficcò nella mia mente dandomi l'impulso a cercare le prime serate mal pagate e l'ipotesi di vivere suonando divenne una possibilità concreta. Come avevo sperato partendo, quel viaggio segnò l'inizio della mia vita e grazie a uno sconosciuto incontrato un solo giorno, la mia storia divenne leggenda.

Oggi la musica è il mio pezzo di mondo e anch'io sono diventato un cittadino globale come Neil Young, uno senza fissa dimora. Non sarei niente senza musica, anche se non sono un campione; avevo terminato con sudore il conservatorio, arrancando dietro ai mostri da concerto con cui avevo studiato là dentro. Ascoltandoli, non mi nascondevo la verità: non sarei mai stato a quell'altezza. Agli occhi di un osannato concertista classico, ero sicuramente un mediocre strimpellatore, ma in fondo non sbrodolavo come molti miei colleghi blasonati per un palcoscenico importante, a me bastava il calore della gente. Certo, i primi tempi ero ancora una testa calda, non ragionavo molto e per un po' ci sono cascato anch'io nel tranello del successo, giacché è normale per chiunque farsi ammaliare dalle sirene; durò poco però, arrivò presto la disillusione. Così ero cresciuto musicista giorno dopo giorno, non fu una strada improvvisata; alla fine ogni cosa facessi, la musica è sempre stata là, ad accompagnarmi, nel bene e nel male. Casa mia era sempre stata piena di partiture e libri e fogli autografi coi titoli scritti nella bella grafia degli spartiti: Vivaldi, Beethoven, Bach, Mozart, Verdi e Puccini; nell'iPod, però, avevo caricato anche Pat Metheny e i Queen, i Pearl Jam e Sting, i Dire Straits e Neil Young, i Cure e i Pink Floyd, Battisti, Vasco e Branduardi. Quando componevo, cercavo sempre di scrivere qualcosa che avesse una briciolo di dignità per presentarsi davanti a un pubblico, anche se per i discografici era puntualmente un no e non ero mai riuscito ad andare oltre il rituale "le faremo sapere". Sussurravo dal basso dell'arte forse, ma l'animo, magari, era quello dell'artista e tanto mi bastava per non mollare tutto. Alla fine vuoi per le delusioni, vuoi per indole personale, mi sono sentito ferito dal disinteresse dei produttori discografici, sicché non parlavo molto di musica con chi mi conosceva. Per gli altri ormai era diventato un fatto normale: dicevano che ero bravo, ma non mi chiedevano più perché non ero diventato famoso neanche un pochettino e avevano smesso di curiosare nella mia vita privata. Io del resto, come tutti quelli che vivono un po' fuori dal mondo, avevo un solo criterio per orientarmi, cioè vedere dove il mondo mi metteva e purtroppo a conti fatti, non veniva fuori una media tanto alta. A me andava bene lo stesso: suonare era quello che mi veniva, punto e basta! E quando serviva qualcuno bravino durante le feste o per fare il pienone al pub: ecco fatto! C'è Fabiano, in arte Fabian: "classic, rock, blues, jazz, folk, pop e tanti auguri a te!", sui biglietti da visita fatti con la stampante del computer. Mescolare energicamente e ripetere ogni giorno fin quando riesci a camparci il minimo indispensabile. Tutto il resto è un di più. Eccolo qua un musicista, nient'altro! Mica è così complicato come verrebbe da credere.

Adesso tutto questo non ha più senso, ho pensato, riprendendo coscienza sull'elicottero della Marina Militare, mentre flottavamo verso il policlinico di Bari; di corsa alla TAC, dentro il tunnel bianco, illuminato dalla luce azzurrina e fredda d'ospedale. Poi ho pianto di nascosto sul letto, incartato dentro una vestaglia verde, mentre sprofondavo nel sonno morfinico e senza coscienza dei sedativi.

OLGA

Anche questa domenica è andata e non è successo niente. Le partite sono finite, le squadre hanno vinto, le squadre hanno perso. "Ma che me ne importa?" penso richiudendo a baguette il giornale "Se davanti c'è solo un maledetto, immobile presente".

Ho lasciato l'ospedale, è finita l'emergenza e senza troppe cerimonie mi hanno rimandato a casa mezzo rattoppato. Per recuperare durante la convalescenza ho dovuto trovare una persona per assistermi e il mio amico Eco mi ha dato una mano grazie alle sue conoscenze in Comune; così ogni giorno adesso viene Olga, che si occupa dei miei progressi e delle faccende più importanti di casa ed è diventata la mia guardiana e infermiera personale, inviata da una cooperativa che piazza badanti e che s'intasca l'indennità dell'assicurazione dei musicisti iscritti alla SIAE.

Olga è una signora ucraina di mezz'età, sempre gioviale, che ha fatto la scuola per infermiera nel suo Paese, ma in Italia oggi fa la badante perché non le riconoscono il diploma e per questo non la assumeranno mai in un ospedale. Per chi è nella mia condizione è una risorsa insostituibile, perché sa fare il suo mestiere e tiene compagnia a chi di tempo ne ha in abbondanza. A puntate giornaliere, come fosse un serial TV, mi ha raccontato la sua storia nella consueta chiacchierata digestiva che accompagna il caffè di fine pranzo. Olga è ammirabile! La vita è stata sempre dura con lei, ma nelle difficoltà non si è fatta sopraffare dalle frustrazioni e dal livore e invece di trasformarsi in un'acida punzonatrice d'iniezioni si è rimboccata le maniche, mantenendo lo spirito gioviale e il sorriso allegro disegnato dal rossetto vinaccia sempre impeccabile, a contrasto con gli occhi azzurro ghiaccio. È venuta in Italia come tante sue connazionali vent'anni fa e ha fatto vari lavori di fortuna come la donna delle pulizie, la cuoca e la baby sitter, prima di riuscire a farsi assumere dalla cooperativa sociale. Ha rischiato grosso, mi ha raccontato. Le sue amiche sono finite quasi tutte direttamente sulla strada arrivando su un pulmino che faceva il carico ogni quattro mesi, transitando in un viaggio infernale da Bologna fino a Roma, in ordine inverso di brutalità e prezzario. Partivano tutte come "studentesse in vacanza" o "turiste"; tutte belle, tutte giovani, tutte bionde e slanciate, un po' smagrite, ovviamente disperate, cioè arrendevoli, come piacciono ai clienti e finivano tutte a battere i marciapiedi. Arrivavano dalle province povere delle città o dai paesi isolati dell'Ucraina, dove passa il gasdotto russo, ma non i suoi soldi e andavano a rifornire le periferie delle città italiane, dove i soldi transitavano direttamente dalle mani dei clienti a quelle degli sfruttatori, ma anche così, il poco che rimaneva loro era già molto più del niente che avevano lasciato a casa. Intendiamoci, la maggior parte di loro partiva senza grandi costrizioni, bastava la fame e seppure qualcuna sognasse a occhi aperti, quasi ognuna aveva in mente l'idea del rischio che correva. Ma per chi parte dalla periferia povera di una grande città o dalla campagna, dove addirittura i vecchi oggi esortano i giovani ad andar via per non morire di fame, la prospettiva di una chance in Italia è sempre meglio che la certezza degli stenti in Ucraina.

Olga mi ha raccontato che, caduto il muro di Berlino, il paese è stato depredato di tutte le sue risorse naturali. Oggi quello che una volta era il granaio d'Europa non produce più nulla, perché la terra è stata svenduta a compagnie straniere che non la coltivano. Le industrie hanno chiuso per colpa della globalizzazione e la crisi economica, lasciando uno strascico di povertà simile al dopoguerra e un esercito di uomini disperati ormai senza futuro, che cercano rifugio nell'alcolismo, mentre altri, smaniosi del benessere occidentale sono così pieni di rancore e desideri frustrati, che innescano sentimenti contrastanti, fino alla guerra civile.

Non bisogna lasciarsi ingannare dall'immagine patinata della cultura filo europea dell'Ucraina di oggi, dice Olga, perché soprattutto nell'entroterra e nei piccoli centri, il Paese è ancora molto legato alle vecchie tradizioni; ma l'economia è in ginocchio e ormai la speranza di molti genitori è che le loro figlie sposino uno straniero, confidando nella rinomata bellezza delle ragazze ucraine. A quel punto il passo è breve: o aspettare che lo straniero arrivi attratto dal turismo, soprattutto sessuale, esploso da alcuni anni, tuttavia con poche probabilità di essere riportate a casa su un cavallo bianco, oppure andare direttamente alla fonte seguendo la chimera abbacinante del benessere occidentale, molto più esotica della tradizione russa. Tutte poco più che ragazzine, adescate col miraggio di una vita facile, che accarezzavano il sogno di un marito italiano; o perlomeno le più belle e succulente attendevano le lusinghe di un amante ricco da conquistare con la suadenza delle ragazze dell'est, così diverse dalle virago nostrane. La maggior parte di loro avrebbe comunque accampato ben poche pretese: di fatto era già "ricco" e passabile chi aveva un lavoro normale e non si attaccava alla bottiglia come il padre o il fidanzato e soprattutto non alzava le mani. Proprio per quello aveva un senso partire, senza necessariamente essere persuase a botte da un pappone. L'importante, dicevano le più anziane, era sforzarsi di apparire sempre amabili, belle e alla moda e prima o poi, qualcosa sarebbe successo. A nessuna veniva mai in mente che in quelle circostanze, spesso si finisce schiave del racket e a volte peggio; ma quando si parte da certe situazioni di disagio, è più grande il desiderio di cambiare che pesarne le conseguenze. Del resto quelle che partivano, poi raramente tornavano, mentre gli sfruttatori continuavano a millantare il miraggio di una vita migliore in questa parte di mondo.

Olga mi ha raccontato della telefonata della sua amica Polina, che era partita proprio quando lei s'era iscritta alla scuola per infermiere. L'aveva accolta con gioia rispondendo al telefono, ma Polina piangeva, dicendo di voler tornare a casa. Le raccontò che l'avevano costretta a fare delle cose brutte, che però adesso non ci voleva pensare più e sognava di riscattarsi da quelli che l'avevano portata in Italia. Mancava poco ancora, diceva, poi avrebbe finito di pagarsi la libertà e il viaggio per tornare a casa; solo, aveva ancora bisogno di attaccarsi a una speranza: non voleva far conoscere la verità ai suoi genitori; a loro aveva raccontato di aver trovato lavoro come cameriera. Olga non aveva saputo che cosa risponderle, ovvio che i suoi genitori la amavano ancora; no, non immaginavano niente. Tornare su? A fare cosa? Si chiedeva Olga. Forse sarebbe stato il caso di trovare un lavoro vero invece, ma Polina non sapeva neanche da dove cominciare, era partita poco più che bambina a diciassette anni e aveva imparato soltanto a compiacere gli uomini. Forse doveva cercarsi un aiuto, le aveva consigliato Olga, magari un'associazione che si occupasse di ragazze come lei, forse rivolgersi alle autorità, alla chiesa... Olga non capiva, era tutto così lontano. Polina diceva che ci avrebbe pensato, ma certe cose si sanno nel "giro", aveva paura, temeva che se la sarebbero presa con le sue amiche, chissà, forse anche coi suoi genitori. Olga non sapeva cosa fare, alla fine pianse un po' con lei, non disse altro se non che le voleva bene e che poteva chiamarla ancora, ogni volta lo desiderasse. Era una situazione difficile, ma Polina si era rincuorata. Così, intrise di speranza e di lacrime le cornette del telefono erano state messe giù, con l'eco di quella promessa che rimbalzava ancora dentro il cavo tra l'Italia e l'Ucraina. Olga ripensò a quando stava per prendere anche lei il furgone di Polina: partivano in sei o sette e la sua amica aveva insistito per andare insieme: «Al prossimo viaggio!» si erano accordate; dicevano che si sarebbero date una mano, che sarebbero state come una piccola famiglia, che sarebbe stata meno dura, per farsi coraggio. Lei era una diciottenne che conservava ancora addosso la bellezza pulita dell'adolescente.

Polina non chiamò più; Olga ci stette davvero male, temeva le fosse capitato qualcosa di brutto e così da quel momento in avanti, due cose soltanto aveva desiderato: riscattare la sua vita, anche per Polina e mai più lasciarsi tentare dalle scorciatoie. Quanta sfortuna avevano avuto tante di loro, pensò Olga, eppure, alcune erano riuscite a conservare la speranza. Schiacciate a terra dalla vita riuscivano ancora a tirare avanti con dignità e fierezza, magari con uno o più figli, magari senza un uomo, perché le aveva abbandonate o era morto; oppure con un marito violento e ubriacone da cui fuggire, com'era stato per lei. Olga non era particolarmente bella, bassina e rotondetta come una matrioska, poco c'entrava con le ucraine doc richiestissime per la tratta di ragazze dell'est. Di fatto nelle vene di Olga scorreva sangue russo e contadino, la tempra della campagna dei suoi nonni; e poi aveva quel titolo di studio per cui aveva sputato sangue. Per tre anni aveva fatto la donna delle pulizie a una paga da fame negli alberghi e ristoranti di Sumy e Kharkiv, le uniche città degne di questo nome vicino a dove studiava. Avanti e indietro, una volta a settimana, nei duecento chilometri che separavano Kharkiv dal suo buco di Tokari, sperduto al confine russo. I suoi anziani genitori sapevano di non poterle offrire più niente e ormai si lasciavano soltanto vivere. Non capivano più il mondo che era cambiato in pochi anni sotto i loro occhi, trasformandoli da fieri agricoltori, a inutili reperti archeologici di un'epoca condannata all'oblio. Questo è il progresso, pensava Olga; aveva fatto la scelta giusta s'era detta, perché la scuola l'aveva fatta innamorare con la fierezza d'un soldato a quel lavoro, a cui lei s'era aggrappata con tutta la dignità che aveva, per non affondare come la maggior parte delle sue amiche.

Scelse la scuola perché aveva conosciuto Sasha e nei tre mesi successivi era rimasta incinta, fu così che Polina partì sola. L'amore di Sasha era servito a impedirle di andare e l'amore di Sasha era finito presto, ma non prima di aver celebrato il matrimonio meno azzeccato del mondo. Eppure il fatto di averla sottratta a un destino peggiore le restituì una tolleranza che le permise di sopportare le intemperanze di quel marito inetto per molto tempo ancora.

Sin da subito dopo le nozze, Sasha preferì passare il tempo con la sua amica Valia, che trovava improvvisamente molto più interessante di Olga, lasciandola sola ad arrabattarsi fino all'ultimo anno di scuola, con i lavoretti e con Misha che non l'aveva quasi mai visto. Nonostante tutto, Olga non aveva lasciato gli studi, preferendo che quel fannullone del marito restasse attaccato alla bottiglia piuttosto che farlo interferire nei suoi progetti. Ormai lei andava e tornava soltanto una volta a settimana dai suoi, giusto per suo figlio e regolarmente, una volta a settimana Sasha tornava a reclamare qualche diritto, primo tra tutti quello per il piccolo Misha; allora lei puntualmente si opponeva e puntualmente erano insulti, minacce e qualche buon ceffone, per lei e chiunque si metteva di mezzo. Alla fine, lui se ne andava trotterellando con quel po' di denaro che era riuscito a raccattare e per una settimana o due ancora le cose filavano lisce.

Olga aveva colto al volo l'opportunità di andar via, non appena questa si era presentata col pulmino degli emigranti che fa la spola con l'Italia una volta al mese per portare di qua e di là i prodotti che si scambiano i parenti; l'occasione per quelli come lei che hanno solo due possibilità: la fame o la fuga. Non aveva altre speranze lei, sola, un marito alcolista, un figlio in età prescolare a carico e due genitori amorevoli, ma ormai vecchi e residuali della vecchia Russia. Una madre sola, senza appoggi non va da nessuna parte, in nessuna parte del mondo; Olga lo sapeva benissimo e adesso il suo unico desiderio era mettere più strada possibile tra lei e quel marito che rischiava di bersi tutti soldi che portava a casa. Come qualsiasi madre, voleva credere in quel viaggio della speranza, aveva baciato Misha prima di affidarlo ai nonni e appena giunta in Italia si era data subito da fare per trovarsi un lavoro e far scendere il piccolo alla prima occasione. Poi non aveva più rimesso piede in Ucraina fino alla morte di suo padre e poco dopo di sua madre, che aveva seppellito nel piccolo cimitero di lapidi grigie a Tokari. Adesso non era più affar suo lassù pensò. Sasha invece fu trovato dieci anni fa con la testa rotta sotto il ponte della ferrovia, dove entrambi avevano consumato gli anni migliori della giovinezza. Né lei, né nessun altro s'interessò più di tanto, se lui fosse caduto giù ubriaco, si fosse buttato o avesse litigato, come al solito, con qualcuno più ubriaco di lui. Olga era stata avvisata una mattina dal consolato ucraino di Napoli e aveva appreso la notizia con freddo distacco, come se stessero parlando di uno con cui non aveva mai avuto a che fare, anzi, aveva pensato in quel momento che finalmente si sentiva più leggera. Da anni non le importava più di quell'uomo, le dispiaceva piuttosto per Misha, per non avergli dato per tanto tempo un padre amorevole come quello che invece ha oggi.

Olga adesso è felice, possiamo dire, ha trovato un nuovo amore; anche lui bada agli anziani, è partito dal Cile e si sono conosciuti in Italia e come tante storie strane che si formano nel magma della vita, si erano conosciuti e frequentati per sfuggire alla solitudine, poi la compagnia è diventata un sincero affetto e infine un'onesta devozione. Si sono sposati, con rito cattolico, come voleva lui, che è stretto praticante secondo l'osservanza sudamericana, mentre lei, nonostante fosse ortodossa e battezzata, non sembrava intenzionata a fare troppo sul serio, sulla scorta del suo matrimonio disastrato; ma avrebbe comunque fatto di tutto per dare alla sua nuova famiglia la stabilità che non aveva mai avuto. Invece, i problemi furono superati presto e bene, la parrocchia li aiutò a inserirsi e l'anno dopo era nato Diego, un misto perfetto di biondo e olivastro, bello paffuto e sempre sorridente come sua madre; e da quel momento vivono felici e contenti.

Mi sono meravigliato e appassionato alla storia di Olga, l'ho trovata così autentica, mi ha fatto molto pensare. Lei ha dovuto lottare per sopravvivere e per la sua dignità, mentre io che sono stato più fortunato, al confronto non ho un briciolo della sua allegria. Anch'io le ho raccontato le mie vicende, le disillusioni, la musica... «Ma... sii onesto» mi dico «a una come Olga, che cosa gliene dovrebbe fregare della tua musica? Lei non comprerebbe mai il tuo disco, dentro non c'è la sua forza, la sua allegria, non c'è niente dei suoi sogni, delle sue speranze.» Questo mi umilia. Dovrei essere io a imparare da lei.

La schiena mi fa ancora un male cane e quando mi muovo vedo le stelle. Se provo appena a girare la testa a destra o sinistra mi prende una fitta fortissima che dalla base del collo arriva fino alla scapola e la sensazione è di una mano invisibile che prende quei muscoli e li strappa via dalla carne viva. È un dolore che zampilla così forte e persistente, da chiedere a Olga un'iniezione di antidolorifico, io che ho sempre avuto la fobia degli aghi! La situazione è diventata un bel po' pesante e fatico a sopportarla. Il medico aveva detto: «È inutile girarci intorno, deve stare sei mesi dentro il tutore caro giovanotto!»

«In croce dottore!» avevo corretto «in croce.»

Aveva detto "sei mesi" come fossero pochi giorni, nel linguaggio asettico dei sanitari e lì per lì non avevo realizzato il senso vero di quelle parole, come se la cosa non mi riguardasse; subito dopo avevo rimbrottato: «Sei mesi di tribolazione? No no, sono troppi: rischio di diventare matto!»

«La fa troppo lunga, come tutti i pazienti difficili: sono solo sei mesi in tutto con la rieducazione e non si rende conto di quanto è fortunato» rinfacciò severamente, «la smetta di fare i capricci! Si dia da fare e mostri di avere un po' di disciplina, vedrà che tornerà a camminare come prima» tuonò infine prima di andarsene.

Merda! Sei mesi sono un'infinità di tempo, che faccio intanto? Non posso muovermi, non posso suonare, non posso giocare. Mi hanno portato una mini TV che non prende niente, è deprimente guardare i programmi a pixel saltellanti. Mi annoia il mondo visto dal letto e dipendere da qualcuno mi fa sentire come un bambino, ogni cosa sembra più grande: la maniglia della porta è troppo alta, la sedia degli ospiti è troppo grande. Mi sembra di essere stato messo in castigo nella mia stanza e oggi nessuno vuol farmi uscire a giocare.

Alberto è passato stamattina, anche lui si sente in colpa, non si perdona d'avermi fatto rischiare così tanto, sapeva che ero inesperto di mare, benché avessi insistito. Adesso i suoi fiori sono sul tavolo in un vaso a fiori, diffondono un odore dolciastro, se ne stanno là soli in fondo alla stanza come natura morta e riflettono perfettamente il mio umore nero. Qualche volta capita che per un motivo o per l'altro non venga nessuno a trovarmi. La solitudine allora mi sconforta, davvero la odio. In questo silenzio posso solo pensare, ma pensare mi spaventa: sono pericoloso quando penso!

Nelle notti insonni ascolto i suoni ovattati del buio, seguo i fasci di luce dei fari che bucano il nero e filtrando dalle persiane rimbalzano sfuggenti come ufo velocissimi sopra gli oggetti della stanza. Dentro questo letto, in queste ore di tenebra ho conosciuto il timore di restare solo in compagnia della morte. La morte: che temibile ospite da trovarsi in casa. È un pensiero da vecchi, è così innaturale per un giovane metterla in conto; ho dovuto fare un sacco di prove prima di prendere confidenza con l'argomento; è come l'ingresso di un nuovo attore nella compagnia, già tanto famoso da terrorizzare tutti: «Da una sfavillante tournée di successo mondiale, dove ha mietuto successi incredibili... finalmente per voi: *Madame et monsieeeur, bienvenue a la Mort.* La Mooorte!»

La morte, non avevo capito di aver rischiato così grosso prima di oggi. Ho cominciato a soffrire di claustrofobia, mi manca il respiro tra le lenzuola; sarebbe bello far finta di niente, ma la morte esiste, la mia vita si stava per fermare sul ponte del Corinna e al solo pensiero adesso mi sento come una volpe alla tagliola che sente i passi del bracconiere. Sulle prime pensavo solo a sopravvivere e a felicitarmi di esserci riuscito, ma a poco a poco è tornato tutto su, come un fiume carsico. Mi sforzo di pensare ad altro e mi vengono in mente quelle frasi che gli adolescenti scrivono sui diari di scuola, del tipo: "Le tre cose da fare prima di morire: pianta un albero, scrivi un libro e fa un figlio". Ma poi mi guardo e capisco che quelle frasi stanno bene sul diario di uno che la vita la deve ancora cominciare e penso che l'unica eredità che ho da lasciare, sono un paio di chitarre, un disco prodotto a metà e una vecchia Panda ammaccata. Non è un granché da tramandare ai posteri, questo mi sconforta.

Non è facile dare un senso al passato, cerco di riordinare le idee; si accavallano i ricordi, la carriera fallita, la famiglia abbandonata, Tarlabasi, la storia con Claudia, le tonnellate di orgoglio. Ho cercato di costruire una vita, ma alla fine della fiera, tra il Fabian di oggi e il Fabiano di ieri, non distinguo più chi sono davvero. Per ritrovarmi ho cominciato a scrivere lettere che non mi spedisco, come un diario di confessioni, schizofreniche, calde e appassionate, rancorose, fredde e lucidissime; obiettive oppure deliranti. Sono un modo per chiarirmi le idee, ci ficco tutto quel che mi passa per la testa, quello che ho fatto nella giornata: umori, amori e malumori, gioie e sofferenze. In fondo, c'è del buono quando la vita ti costringe a riconsiderare il tuo senso di onnipotenza; così quando guardo Olga mi sento una lagna e m'impongo di reagire col sorriso sulle labbra e se ho qualche dubbio mi sforzo di pensare a mia nonna che diceva sempre: "Non preoccuparti, l'erba cattiva non muore mai!"

Oggi mi ha chiamato qualcuno dalla finestra, forse Eco o un altro, non so, gli ho risposto qualsiasi cosa che adesso non ricordo. Di solito, dopo che Olga è andata via chiedo agli amici di venire a trovarmi. I primi tempi passava sempre qualcuno ogni giorno, ma dopo un paio di settimane le visite si sono diradate, così mi è venuta un'idea e adesso, una volta a settimana, col telefonino organizzo un raduno da Facebook e mi collego col mondo. Invito chiunque ha voglia di farsi vivo e agli amici si aggiungono persone che conosco appena, col risultato che il mio piccolo alloggio alla Casa del Marinaio diventa per un paio d'ore la succursale del Maltese. Chiacchiero di tutto con chiunque, poi arriva qualcun altro e si va avanti così, senza un senso fino all'ora di cena, quando torna Olga dalle sue due ore di libertà e caccia via tutti. Alla fine ognuno va a casa sua o dove gli pare, in genere tutti a concludere la serata al Maltese.

Ogni tanto viene anche Claudia dopo il lavoro, non abbiamo più parlato di Istanbul, come se un cattivo presagio avesse segnato da allora il nostro rapporto. In fondo penso che è giusto così, non è il caso di tirar fuori particolari che imbarazzano entrambi: sappiamo com'è andata e perché.

«Come ti senti?» chiede, mettendosi a sedere sulla sponda del letto e mentre mi parla poggia la mano sulla mia.

«Alla grande! Non lo vedi?» rispondo sarcastico «E tu stai bene?»

«Così così.»

«Così come, perché?»

«Non so... mi dispiace per te.» Questi discorsi non li capisco, penso.

«Non preoccuparti, il dottore è sicuro che mi rimetterò benissimo: hai visto la guardia del corpo che ho, no?! Con quella non scappo di sicuro!» Lei ride pensando a Olga, poi dice: «Sai? Mi sento... in colpa!» E diventa più seria.

«Perché scusa?»

«Perché ti sei fatto male per colpa mia e io ci sto male.»

«Questa cosa non ha senso.»

«Lo sai che a noi donne piace preoccuparci.»

«Non devi preoccuparti per me e poi scusa, ma non riesco a sopportare l'idea di essere io la causa della tua colpa. Tu non c'entri niente, è andata com'è andata e per fortuna è andata bene.»

«Oh accidenti! Non sono abituata a queste situazioni, forse ho sbagliato a venire.»

«Non devi sentirti in obbligo per me: non potrei sopportare l'idea che vieni solo perché ti faccio pena!»

«Ma non è vero! Che cazzo dici?!» si ribella. Vedo che sta attraversando un periodo di turbamento e stare vicini mette a disagio anche me.

«Senti... penso sia meglio non vederci per un po', così la smettiamo di fare confusione. Te lo ricordi qual era l'accordo?»

«Sì...» dice a bassa voce.

«Allora rispettiamolo! Finora abbiamo fatto solo un gran casino.»

«Hai ragione, credo.»

«Allora, è meglio se torni a casa, okay?» Mi guarda con un'espressione neutra, «*Subito!*» confermo convinto; lei indugia un secondo, poi mi mette una mano sul ginocchio e fa per alzarsi.

«Okay...» dice con aria di sfida «Allora ciao!»

«Ciao.» Con Claudia tutto si chiude così, lei si allontana ed io mi sento più leggero.

Eppure, mentre la guardo raggiungere la porta senza voltarsi, lei sempre così sensuale, le spalle coperte dalla camicia di seta, mi fa pensare a quelle coppie separate che cercano di salvare il salvabile.

GIARDINI ABBANDONATI

Olga ha terminato il suo lavoro, il lungo periodo d'immobilità s'è concluso e da qui in avanti ristabilirsi diventa una questione di fretta. I giorni però trascorrono pigri e io me ne vado in giro per lente passeggiate necessarie alla riabilitazione, così scovo posti di pace che non ho mai frequentato. Giardini abbandonati, cataste di eternit e gatti assonnati convivono nel microcosmo colorato di un opificio in rovina appena fuori il porto. Le finestre dei capannoni cadenti, come occhi scheggiati di un anziano reduce, osservano il piazzale di cemento polveroso invaso di gramigna, soffioni spiumati e denti di leone, dove una ciminiera di mattoni rossi getta la sua ombra come una meridiana che conta il tempo del suo abbandono. Dapprima assisto come un testimone muto che passa e va, poi mi fermo incuriosito da dettagli che non ho mai osservato e un poco alla volta mi accorgo di un vissuto che non ho. Prendo atto lentamente della distanza del mio mondo con quest'angolo di mondo. Oh! Quanta differenza passa tra galleggiare in superficie ed essere profondamente conficcati in un posto. Non conosco la storia, non conosco i gusti, i colori di questa terra, mi sono estranei perfino gli odori. Ripenso invece con nostalgia al sapore della pasta fatta in casa dalla nonna e dei pinoli primaticci che rompevo con i sassi nel cortile delle suore salesiane, al crepitio del breccino scalpicciato da compagni d'asilo che non rivedrò. Cerco chi sono in chi sono stato e il ricordo consumato corre al mondo dietro casa, laggiù nel vuoto rischiarato dalla luna nel cortile d'officina d'un mio zio e a un erpice silente, bagnato dal riflesso del lampione che al calar del buio ho spiato nella notte insonne di bambino. A volte perfino, torna in mente il profilo di mia madre e il suono sbiadito dei canti di Natale dal mangiadischi color corda che lei azionava per me, mentre sullo sfondo un abete luccicava di candele colorate di quel tipo che non fanno più. L'anima giovane e inquieta, s'è ammansita negli anni agli arpeggi di chitarra, nell'aroma melenso del glicine avvinghiato del vicino. Ma si sa, col tempo i ricordi si colorano di rosa e tornano sfumati e dell'odore della resina, sicché oggi tutto sovviene amabilmente, come a fare di ogni novità un esame coll'antico e nel silenzio di una fredda primavera, ogni cosa di ciò, ancora mi accompagna con dolcezza, eppure mi lascia terribilmente solo.

Pieno di questi strani ricordi me ne sto a guardare il nostro piccolo mondo perfetto, come i presepi in mostra a Natale. Presto ripartirà la stagione estiva e il ciclo dei giorni si compirà. I bagnini in questo periodo cominciano a tirare fuori le sedie a sdraio e i lettini e aprono gli ombrelloni per far svanire l'odor di stantio. Il trattore draga in lungo la spiaggia con attaccato un pesante vaglio e pulisce a fondo lo sporco interrato dell'anno trascorso. C'è un gran viavai per le strade, tutto appare frenetico e i bar, pronti a debordare all'esterno, tra poco piazzeranno le gelatiere colorate sul marciapiede a sgambettare i turisti. Tuttavia, se ripenso a un anno fa e a quel che è successo, oggi vedo tutto molto diverso: le cose attorno sono più lente e più scure, come indossassi gli occhiali da sole. Quando arrivai qua il primo giorno, tutta questa vita pullulava, come ora. Ah, come ne fui affascinato. Tante formichine laboriose che s'incrociavano di continuo e sempre si dicevano: "Buongiorno, buonasera". Con entusiasmo trasmettevano il senso di tutte le cose. Adesso che li conosco uno a uno, tutti fanno quel che devono fare, ogni giorno, ogni momento dell'anno; tutto è scandito come un orologio svizzero, tutto uguale, senza che nulla interferisca col resto. Nella caletta all'inizio del porticciolo, gli operai hanno già cominciato a ridipingere le cabine nei soliti colori, sempre quelli: strisce bianche e blu o strisce bianche e rosse. Non cambiano mai, che so: indaco, ocra, blu oltremare, terra di Siena. Sempre quelli e ce ne stanno un milione. Potrei essere arrivato in questo momento come fosse la prima volta e le cose non sono cambiate per niente; e no... io non ne faccio parte. È stata un'illusione credere di potersi inventare da zero. Ce n'è stata un tempo l'occasione? Non so rispondere, ma adesso che tutto è già fatto e sperimentato mi annoio come uno scolaro ripetente. Nel lungo inverno che gesta le idee e i pensieri di un uomo, ho imparato che ciascuno ha diritto a un posto dove stare e davvero hanno un senso la casa, la famiglia, la patria. Nella quiete mattutina di quest'oasi, guardo attorno e mi domando: «Dov'è casa mia?» ma l'eco risuona vuota sulle mura. «Dove siete tutti?» e non ho risposta.

Ho ricominciato a frequentare il porto; prediligo il tratto di strada che da casa mia percorre un pezzo dei giardini pubblici fino al molo. Passo fra i gatti oziosi del parco – che non mi prestano la minima attenzione – e poco dopo lo slargo di Piazza della Torre mi ritrovo subito sui pontili, così ho già fatto quasi ottocento metri tutti in piano in un quarto d'ora, una buona media per me, direi. La mattina, tutti i giorni, compro il giornale all'edicola in piazzetta per sapere che succede nel mondo; ma poiché mi annoiano le scaramucce della politica e le notizie deprimenti sull'economia, arrivo a leggere al massimo la terza pagina, poi lo piego a baguette e me lo porto dietro più per abitudine che interesse. L'aria è ancora fresca, ma dopo aver trascorso tutto l'inverno al chiuso a fare riabilitazione, adesso mi piace rimettere i piedi sulla strada, mi aiuto col bastone e i miei gesti misurati lentamente ritrovano la spensieratezza di una routine quotidiana. È come sempre un sussulto di gioia per me voltare l'angolo e scorgere la selva dei pennoni delle barche a vela ormeggiate sullo specchio luccicante dell'acqua. Si riconosce anche da lontano Corinna, perché è l'unico yacht d'epoca, con la bella poppa rovescia come non se ne vedono più, che si allunga sinuosa sul mare e sporge tra quelle tronche e moderne a coda di ferro da stiro. L'albero in legno color giallo paglierino sulla coperta di teak e il bianco colomba dello scafo spiccano mansueti in mezzo alla selva tecnologica di aste metalliche nere e d'argento degli scafi ultramoderni.

Camminando lungo la banchina, a un certo punto si supera la zona turistica, col suo colpo d'occhio di slanciate prue bianche e le eleganti passerelle di alluminio, per passare agli attracchi della parte commerciale del porto. Il panorama allora cambia repentino e comincia quello spartano dei pescherecci e delle chiatte da lavoro. Quaggiù il profilo delle gru arrugginite disegna un altro orizzonte, dove le barche, sporche e malconce raccontano una storia molto diversa dell'andare per mare. Dopo il cappuccino col cornetto che mi concedo al bar della cooperativa del pesce, faccio sempre un giro sul molo e mi attardo a guardare i pescatori anziani che riordinano le reti nelle barche. Proseguo la passeggiata lungo la banchina, sovrastata per l'intera lunghezza dal muraglione della diga che limita il perimetro del porto e si addentra nel mare un centinaio di metri più in là. Laggiù, lontano sul limite estremo, c'è piantata la lanterna che segnala l'imboccatura del porto e fa coppia con quella gemella del braccio più corto e più tozzo sul lato opposto del golfo. Ogni diga è protetta alla base da una selva intricata di enormi blocchi stellati in cemento, che segue man mano i due bracci, dalla riva fin dove il mare è aperto e su quello più lungo infine, forma attorno a esso una specie di corona. Proprio in quel punto in mezzo al mare, termina la camminata della banchina, che si slarga a formare un isolotto su cui c'è una piazzetta tonda e lastricata a porfido, provvista tutt'attorno di quattro pesanti sedute in travertino, curve come a forma di mausoleo. Al centro della piazzetta, su una colonna in marmo bianco sta la Madonnina dei naviganti, che a braccia distese accompagna i marinai per mare e sotto di questa c'è imbullonata una pesante targa di bronzo con una preghiera che sembra una poesia, dedicata a quelli che il mare non ha più restituito. Mi piace come si srotola la metrica, come una canzone e ogni volta che la leggo, mi sembra di capirne un pezzettino, per questo l'ho trascritta sul mio Moleskine parola per parola.

LA MADONNA DEI NAVIGANTI

Preghiera del navigante

*Al calore della sera
noi uomini di mare
a Te leviamo o Signore
la nostra preghiera
e i nostri cuori:
i vivi sulle navi
e i morti in fondo al mare.*

*Fa che la notte passi serena
per chi veglia nel lavoro,
per chi stanco si riposa.*

*Fa che ogni navigante
prima del sonno si segni col Tuo Segno
nel Tuo amore e nel Tuo perdono
ed in pace coi fratelli.*

*Fa che ogni nave conservi la sua rotta
e ogni navigante la sua fede.*

*Comanda ai venti e alle onde
di non cimentare la nostra nave,
comanda al Maligno
di non tentare i nostri cuori.*

*Conforta la nostra solitudine
col ricordo dei nostri cari,
la nostra malinconia
con la speranza del domani,
le nostre inquietudini,
con la certezza del ritorno.*

Le giornate di solito sono belle in questo periodo, ma il cielo terso di primavera è ancora carico di freddo, così quando non c'è troppo vento, me ne sto anche un paio d'ore sulla panchina della Madonnina del porto, imbacuccato dentro la mimetica, col mio giornale sotto il sedere, le sigarette, il Moleskine, a buttar giù i miei pensieri. Qui trovo pace, per questo ci vengo quasi ogni giorno e qui filo a filo intreccio nuovamente la trama di una serenità sbrindellata. Non sono devoto, per carità, non sono neanche credente, ma i marinai nella solitudine degli spazi sconfinati dei mari hanno imparato che l'uomo è piccolo, troppo piccolo per controllare il mondo; e affidare le speranze di ritorno ai santi è una tradizione che porta molta sfortuna tradire. Da quando mi sono ripreso mi sento molto fragile, ho il desiderio infantile di sentirmi protetto e da quando il mare mi ha graziato, fosse anche solo per scaramanzia, a questa tradizione voglio essere riconoscente.

In questa stagione quassù non ci viene quasi nessuno, a parte qualche pescatore con la canna e tanti attrezzi, che al ticchettio del mulinello frulla una lenza infinita con lanci lunghissimi all'orizzonte e piglia all'amo i pesci argentei delle acque aperte. A volte ci trovo anche un pittore intento a mettere il mare su una tela di mezzo metro quadrato e penso che è un po' come voler ficcare una vacca nel cestino per il picnic. Sì, in genere faccio anch'io i commenti puerili di quelli che si dilettano d'arte quando trovano un collega da criticare. Eppure rimango comunque affascinato a spiare i movimenti precisi del polso che guida il pennello, sbirciando da dietro per vedere come viene il dipinto. La mano impasta l'olio e il colore, miscelando una malta cremosa che s'appiccica sulla tela e così l'acqua profonda del golfo si muove viva e appare subito crespa e fuggente dove il mare all'imboccatura del porto già sa di largo.

Al ritorno dalla Madonnina ripercorro la strada a ritroso e mi capita di soffermarmi a contemplare la danza muta dei lupi di mare che stendono a riparare le reti sui pali di legno. Nella controluce tersa del cielo ogni rete scompare e si trasforma in un sipario di ragnatela dove resta solo il profilo dei pescatori, ognuno a ordire un balletto silenzioso di gesti educati dai secoli. Sono intenti alle reti, distese rattoppate sui tralicci e sugli argani a ruota. Le restaurano a suon di risacca, al tepore del sole, all'odor di tabacco delle pipe e delle sigarette; le aggiustano con gesti antichi, con facce anziane di rughe scolpite e barbe malconce; annodano i fili con mani scaltre, ma dure, narrando con accorta lentezza la pazienza d'una vita segnata dai ritmi del mare. Io passo lentamente, mi fermo a volte e quelli non dicono niente, ma fanno un cenno col capo.

I vecchi mi ricordano l'infanzia trascorsa con mia nonna, che mi ha lasciato i proverbi e i detti della sua terra campana e ora non so perché, mi vengono in mente le uova al tegamino col pomodoro che mi preparava tornato da scuola. Del resto, verso l'ora di pranzo da ogni casa, da ogni barca si diffonde un odore sfizioso di pesce cucinato nei modi del mare, così me ne vado al ristorante del porto e mi rinfranco con la *tiella* e le linguine allo scoglio che qui hanno il sapore vero che non puoi trovare in nessun altro posto.

Il molo commerciale è piccolo, non attraccano mai navi pesanti, è difficile scorgere nomi stranieri sulle imbarcazioni. Ci sono giusto un paio di lance grigie della Guardia di Finanza e della Marina Militare per il controllo degli sbarchi di migranti dall'Africa, dal Medio Oriente e forse più in là, che giungono dal largo nei giorni di buona sorte.

Per la gran parte sono ormeggiati i pescherecci della cooperativa e delle famiglie di pescatori, quasi tutti sono rugginosi, con la vernice che sfalda e scopre il rosso del ferro cariato. Pochi giovani ormai pescano per mestiere, i più stanno per lasciare, però lo Stato non riesce a dar loro una mano, le loro barche non sono efficienti come le motopesca d'altura delle grandi compagnie, attrezzate coi sonar e tutto il resto. È giusto che il mondo cambi, ma è buono conservare un legame con la tradizione. Questi pescatori rappresentano un patrimonio, una vita di storie e racconti in cui tutti trovano le proprie origini: sono le radici a raccontarti chi sei e a indirizzare dove vai. Un albero senza radici non cresce, muore. E mi accorgo di parlare come Alberto.

La mia schiena fa progressi ogni giorno e adesso torno al molo a chiacchierare con Alberto. Corinna ha un posto barca dove resta tranquilla anche col peggior temporale, eppure mi rimane ancora difficile salirci sul ponte, perché il rollio che ha nelle acque del porto disturba il mio equilibrio precario; così me ne sto a terra saggiamente seduto sulla bitta d'ormeggio, mi appoggio coi gomiti al bastone, mentre chiacchiero col mio amico e lui risponde dalla coperta e sistema le scotte. Qualche volta ci incontro Claudia che viene la sera a stare con Cristiana e così parliamo un po'. Anche oggi è qui, la vedo già da lontano sul molo, confabula con la sua amica, mentre Alberto è sulla barca. Quando arrivo si voltano tutti per salutarmi, Claudia è bella ed elegante come sempre, in un abitino giallo pastello, ma ha un aspetto vagamente diverso, ha cambiato pettinatura e adesso porta i capelli con la riga a destra che le danno un'aria più dolce.

«Ciao Cristiana, ciao Albe, ciao Claudia, come stai?» le chiedo «mi piace il tuo nuovo taglio.»

«Grazie! Io sto bene e tu? Mi sembri in forma» risponde lei e si porge per darmi un bacio sulla guancia. Solare come al solito, mi guarda in profondità con gli occhi azzurri aperti al mondo. Rimaniamo un istante così a osservarci con le parole sospese a mezz'aria. Scorro con lo sguardo il suo nuovo taglio, la bocca disegnata dal rossetto rosato, il sorriso è più leggero del solito, un sorriso tratteggiato da un sottile velo di pensieri che sfuma i lineamenti.

«Mi sto riprendendo bene» rispondo, «tra poco potrò lasciare il bastone a casa» le dico trionfante.

«Bene!» il suo sorriso si apre di più «Questa è proprio una bella notizia, sono contenta.» Questo mi fa stare bene, mi viene voglia di abbracciarla, ma sono impacciato, non so come regolarmi.

«Sì, infatti...» raccolgo il suo slancio, trattenuto.

«Bene...» dice lei e si blocca. Procediamo così, stentorei, singhiozzando pause silenziose in un dialogo imbarazzato.

«È davvero bello sentirtelo dire» s'intromette Cristiana a sbloccare la situazione «sarà bello tornare a fare le cose di prima» dice prendendomi sotto braccio sorridendo.

«*Ah*! Piano, così mi rimandi all'ospedale!» mi lamento enfatizzando più per gioco che dolore. Tutti finalmente ridiamo. Alberto ci guarda dal ponte di Corinna senza commentare, sembra gustare la scena; finisce di formare una spirale con la cima d'ormeggio che sistema precisa come un'opera d'arte al centro della prua, poi scavalca la battagliola e ci raggiunge sul molo ponendosi tra me e Claudia.

«Sentite, perché stasera non andiamo a mangiare una pizza tutti insieme?» propone raggiante. Solleva la testa verso Cristiana e colgo un suo impercettibile movimento del sopracciglio.

«Ma certo!» rilancia prontamente Cristiana «Sarebbe davvero carino andare tutti, no?»

«Vi ringrazio davvero, ma non me la sento proprio, devo fare gli esercizi, prendere le medicine...» Sono combattuto e forse la scusa è un po' banale, ma funziona bene. Non me la sento di affrontare la situazione con Claudia di mezzo, mi sento debole, forse ancora ferito.

«Non è il caso, non è il momento adatto voglio dire» osserva Claudia che sembra avere gli stessi dubbi «vi ringrazio tanto per l'invito, ma è meglio fare la prossima volta.»

«Sì è meglio così» guardo Claudia e stavolta siamo in sintonia.

«Come volete voi allora» commenta Alberto deluso «faremo la prossima volta.»

«Contaci» rassicura Claudia mettendogli la mano sulla spalla. «Adesso devo andare» dice, poi mi dà una carezza e sento il calore della sua mano poggiata sulla guancia e il Musk di Alyssa Ashley toccarmi sensi profondi. «Ciao» esclama.

«Ciao» rispondo, poi si volta risoluta e si avvia verso l'uscita. Rimango un po' a guardarla, mentre si allontana con grazia e passo atletico, mi attrae sempre, ma qualcosa di ignoto mi frena, non posso farci nulla, anzi, per certi versi questa mia debolezza verso di lei mi urta, come se nella mia testa l'unica cosa che contasse fosse l'attrazione fisica e non voglio più dare ascolto a questa voce. Può sembrare ch'io sia scostante, ma non ho voglia di fermarmi a parlare con lei, mi pesa troppo quella storia finita prima di cominciare e lascio che la nostra amicizia si raffreddi di più ogni giorno che passa.

ECO

Eco parcheggia come sempre alla cazzo di cane davanti al chiosco di Ares e zompa dalla BMW cabrio con un gesto improbabile per via dell'abbondante eccesso di salute sui fianchi. Avanza eroico, al rallentatore, calpestando la sabbia arsa di fine agosto negli infradito nero e Swarovski di Dolce e Gabbana. Cammina sicuro, sgargiante flou in un camicione alla Gheddafi rimettendo in discussione numerosi parametri di bellezza classica, quasi un semidio greco di taglia appena appena abbondante.

Eco, come Umberto lo scrittore e Nicola come il Santo di Bari, chiamato col cognome per investitura di popolo, alla maniera di calciatori e politici e invero per me può stare solo tra i secondi. Un privilegio conquistato per il talento indiscusso di conoscere i fatti di chiunque mettesse piede tra Foggia e Lecce o ancora più in là. Gli stava così bene addosso quel nomignolo da farne dimenticare il nome: quelli che lo conoscono pronunciano "eco", nel senso del suono, con la "e" minuscola, perché come l'eco, restituisce ogni notizia, in più arricchita di sfumature ghiotte e dettagliate che chissà come conosce solo lui.

Eco è un bel po' fanfarone, va da sé, ma vive la vita senza farsi complessi, anzi, punta al massimo della visibilità emulando gli eroi TV dei reality, di cui in fondo è l'epigono coatto di noi altri. Ama stare in vista, prendersi spazio e palcoscenico per raccontare le storie che lo riguardano e da cui esce immancabilmente eroico. Come un guappo napoletano a Eco piace pavoneggiarsi con le belle tipe che solleticano il suo gusto e se ne porta sempre appresso una bene in vista come il pendaglio di un portachiavi. Gli piacciono tanto le donne, eccome e gli piace di più lasciarsi ammirare con una bella figliola accanto, solo che cambiano così rapidamente che non si ha mai il tempo di conoscerle. Le sue preferite sono le modelle straniere, che di solito si presentano luccicanti, alla moda e frivole come Barbie da vetrina. Va a pescarle in città, a Bari, in posti come via Sparano o nelle marine estive più sciccose, con le spiagge dai salottini in finto vimini, i cuscini écru e i drappeggi arabeggianti di lino; club esclusivi dove un cameriere in livrea bianca serve il long drink a bordo piscina anche a ferragosto. Non so se è l'effetto dell'auto lussuosa o perché è uno sicuro e sfacciato come James Bond, ma molto meno elegante; Eco sembra conquistare puntualmente il successo e l'attenzione che io non sono mai riuscito a ottenere in anni di palco. In fondo è un eroe metropolitano come quei boss del Rap americano, che la vulgata popolare mitizza ulteriormente. Con lui ci si diverte e poi ci scorta in tutti i posti del mondo, posti per capirci, dove ogni giorno c'è la bolgia del mercato rionale all'ora di punta, che se uno è giovane e in vena di esagerare, non c'è storia al confronto. Ciò nonostante il mio giudizio su di lui è ancora sommario, sebbene lo abbia conosciuto quasi subito al mio arrivo. Nonostante l'immagine sopra le righe Eco suscita quasi sempre simpatia e fiducia, anche quando dei personaggi poco rassicuranti gli girano intorno con circospezione ossequiosa; ma lui riesce a far dimenticare certi particolari di poco conto quaggiù al sud. Coi suoi modi istrionici Eco riesce ad ammanicarsi chiunque, c'è sempre chi dice qualcosa di buono su di lui; e accidenti questo va detto: non ne ho mai sentito parlar male.

Era uscito da giurisprudenza all'università di Bari laureandosi perfettamente in corso e si era iscritto all'ordine degli avvocati in tempi record. Eppure, nessuno lo aveva mai visto toccare un libro o andare a un esame; del resto non l'hanno mai visto nemmeno praticare la professione; neanche lui si fa chiamare avvocato! Ma questo dettaglio emerge soltanto qua e là, mentre vede gente, fa cose... Ha i soldi, questa è la prima impressione che dà: qualsiasi cosa tocca si tratta di soldi ed è bravo a farli, si capisce a constatare il gusto per le cose costose esibite platealmente. Certo, tutto questo esiste grazie alla concessionaria BMW di famiglia e parecchi altri affari di famiglia in giro per il mondo.

Naturalmente Eco ha un posto riservato d'ufficio nella Giunta comunale, sempre per blindare gli interessi di famiglia. Lui tuttavia, non dà mai l'impressione di impegnarsi troppo nelle cose che fa; penso che se volesse potrebbe combinare qualcosa di utile, ma al momento questo non gli interessa e mi pare un po' come un ragazzo di talento che s'impegna poco a scuola. Di fatto Eco dà l'impressione di essere molto più gratificato dalle public relations e dal panorama femminile; potrebbe essere un perfetto assessore al turismo e spettacolo, ma immagino che la cosa gli produrrebbe troppo impegno per accettare. D'altra parte proprio lui nei primi tempi mi ha presentato ai locali della zona, che hanno subito cominciato a farmi suonare e dunque gli devo qualcosa, come molti altri con cui era stato generoso in qualche modo. Si può tranquillamente dire che dopo Alberto è lui la mia risorsa più importante. Eco non ha quel tipo di difetti che rendono odiosi i ricchi, come la supponenza o il paternalismo, è di un'estrazione popolare che lo rende un amabile mascalzone, come certi calciatori che fanno i soldi ma restano grezzi ragazzi di borgata. Solo forse il suo eloquio infarcito di orgoglio barese, secondo me richiederebbe qualche ritocchino, in particolare quando alterna momenti di audace dialetto a frasi in italiano schietto, come in un film di Verdone.

«*Mo' uagliò*, come va? Grandi novità!» butta là nel suo slang appoggiato e sopra le righe come al solito. Da dietro gli occhiali a specchio scheda le ragazze nuove più carine, mentre avanza con l'incedere del boss di quartiere, facendosi strada tra due ali di folla che lo salutano col cinque all'americana, compiaciuti lui e la folla. Anche Cerein ha abbandonato la sua postazione ombreggiata da bagnino per sentire l'ultima novità; perfino Nick e Toni sono emersi dalla cucina e solo Ares, con uno stuzzicadenti in bocca, guarda tutti compassato appoggiato alla solita balaustra.

Di fatto all'uscita di Eco la risposta unanime del gruppo è: «Dicci tutto *uagliò*!» e figurarsi se potrebbe essere altrimenti.

«*Mò... stat've zitt'* e sentite a me» riprende lui abbassando la voce e radunandoseli a capannello, creando attorno il giusto pathos.

«Sabato sera ce ne andiamo tutti alla "Notte della Taranta" di Melpignano, ci staranno come minimo centomila persone. *Sciam', nu gibillero* di gente!» conclude aprendo le braccia liturgicamente, poi segna l'aria con le due mani a far convergere di nuovo su di sé la folla, quindi li guarda uno a uno e si sofferma su di me strizzandomi l'occhio. Eco continua: «E con questo voglio accontentare anche a Fabietto, che gli piace la musica e ultimamente è *nu poco musone*. E questo è un favore che fate a me prima che a lui, capito?» Fabietto sono io, così mi chiama Eco ogni tanto e le teste di tutti annuiscono ciondolanti come fosse l'evento più importante dell'anno. «*Oh uagliò*! Chi non viene è *nu sfigato*. Siamo d'accordo?» minaccia infine. Dal gruppo si alza un brusio di approvazione. Lui apprezzando il clima conclude: «*Mò stat've bbun*! Che c'ho da fare; chi vuole venire, viene qua sabato dopo pranzo alle due.» Infine chiosa con un'ultima raccomandazione quanto mai interessata: «*Aueee*': non fate tardi io non aspetto nessuno che devo fare una presentazione; e mi raccomando: in quel momento dovete farvi *sen-ti-re*!» Attorno, altre approvazioni e incitazioni di conferma. La richiesta della claque fa ridere, però la proposta è davvero ammiccante e lui mi strizza ancora l'occhio da dietro i Ray Ban, che non contengono la faccia paffuta e il sorriso sbiancato dal dentista. Io dico subito: «Ci sto!» poi tocca agli altri, ma è facile indovinare come va a finire, perché ogni idea di Eco è sempre un'offerta sicura. Ma poi, che scelta c'è? Se Eco te lo chiede sei praticamente in obbligo e poi sono in mezzo agli irriducibili, gli addetti ai lavori della vacanza: se non noi chi? In fondo tutti sono d'accordo quando già si sente il rumore coatto del suo BMW rosso macinare lontano.

Per me che sono sempre stato zingaro e solitario da bambino, adolescente e ragazzo e che quel modo di essere continuo a portarmelo addosso, è importante sentire di avere un punto di riferimento. Per questo mi sono affezionato a Eco, Alberto, Cristiana e Ares e un po' mi sembra che loro siano diventati la mia nuova famiglia. Quando stai in famiglia, in mezzo a chi ti ama, anche se di solito non ci pensi non ti senti solo. Quando invece cambi posto, cambi amici, pure tu cambi senza accorgertene, fai fatica a stare con gli altri e coltivare le amicizie diventa un lavoro impegnativo, ti mette addosso una maschera, ti ruba la sincerità. Andando via di casa ho scoperto con amarezza il prezzo della solitudine e quando poi per colpa dell'infortunio alla schiena ho dovuto sospendere i concerti, ho capito che senza la musica non sono più niente; così da quel giorno s'è acuita la mia sensazione di sentirmi sempre un precario, come un Linus senza coperta. Per fortuna lo svago spensierato della movida pugliese esorcizza la mia solitudine sociale e i ragazzi del borgo sono diventati in questo tempo come una specie di famiglia. Così a guardare le espressioni eccitate, quando Eco rimonta sul suo razzo rosso e sgomma via, con l'animo in pace ché sabato è messo al sicuro, questi volti sorridenti allentano un po' il nodo che mi stringe il cuore e mi sento un po' a casa.

NOTTETEMPO

Il giorno precedente all'invito di Eco per la festa della Taranta ero di ritorno da un concerto, ma non avevo voglia di andare subito a casa, perciò avevo allungato sulla litoranea e mi godevo la luce dell'alba emergere fosca dal mare seduto al tavolino specchiato d'un bar tabacchi. L'estate è trascorsa, un anno è sparito in un lampo e ormai la schiena è tornata a posto, ho ricominciato il tran-tran dei concerti nei pub, nei ristoranti, nei campeggi e villaggi turistici, ma non sono più entusiasta come prima, mi sento annoiato, preso da una routine che non mi dà più emozioni sul palco. Avevo in testa questi pensieri e in mano il cappuccino, quando meno di un minuto dopo, era arrivata di corsa la BMW rossa con dentro Eco e due ragazze nascoste dalla capotta, di cui intuivo soltanto lunghi capelli. L'auto si era bloccata di colpo stridendo, quasi al limite della piattaforma rialzata del bar facendomi trasalire. Eco era sceso con una specie di salto, sprizzante ottimismo alle cinque del mattino e appena mi fu a tiro quel tanto per riconoscermi m'investì col suo solito entusiasmo.

«*Mò*! Chi c'è: Fabietto. Come stai? Non c'hai mica la faccia di uno riposato!»

«Ciao Eco, come va?» esclamai salutandolo con la stretta all'americana, poi aggiunsi: «Non tanto infatti. Ho suonato, ma non volevo tornare subito a casa; ma tu che ci fai qui?»

«Prendo le sigarette poi riaccompagno Ludovica e Aurora a Bari» e indicò le due ragazze sedute in auto, Ludovica l'avevo già vista, stava sul sedile del passeggero intenta a cambiare stazione alla radio; di Aurora, protesa verso di lei dal sedile posteriore, vedevo giusto un drappo ramato di capelli sopra il bolero di jeans. Si voltò e mi adocchiò di sfuggita; solo un istante prima di sparire nuovamente nella penombra e giusto il tempo per imprimermi nella memoria uno sguardo penetrante che mi aveva soppesato come un pesce al mercato. Tentai un cenno di saluto con la mano, ma c'era già di nuovo solo la macchia ramata. Poi Eco riprese a parlare: «Insomma ti godi l'alba...»

«Perdo tempo. Non dormo più molto bene da dopo l'incidente.»

«Sarà che ti sei riposato troppo!»

«Come no! Un altro po' e mi riposo in eterno.»

«Ah ah, certo. Sai che qualcuno ha avuto paura di dover fare l'annuncio funebre a spese del Comune?»

«Sì scherzaci pure scemo!» dissi toccandomi le parti intime «E invece sto sempre qua, alla faccia del Comune.»

«Sì *uagliò*, però mi sembra che te stai *nu poco inguaiato*» disse «secondo me devi svagarti un po'. Se te ne stai sempre solo, alla fine ti rincoglionisci.»

«Eh, hai ragione anche tu, ma credimi, non ho proprio voglia di vedere le solite facce.»

Allora aggiunse paterno: «Senti, perché questo sabato non vieni con me a Melpignano? C'è la Festa della Taranta.»

«Il festival? Ma è fin sotto Lecce, la mia Panda non ce la fa.»

«Sono centocinquanta chilometri, ci vuole poco, ma se vieni con la mia ci mettiamo meno» strizzò l'occhio, «Melpignano è la fine del mondo, ma tanto lo sai già: *si' nu cazz'e musicista!*» sentenziò, poi concluse con la richiesta di un mezzo favore «Nel pomeriggio mi tocca portare i saluti del Comune che ha dato il patrocinio e ho l'accesso per le zone transennate, vieni con me, così mi dai una mano.»

«In che senso?»

«Mi aiuti a radunare un po' di gente, sai, la politica...»

«E chi ci viene?»

«Mah, più o meno tutti quelli del Maltese; poi con me c'è Ludovica, che si porta la sua amica Aurora; tu vieni in macchina con noi così vi fate compagnia.»

«Ma che tipo è questa Aurora?»

«L'hai vista no? È quella seduta là dietro.» Provai di nuovo a sbirciare nell'auto, ma vedevo solo due macchie informi di capelli *«Oh, Fabbio', unn'è cosa quella»* disse scuotendo la testa verso la BMW.

«Ma perché? Che ho che non va?»

«Non si' tu uagliò, è lei che è strana.»

«Che vuol dire?»

«È complicata!» sussurrò sporgendosi complice «Io non ci starei mai azzeccato a una così.» riprese raddrizzandosi «Ma che devo fare? *È 'n'intellettuale.*»

«Aah! E quindi non ha un ragazzo...»

«*Nooo*... che cazzo dici?! Guarda *uagliò* che è carina, ma quella non va con nessuno, gli vanno dietro in tanti e lei niente; è *'nà brava ragazza*, e però è così!»

«Beh allora? E non sono anch'io sono un bravo ragazzo?»

«Mmh, fidati d'Eco *uagliò*, quella là non è per gente come noi.»

«Perché scusa, che gente siamo?»

«Siamo diversi, *uagliò!*»

«Boh non ti capisco Eco, ma non importa, tu dille che ci sono anch'io e poi vediamo, tanto non mi mangia mica no?»

«*E bravo uaglion' hae ragione! Sciam'n mo'*, che devo andare, ci vediamo domani, passo alla solita ora al Maltese per dirlo agli altri, e oh mi raccomando, vieni pure tu!»

«Va bene, non preoccuparti. A domani!» lo salutai di nuovo col cinque poi lui si ricacciò in macchina e mentre l'auto si allontanava, il viso di Aurora si era voltato un'ultima volta, mentre sparivano sulla strada deserta.

Quando Eco era sgommato via veloce col BMW cabrio, portandosi Ludovica e quel preludio di Aurora, mi resi conto che la circostanza aveva smosso la mia fantasia e pensavo che questo fosse un gran colpo di fortuna per far riprendere quota alle giornate sfigate degli ultimi mesi: ero stato in casa fermo per così tanto tempo che... uffa! Per fortuna ora la schiena era tornata a posto ed era l'ora di rifarsi un po' lasciando alle spalle i cattivi pensieri. Ripensavo per quale inusuale combinazione ero capitato lì quella mattina, non poteva essere solo una circostanza fortuita, forse era finalmente la mia occasione per uscire dal tunnel.

Solo un paio d'ore prima, avevo rimesso la giacca militare per non prender freddo alla schiena e poter caricare tranquillamente gli strumenti in macchina dopo il concerto; non molta roba: le chitarre, un grosso amplificatore Fender Chorus, il rack degli effetti; aste e microfoni e un paio di borse. Siccome avevo terminato concedendo solo un paio di bis, il proprietario del locale si era lamentato, perché secondo lui i clienti avrebbero consumato ancora se avessi continuato a suonare. Mi ero difeso accampando la scusa del dolore alla schiena, ma visto poi che un paio di bis li avevo accordati, mica dovevo ricominciare il concerto daccapo come certi gestori pretendono.

Gli strumenti musicali sono l'unico avere a cui tengo, gli unici oggetti preziosi che possiedo, collezionati in anni di dure selezioni: le mie due Ovation elettroacustiche, una Al Di Meola color *cherry sunburst* con le corde in metallo e l'altra elettroclassica con le corde in nylon, che è la mia preferita. Mi ero innamorato anni prima di quelle chitarre quando ne vidi una in braccio a Gianluca Mosole, hanno il suono caldo e una tastiera morbida da suonare per ore. Da parecchio tempo ho deciso di ridurre al minimo tutto l'armamentario per risparmiare tempo e fatica e anche perché andare oltre mi sembra davvero esagerato per quel tipo di esibizioni. Alcuni colleghi invece sembrano i Pink Floyd, si portano furgoni carichi di amplificazione e luci di scena, ma in genere l'effetto che fanno è molto fumo e poco arrosto. A me piace molto più uno stile minimale, perché mi sembra tutto un po' più vero e anche il mio pubblico sembra apprezzare la scelta. Di solito porto un repertorio ricavato in parte dai pezzi del mio vecchio album e i nuovi che ho composto nell'anno; l'altra metà della scaletta la infarcisco con cavalli di battaglia fatti di cover selezionate con cura nel corso degli anni, di esperienza sul campo e qualche idea rubata alla concorrenza. È vitale essere preparati a tutto, così una parte fondamentale del bagaglio del musicista è una borsa piena di raccoglitori ad anelli con testi e spartiti di musiche d'ogni genere messi insieme nel tempo. Capita spesso di dover modificare al volo la scaletta in funzione della situazione, della gente, delle richieste. Per un pub ci vuole il rock, il blues e il folk; un villaggio vacanze chiede il pop e gli evergreen, anche quelli più triti; un jazz club al contrario pretende una scaletta sofisticata, mentre un ristorante vuole musica poco invadente di sottofondo, dove il musicista quasi scompare. Una festa di paese o una sagra invece bisogna tirarla su con tutto quello che hai, come una specie di Zampanò che farà meraviglie; anche se non saprai mai come andrà, perché chi sta sotto al palco vuole divertirsi a tutti i costi, anche facendo a pezzi chi suona. All'inizio ero molto intimorito dalle feste di paese, avere davanti qualche migliaio di persone spaventa sempre e come per tutti gli altri posti, non conta solo quello che suoni, ma come lo suoni e se lo fai bene, il calore della gente si sente e fa scordare in quell'attimo tutte le frustrazioni di una vita da teatrante di periferia. Se poi qualche fesso ti deve demolire per sentirsi meno fallito, venga pure, l'importante è prenderlo per quel che è: un ragazzetto di provincia che si prende la sua rivincita sul mondo; e se la tua è l'anima di un artista sincero devi volare sopra queste cose, anche se fanno un po' male.

Il concerto di ieri era stato organizzato all'Agrifoglio, che è un piccolo pub ricavato in una cantina del centro storico a picco sul belvedere di Polignano. L'Agrifoglio era frequentato da un pubblico giovane variegato e rumoroso di turisti e locali, che amava ascoltare la musica dal vivo in programma tutte le domeniche d'agosto. Si stava quasi a contatto fisico con le persone, su una pedana alta trenta centimetri, poco più grande dello spazio per me e le mie chitarre. Stavamo stretti e la gente arrivava a sfiorarmi le ginocchia; erano tutti lì per me, ai pesanti tavoli di legno massello, istoriati a graffiti intricati dal tempo, con i nomi degli antichi avventori incisi con le chiavi di casa. Nell'atmosfera ovattata dalle luci soffuse sulle grezze mura d'ocra, spiccavano i quadri con le pubblicità anni Cinquanta della Guinness e le curiosità da rigattiere appese ai muri, sotto un soffitto di mattoni a botte da cui pendevano stendardi e gonfaloni in stile *Old England*. Un rumoroso chiacchiericcio riempiva la sala, tutti i coperti erano occupati e in un angolo due squadre si sfidavano a freccette nell'attesa che cominciassi. Verso le nove e mezzo, seduti ad alcuni tavoli, ragazzi goliardici e rumorosi tra cui alcuni colleghi musicisti, cominciavano a dare segni d'insofferenza, sottolineata con fischi ed esortazioni da stadio. Avevo preparato la mia scaletta preferita, che partiva con un pezzo strumentale arioso e divertente intitolato *Thermo Sij & Phil O'Patic Tango*, che era un misto di blues, musica classica e tango. Era buono per iniziare perché partiva piano e poco a poco incalzava in un ritmo appassionato. Di solito il pubblico lo apprezzava e se avevo fatto bene i conti, dopo cinque minuti arrivavano il primo applauso e i sorrisi. Da quel punto subentra l'esperienza e il mestiere da showman più che dell'artista. Per il resto, conta soprattutto saper gestire con decisione la serata prendendola per mano; tant'è che nel giro sono più richiesti gli intrattenitori di professione che gli artisti veri. Se dunque sceglievo un bel ritmo veloce, non toppavo neanche il secondo pezzo. Il difficile viene dopo il terzo, perché bisogna creare nuovo interesse con una ripartenza inaspettata; è lì che di solito inserisco la prima cover. Amo suonare i pezzi di altri, sia quelli strumentali sia i cantati, che a me piace riarrangiare in uno stile tutto mio. A quel punto del concerto, in genere nei pub, funziona inserire qualcosa di Sting o gli U2 perché sono conosciuti e orecchiabili e fanno tanto british. Si procede così, con salti e accelerazioni, momenti frizzanti e parentesi malinconiche lungo tutto lo snodarsi della serata. Il momento che amo di più di tutta l'esibizione è la seconda serata. La seconda serata di solito, è quella che dopo una prima ora abbondante di musica, segue alla pausa per una sigaretta, una Guinnes media e attaccar bottone con il tavolo di ragazze accanto. Da quel momento, quando il ghiaccio col pubblico è rotto e s'è capito che tipo è il musicista puoi permetterti di rilassarti e osare di più con ciò che piace a te, perché quello è il momento in cui conta soprattutto quanto ti dai alla gente piuttosto di quanto perfetta sia l'esecuzione; puoi chiacchierare confidenzialmente, fare domande, puoi dire qualcosa di divertente, fare i complimenti a una ragazza, commentare un testo. In questa zona concerto condivido col pubblico le cover che mi piacciono e i pezzi miei che amo di più. È bello vedere le facce delle persone seguire allegre e disinibite il tempo di una giga irlandese o intristirsi a cantare il ritornello di una ballata malinconica. È il momento di *Halleluja, Scarborough fair, I'm on fire, Reckoning song, The lonesome boatman, Indifference, John Barleycorn*, tra le cover più amate; *L'onda e la luna, Sister L., Nella pianura, Chiaroscuro, Se fossi pioggia, Ti rubo le paure*, tra le mie. Se il pubblico c'è ed io mi sento in vena, può venir fuori un vero concerto, con quell'atmosfera rarefatta e l'attenzione che si tributa ai musicisti famosi. La gente lo ricorda come un giorno speciale e magari qualcuno si innamora, qualcuno invece si lascia, un altro prende una decisione importante per la sua vita. A volte ho visto gli occhi lucidi di qualcuno seduto ai tavoli e non era per colpa del fumo delle sigarette che il gestore lasciava trasgredire a tarda sera. È questo che cerca ogni artista, la cosa più bella che può accaderti: creare un istante, un frammento di tempo in cui tutti sono uniti da un'unica emozione; in quel momento puoi vedere negli occhi di ciascuno lo stesso luccichio, ricchi o poveri, colti o ignoranti, giovani o anziani. Se poi riesci a far cantare il pubblico, allora la solitudine scompare e ognuno sente di essere vivo lì con te e tutti gli altri e torni a casa ancora coi brividi addosso.

A fronte dei momenti mitici della vita del musicista, il momento peggiore della serata è quello in cui, già stanco morto, devo ricaricare l'auto. In genere, dopo la paga e gli ultimi dettagli al borderò della SIAE tergiverso a lungo col gestore o più piacevolmente chiacchiero con qualcuna delle cameriere intenta nelle pulizie di fine serata. Indugio spesso in silenzio nell'ultima sigaretta fuori dall'auto prima di cominciare la parte conclusiva del lavoro, che mi prende almeno un'altra ora, cioè tornare a casa e scaricare nel fondino tutto il contenuto della macchina. Solitamente a quel punto sono pronto per crollare sul letto e attendere la tarda mattinata per svegliarmi. Ieri mattina invece, come accade da un po', non ero per niente assonnato, anzi, mi sentivo stranamente vigile e pensieroso. Così, invece di scaricare l'auto, ho preso la litoranea per fermarmi al bar tabacchi per un cappuccino caldo e un cornetto e gustarmi l'alba sul mare. Faccio fatica a dormire la notte dal giorno dell'incidente; mi passano davanti le immagini della presa sfuggita sul Corinna, la convalescenza deprimente e solitaria, umiliante addirittura, quando Olga mi porgeva pappagallo e padella. Da tempo ormai qualcosa sta cambiando in me, faccio sempre più fatica a sopprimere le preoccupazioni per non sapere dove condurre il futuro. «Coraggio! I tempi delle speranze non sono andati ancora, non serve starsene qua a rivangare il passato, trovati qualcosa da fare e non pensarci più!» Continuo a ripetermi frasi come queste per esortarmi a sbloccare la situazione di stallo in cui mi sono arenato negli ultimi mesi. Sembra incredibile, ma sto cominciando a perdere il gusto anche di suonare.

Le frasi d'incoraggiamento che ho imparato da Olga, mi aiutavano a non pensare alle mie miserie, mentre seduto al tavolo del bar guardavo il vialone che taglia la zona degli stabilimenti balneari illuminato dall'alba e dai lampioni. Quaggiù, dove i tabaccai stanno aperti tutta la notte, ci incontri a volte qualche musicista che non ha voglia di andare a dormire e guarda un'alba nuova emergere dalla foschia del mare calmo, sorseggiando il cappuccino caldo, mentre una BMW rosso coatto sbuca sparata sulla litoranea.

LA TARANTA

«Siamo quasi arrivati, uagliò, là c'è il parcheggio riservato.» Eco parla ad alta voce coprendo addirittura il suono della radio, mentre Ludovica si muove come un'anguilla al ritmo del pezzo dance. Sono dietro, sulla cabrio rossa accanto ad Aurora e fino a ora non sono riuscito a dire nulla di sensato se non rispondere alle battute di Eco. La osservo senza farmi notare, percepisco l'odore fruttato della sua pelle e dei vestiti. Ha ragione Eco, è diversa, così diversa che nell'ora abbondante di tempo trascorsa in macchina non sono riuscito ancora a parlare di niente, troppo imbambolato per azzardare un discorso. È stato frustrante l'imbarazzo che mi ha strozzato la gola stringendole la mano affusolata, gettata là con grazia durante le presentazioni, dopo il «Ciao, io sono Fabian.»

«È un nome particolare» aveva osservato lei.

«Veramente mi chiamo Fabiano, ma mi chiamano tutti Fabian» avevo spiegato con la voce di Paperino, poi per tutto il resto del tempo sono stato capace soltanto di sfoggiare un sorriso tirato. Lei aveva detto semplicemente: «Aurora», guardandomi dritto negli occhi e poi aveva aggiunto «e posso chiamarti Fabiano?»

Al contrario della maggior parte della gente che invade le strade parcheggiando a distanza di chilometri sul ciglio erboso della carreggiata, abbiamo un posto riservato sotto il palco da dove è possibile seguire ogni cosa, grazie al lasciapassare per le autorità di Eco. Il pass gli è servito all'apertura del pomeriggio, quando lui s'è sperticato in un imbarazzante saluto dal palco in compagnia degli organizzatori, al termine del quale s'è eclissato totalmente dall'impegno istituzionale.

Le giornate non sono più tanto calde e alla sera s'è accompagnata una frescura che ha costretto molti a rifugiarsi in golfini piumosi e giubbotti estivi per raggiungere lo spiazzo dedicato al concerto. Il palco sorge megalitico in mezzo a un prato in aperta campagna, dove nella calca in movimento il clima comincia subito a ribollire. Le luci laser formano giochi colorati attorno ai maxischermi ai lati del palco, mentre i musicisti della "Nuova compagnia di ballo popolare" si stanno esibendo in un pezzo carico di accenti mediorientali scanditi con i tamburelli e l'*oud*. La cantante incalza con un testo serrato in dialetto salentino di cui non capisco una parola, mentre un pubblico multietnico di almeno centomila persone si muove all'unisono, eccitato al ritmo della taranta. Nel mezzo dell'esecuzione, uno spazio al centro del palco si riempie all'improvviso delle evoluzioni di una ballerina a piedi nudi, che inizia a compiere cerchi stretti guidati dal suono, roteando sensuale l'ampia gonna di un leggerissimo vestito bianco, mentre con un foulard di pizzo nero tra le mani segue la poesia del testo raccontando con i movimenti la storia cantata.

Aurora balla a parte in mezzo al gruppo di ragazzi del Maltese. Muove la testa, ondeggia i lunghi capelli rossi da un lato all'altro come risacca, riscuote successo tra i ragazzi. Danza a ritmo della pizzica, sinuosa sulle gambe affusolate; i jeans elastici le disegnano la piega dei fianchi. Il corpo è armonico, la vita stretta sul seno accennato e mentre il gruppo suona rispondono le viscere più profonde nella spirale cosmica di musica tarantolata.

La cantante danza scalza sul tempo folk e ossessivo della canzone di una malinconia stridente; gioia e dolore si sfogano nella danza ed è una cosa sola con il pubblico che la segue da sotto il palco; e sotto il palco Aurora si lascia andare. Alcuni ragazzi tengono il tempo, altri esitano in parlottio con sguardo da caccia. Aurora vuole solo ballare, lontana dalle cose di sempre, perché è stanca degli approcci spavaldi dei ragazzi di frontiera, pochi ideali, portafogli pieni dei soldi di papà e macchine prepotenti posteggiate da far west. Balla, stanca delle lamentele di suo padre, perché loro erano stati costretti a trasferirsi e perché il lavoro non c'è per colpa della crisi e per i politici inetti "eggovernoladro!" e per l'università tosta, cazzo, ma con la buona media, come spetta alle brave ragazze. A sedici anni, i jeans che lei stessa aveva tagliato un po' più del dovuto, un po' più delle amiche, forse appena un po' più del decente, erano sempre troppo corti per uscire, per suo padre, per i suoi amici, per la sua vita, per ribellarsi e dire «Io esisto!» un grido che da allora non l'ha mai abbandonata.

La verità è che Aurora vorrebbe due braccia forti in questo momento che la accolgano invece di incatenarla; una voce sincera che parli col cuore. Invece le offrono sesso, solo sesso; certi giovani non conoscono altro linguaggio, il mondo di oggi sembra non conosca altro linguaggio. Che gliene importa del sesso a una come lei? Il sesso è per chi non ce l'ha, chi ce l'ha dentro fa sogni completamente diversi.

Le luci strobo pulsano erotiche sulle facce e sui vestiti, mentre tra la gente Aurora danza risuonando in simbiosi con la ballerina e libera una natura spontanea di gesti, il calore di un morbido portamento del corpo, la curva accogliente del ventre, la passione che tende le cosce e le mani aggraziate. Tutto nella danza è immagine dell'anima e in Aurora è movenze arcane che pan di carezze promette a tutti quelli che guardano, ma lei a nessuno mantiene.

Ma poi l'erba cresce da sé, ciò nonostante e la mano del fato guida gli uomini più della loro volontà. Tutti siamo là, avviluppati nel vortice ninfale, quando con il viso madido Aurora si guarda attorno e sceglie di fermarsi infine, vicina, più vicina, quasi addosso, qui, sfinita; mi prende la vita e qui inizia e finisce tutto. Impacciata, la mia mano si muove priva di volontà, le sfioro i capelli morbidi e sento il profumo leggero che ne viene e mi attrae come il fuoco la falena. Lei lieve si leva dall'infinito a guardarmi; così tanto spazio dentro gli occhi là in fondo, un tuffo troppo profondo. Mi manca il coraggio, non colgo l'attimo che il cielo ha fissato. Rimango zitto, inerte, in cerca dell'uomo che sono e l'uomo non trovo.

AURORA

Soffia da lontano il vento fresco e pulito del nord, con le sue fiabe antiche, sogno che torna di ciò che da bambino ho amato quando ero innocente. Mi hai danzato davanti tutta la sera ed io ormai non resisto. Ho distolto e posato mille volte lo sguardo su te. Tu, che distratta, accarezzi con gli occhi le luci della strada, mentre siamo qui, sul bolide rosso e coatto di Eco. Resto muto, non trovo una sola parola, ognuna mi sembra banale ed io mi sento un idiota. Non posso restare in silenzio, non posso davvero. Sono capace d'improvvisare per ore su un palco, perché non stasera? Vada come vada, altrimenti che senso ha avuto arrivare fin qui?

Fermi sul lungomare, parcheggiati alla Eco, quasi dentro la spiaggia, rievochiamo il concerto, la musica, i balli, la gente, ma io non riesco a dire niente, vorrei fissarti nella mente così, la testa china, i capelli scomposti. La serata è amabile, il mare un fondale tiepido dipinto di scuro, su cui stanno appese tutte le stelle del firmamento. Eco parla, parla, non sta zitto un minuto e poi dice sempre le stesse cose, mentre Ludovica lo guarda incantata. Aurora sbadiglia, si annoia, si stira i muscoli del collo tendendo le braccia, mi sfiora. Mi guarda, la testa bassa, getta uno sguardo fulmineo all'esterno, un segnale, un'occasione da cogliere al volo: gli occhi ridono, ridiamo insieme. Prendo la maniglia della BMW e la faccio scattare. Un attimo e poi come Armstrong sulla luna faccio un passo gigantesco per un piccolo uomo. Porgo la mano ad Aurora e una scarica elettrica scorre fra noi in quell'istante, la stringo più forte e lei salta giù. Eco si volta, fa un cenno e un sorriso al dentifricio, poi torna a parlare con Ludovica. Giusto due parole di commiato e partiamo per un giro sulla spiaggia.

Il bagnasciuga è sgombro, il mare lo lambisce appena come un leggero velo trasparente. I nostri piedi affondano nella sabbia scura e farinosa, mentre i sensi sono punti dalla salsedine. Sono qui, ti sfioro la mano, e la voglia di stringerla ancora è più forte.

«Eco è fantastico, ma va preso a piccole dosi» dico e per magia le parole adesso escono fluenti, come se lontano da Eco e dal mondo il tappo fosse saltato.

«Sì, è vero, certe volte è proprio pesante.»

«Però grazie a lui abbiamo avuto una bellissima giornata.»

«Oh sì. Non mi ero mai divertita così tanto.»

«Perché? Sei una che non va ai concerti?»

«Sono cresciuta sull'isola di San Domino, non sono abituata a tutta quella gente.»

«Scusa ma, dove si trova quest'isola?»

«È la più grande delle isole Tremiti, è bella, ma non c'è molto là per una ragazza.»

«Sei scappata via anche tu dalla famiglia come me?»

«Ma no! Io amo moltissimo la mia famiglia e mi piaceva la vita sull'isola.»

«Allora perché sei andata via?»

Camminiamo uno affianco all'altra, la osservo curioso, mentre si passa la mano tra i capelli, li sposta un po' e racconta.

«Mio padre fa il direttore d'albergo. Gestiva insieme alla mamma l'albergo dei nonni a San Domino. Poi mamma è morta e lui non è riuscito a superare la cosa.»

«Oh... Mi dispiace davvero.»

«Era come se l'albergo non fosse più casa sua, non è più stato in grado di mandarlo avanti. Si è bloccato.» Guarda a terra seria, poi con un sospiro riprende: «Alla fine ha deciso di andarsene, un po' per superare i ricordi e un po' perché gli affari non andavano bene, ma credo sia stato meglio così.»

«E siete venuti qua.»

«Non subito, prima abbiamo girato per un po', e poi papà ha trovato un nuovo albergo qui vicino; ma ormai è successo più di dieci anni fa.»

«Mi dispiace per tua madre e anche per tuo papà. Deve essere stato tutto molto difficile» dico impressionato «anzi, deve essere stata durissima, soprattutto per te!»

«Va bene ora. Ho un bel ricordo di mamma. Sull'isola ci torno spesso, c'è la sua tomba e ci vivono ancora i miei nonni, io sono molto legata a loro, vado a trovarli ogni due o tre mesi e l'isola è sempre bellissima.» È strano, racconta una storia triste, ma lei è solare. È bello vedere quanta voglia di sorridere ha, è una donna forte, anche se a guardarla sembra poco più che una ragazzina.

«E così sei un musicista?» domanda con aria curiosa.

«Pare di sì, anche se a volte, pure a me suona strano dirlo.»

«Hai fatto dei dischi?»

«Uno e poi basta, ma senza fare successo, cioè, non è stato nemmeno distribuito; però continuo a scrivere le mie cose.»

«Perché non ne hai fatti altri?»

«Così va la vita... ma sono contento di aver fatto almeno quello. E tu che fai invece?»

«Studio. Anzi, il prossimo sarà il mio ultimo anno, poi chi sa?»

«Cosa studi?»

«Storia dell'arte.»

«Ah, ma allora sei pericolosa!»

«Perché?»

«Come perché? Quelle come te fanno a pezzi quelli come me!»

«Qualche volta siamo la vostra fortuna.» blandisce con l'aria furbetta negli occhi.

«Allora diciamo che è un'alchimia pericolosa.»

«Sono curiosa di ascoltare qualcosa.»

«Sarebbe bello» rispondo, lei sorride, «e cosa ti piacerebbe ascoltare?» propongo.

«Una ninna nanna!»

«Una ninna nanna? Non ce l'ho una ninna nanna.»

«Sei un musicista e non hai scritto una ninna nanna?»

«Mi spiace, non ho mai scritto una ninna nanna, non ci ho mai pensato.»

«È una cosa grave.»

«Ecco, vedi? Già iniziano le critiche e ancora non hai sentito niente.»

«Ahahah, è vero!» Mi fissa ridendo con gli occhi luminosi.

«Ma scusa, che c'è di male?»

«Perché voi uomini complicate sempre tutto e vi perdete sulle cose più semplici»

«Forse non è così semplice, scrivere di cose semplici. Forse ci vuole una sensibilità speciale.»

«Questa è una sciocchezza! Per scrivere di cose semplici ci vuole solo semplicità. Mio papà si sedeva sul letto e mi cantava sempre qualcosa per addormentarmi e ti garantisco che lui non assomiglia neanche lontanamente a un poeta.»

«Allora sarà perché non ho una famiglia.»

«Una famiglia di certo aiuta.»

«Diciamo che su questo punto allora ho qualche difficoltà.»

«Sei uno di quelli che non mettono radici?»

«Diciamo che non mi sono mai innamorato.»

«Ma che dici? È impossibile non essere mai stati innamorati, figuriamoci un musicista.»

«Perché no? A me è andata così! E di te che mi dici?»

«Una volta mi sono innamorata, avevo sedici anni, ma era una cosa da adolescenti.»

«Il tuo amichetto del cuore?»

«Sì, era il figlio del nostro vicino, ci siamo rivisti durante una vacanza.»

«E perché è finita?»

«Perché, finita la vacanza, l'anno successivo non tornò.»

«Uomini!» scherzo «E non vi siete più visti?»

«Sai come va no? La scuola, l'università, gli impegni. La vita cambia per tutti e lui era andato a vivere da qualche parte in Veneto. E tu invece, perché non ti sei innamorato mai?»

«Le occasioni le ho avute, ma non è scattata mai la magia e alla lunga ho rinunciato.»

«Ma che dici Fabiano? Tutti possiamo innamorarci.»

«Boh?! Le mie storie non sono mai decollate, succedeva sempre qualcosa per cui era meglio lasciarci piuttosto che annoiarci tra una litigata e l'altra.»

«Che ingenuo! Come puoi pensare che nella vita due persone possano andare sempre d'accordo?»

«Veramente avevamo patito tutti abbastanza e comunque io non ho mai sentito il bisogno di rincorrere le mie ex... Non so se mi spiego.»

«Ma, hai mai pensato che forse non hai trovato veramente la persona giusta?»

«E da che si capisce?»

«Beh, forse dal fatto che per amare bisogna andare oltre se stessi.»

«Certe volte mi sembra che un certo modo di intendere l'amore sia solo un'invenzione per far stare in piedi le coppie.»

«Certo che tu non hai vie di mezzo: o sono scintille o è nulla cosmico!»

«Non amo le mezze misure! E invece, per te com'è amare?»

«L'amore...» fa una lunga pausa guardando il cielo, si allontana di un passo, si volta verso me, mi prende le mani e le scuote poggiandomele sul cuore «l'amore è come un'elettricità che avvampa, la forza che vince la paura, è volare senz'ali. Amare è come il terrore di tuffarsi da un precipizio a picco sul mare e poi farlo davvero. È il gesto incosciente di spiccare il salto e sentire il vuoto sotto i piedi, il cuore che scoppia in una caduta senza fine, mentre l'aria vortica intorno e ti spezza il respiro. È lo schiaffo dell'acqua che inghiotte, ti lascia senza fiato un tempo infinito per poi riemergere al sole a respirare aria fresca, a pieni polmoni. Io... voglio sentire accapponarsi la pelle e lo stomaco che si chiude. Voglio il fiato che manca e la testa che gira. Voglio il ricordo di aver amato, sofferto, aver dato tutto e vissuto l'amore vero. Non voglio un sentimento fasullo, un'emozione da luna park, che brucia come un cerino, dura il tempo di un cerino e come un cerino lascia soltanto cenere. Perché, vivere senza amore sarebbe come non essere mai stati su questo mondo... e sbagliarsi... sbagliarsi sarebbe ancor più orribile: rimpiangere tutta la vita il proprio cuore sarebbe peggio che morire!» Senza fiato, la guardo ed è come se avesse detto tutto insieme quello che non sono stato mai capace di dire. Vorrei poter avere le stesse parole, ma mi sento come un bambino che non ha mai imparato a parlare e balbetta ancora frasi sconnesse.

«Non... non lo so, per me l'amore è un mistero. L'ultima volta sono stato mollato e non ho capito neanche il perché.» Continuiamo a camminare, col fruscio della risacca a cullarci e la sabbia che affonda sotto i piedi.

«Ti sei bruciato?»

«Non ne ho avuto il tempo... o forse un po' sì, lo ammetto.»

«Però, è una cosa seria, amare un'altra persona» continua lei «l'amore è una cosa che muta ogni giorno, si rinnova ogni giorno e ti innamori ogni giorno della stessa persona; non è mica come al primo incontro, quando due stanno insieme per vent'anni. Quando stai a lungo con qualcuno che ami a un certo punto capisci che non ci sono battaglie da vincere, ci si allea, si sceglie un progetto di vita insieme, si lotta insieme. La noia, gli screzi, le incomprensioni fanno parte del gioco, ma si superano insieme, ogni giorno.»

«Sì, può essere che funzioni così, ma io non lo faccio mica apposta, proprio non mi viene.»

«Sai Fabiano? Io non ho mai conosciuto uno come te, che vive così, voglio dire, in questo modo... così strano.»

«Perché strano? Che vuol dire strano?»

«Tu vivi senza pensare al futuro, non ti preoccupi, non c'è differenza nelle cose che fai oggi o domani. Come puoi conciliare quello che fai con un progetto come farsi una famiglia: comprare una casa, educare dei figli, mandarli a scuola, badare al loro futuro. Non ci pensi mai Fabiano?»

«Sinceramente?»

«Sinceramente.»

«A me quel tipo di famiglia mi ha sempre spaventato. Sembra che si debbano fare le cose perché le ha ordinate il dottore. Vivere in questo modo non è normale. Non mi piace forzare la storia, penso che se una cosa deve accadere, prima o poi accade; il resto viene da sé.»

«Ma non pensi che sia normale cercare una stabilità?»

«Non dico che per gli altri non sia vero, ma io non ragiono così, per me le cose normali sono altre.»

«Per esempio? Cos'è normale per uno come Fabiano?»

«Posso dirti sinceramente?»

«Hm...» e mi guarda dritto in faccia con occhi che scintillano.

«Per me è normale parlare con te stasera, farlo come se fossi mia amica da sempre. Io vivo ogni cosa come una sorpresa, mi piace improvvisare, non penso che tutto debba essere organizzato per forza. Non saremmo qui adesso se non fosse così: chiedilo a Eco.» Mi volto ammiccando verso la BMW da dove giungono echi di risa e musica house.

Ti fermi a guardarmi e anch'io ti guardo. Un momento sospeso d'eterno tra due anime a caso nel mondo, incerte se avanzare o fermarsi, sole e frenate dai propri sogni e dalle proprie paure, ma poi sorridiamo specchiandoci uno nel volto dell'altra.

RALPH MALPH

Mi sveglio nel tardo mattino di una meravigliosa giornata di sole, solleticato dallo sfarfallio delle lucine colorate che filtrano tra le foglie dei tigli e la persiana socchiusa. È dura il giorno dopo qualsiasi cosa organizzata da Eco: è come entrare in contatto con la Kryptonite.

Sopravvissuto allo sconvolgimento naturale della sera prima, inizio il rito del mattino trascinandomi in bagno con una vivace andatura da zombie e faccio le boccacce allo specchio, mentre miro alla tazza con un occhio solo. Spremo mezzo tubetto di dentifricio alla menta e malva sullo spazzolino e me ne sto mezz'ora a schiumare nel lavandino per uccidere l'alito di topo morto. Accendo la radio e imburro una fetta biscottata; l'aria mattutina si satura subito con una raffica di battute isteriche dei DJ di Radio 105, sparate a caso sopra un pezzo perfetto del mitico Sinatra, che inappuntabile comincia a svolazzare allegro per la stanza: *"That's life! That's what people say..."*

La mattina di solito non raggiungo la lucidità sufficiente a superare la fase caffè in meno di un'ora, ma *The Voice* che swinga sulla big band, sveglia lo stomaco al primo sorso e mentre il caffè va giù giù, m'imbambolo a contemplare gli eventi della notte appena trascorsa.

Ripensare ad Aurora fa un effetto soave, come se un angelo mi avesse invitato a fare due passi in paradiso, chi l'avrebbe detto solo un paio di giorni fa? *"That's life, funny as it seems"*: la vita è divertente, proprio come sembra, dice Frank sornione e se lo dice lui... Frank sì che è un grande, uno con le palle, che la vita l'ha girata da tutti i lati. Il buonumore cresce e mi sospinge verso una molle pigrezza: «Ma sì dai! Oggi mi regalo una giornata di mare.»

Telo da spiaggia "quasi" Blue Ocean, un affarone dall'ambulante pachistano; shorts da barca Black Magic del team New Zealand di Coppa America, regalo di Alberto e Cristiana; T-Shirt giallo canarino Umbria Jazz '92, un pezzo da collezione; infradito tattico con decoro floreale blu Hawaii, dell'Ipermercatone; cappellino da baseball nero col logo Jackson Guitar, omaggio del negozio di chitarre. Così pronto, lancio la Panda fino al Maltese, mentre canticchio allegrissimo l'immenso Frank *«That's life, that's what people say...»*

Cerein, seduto alla sua postazione sotto l'ombrellone rosso smunto, si alza allarmato, sbracciando come un pallanuotista, mentre m'imbuco pirata nel parcheggio riservato ai dipendenti. Più che un bagnino Cerein sembra un mulino a vento, da lontano spicca brunito come un tizzone, col riverbero del sole sulle lenti dorate degli occhiali. Mi alzo sul predellino sbracciando a mia volta per farmi riconoscere.

«Okay *uagliò!*» Mi fa il pollice alzato concedendomi il posto.

«Grazie *uagliò!*» Io alzo la mano in segno di pace e prosperità.

Che mare ragazzi, il mare stamattina! Avanzo sulla passerella della spiaggia: c'è poca gente che prende il sole di fine stagione, è una di quelle occasioni che fa esibire alle signore le tette mosce e ai mariti rimpiangere mogli molto, molto più giovani.

«You're riding' high in April, shot down in May!» canticchio raggiante procedendo sulla sabbia calda. Mi sento invincibile: *«But I don't let it get me down...»*

Quando raggiungo il mio posto mare c'è qualcosa d'insolito: ruzzolato dalla risacca sul bagnasciuga sta un gabbiano morto stecchito, me lo trovo proprio sotto i piedi e mi fermo a studiare l'uccello caduto dal cielo. Con in testa il giovane Frank, e in pieno *spirit of the '50s*, mi viene di chiamarlo Ralph Malph, come il personaggio di "Happy Days".

Il povero Ralph Malph si è levato all'alba stamattina per seguire i pescatori, come fanno sempre i gabbiani; avrà avuto davanti una giornata piena di volteggi, a stridere con i suoi colleghi sui pescherecci, ad aspettare il recupero delle reti per lanciarsi sugli scarti di pesce, nella lotta quotidiana per l'esistenza. Strana la vita degli uccelli, penso... La sera ogni gabbiano vola verso casa, una chiassosa scogliera di guano pulsante dove tutti i santi giorni va e torna senza sosta. Ralph Malph veniva da là e sotto le nuvole azzurro pastello del primo mattino, un giorno qualsiasi s'è addormentato precipitando avvitato in cerchi sempre più stretti, spiaccicandosi melodrammatico sull'acqua.

«Fortunello! Dev'essere stata una cosa veloce» direbbe Frank nel suo smoking, tosto come un gangster, appena appena contrito per la circostanza «un colpo e zac!» Adesso per te non hanno più importanza la scogliera, i gabbiani e i pesci, penso, mentre lo tocco con la punta del piede; Ralph è freddo e molle e mi spiace per il poveretto. *That's life!* È la vita, che vuoi farci? Come dice Frankie.

La pala di Cerein raccatta Ralph e lo depone amorevolmente nel cassonetto dell'AMIU. Che triste epilogo per un asso dell'aviazione caduto in battaglia. Ralph Malph adesso è lì, solo soletto a chiudere *the big circle of life* nell'organico della raccolta differenziata, ingiusto epitaffio per un così nobile uccello.

«Tirati su bello e rimettiti in pista! *Each time I find myself flat on my face, I pick myself up and get back in the race...*» La voce di Frank mi canticchia nella testa rimbalzando come una palla da biliardo e insiste a non lasciarmi andar giù. Mi butto tra le onde quiete per smorzare la sensazione plumbea di quei bianchi aviatori tirati giù dalla contraerea.

L'acqua lava via la negatività in una lunga nuotata. Torno tonico e odoroso di salsedine, poi mi getto sul telo caldo e soffice di sabbia sotto il sole educato di fine estate. Al cullar del mare, stanco della nuotata, subito mi coglie il sonno e mi appisolo al suono acciottolato della risacca, con le immagini di quei film in cinemascope a stelle e strisce, mentre un giovane Sinatra intona *"That's life"*.

Nello spazio fantastico di un sogno minestrone, i suoni sfumati della realtà si mescolano col film dei pensieri ed è tutto un frullar di aviatori nell'aria, il ronzare dei motori che si rincorrono acrobatici nel cielo e il ticchettio delle mitragliatrici pesanti: rat-ta-ta-ta-ta!

«*Sono colpito! Mayday mayday mayday!*»

«Salta figliolo!», Frank è fichissimo e in vena di consigli paterni: «Vuoi fare la fine di Ralph Malph?»

«Ma no!» dico «Sono qui, sulla sabbia calda, la stringo nei pugni...» "oh sì, lo so, sono stato lì lì per spiaccicarmi sul Corinna" penso, «ma respiro, vivo e vegeto qui sul bagnasciuga.»

«E dov'è Ralph Malph soldato?»

«Signore Ralph è caduto!»

«E tu soldato? Respirare non vuol dire per forza essere vivi, se non vivi davvero.»

«Che dovrei fare signore?»

«*Puh!* Reclute. Chi è solo muore ogni giorno soldato! Muoviti genio: chiama Aurora!»

LA PUNTA A SUD DEL FARO

La punta a sud del faro. Ci sono sempre venuto da solo finora. Mi aiuta a riflettere, liberare la mente, perché si sta lontano da tutto qua sopra. Lo scoglio a picco sul mare, grande come l'oceano, si getta a capofitto dentro le onde, dove l'acqua agitata tormenta la pietra, scolpendola a fondo quando incontra la terra. Sul profilo della costa grigia, a strapiombo, il ciglio di roccia è marcato dal bordo d'erba su uno strato di terra nera, in prossimità del quale corre un sentiero; dal declivio interno lo scivolo erboso scende docile a valle in direzione del borgo vecchio, verso un viottolo che lambisce la periferia e porta fin dietro casa mia. Proprio sulla punta, che da là sopra più s'addentra tra le lame di scogli nelle acque profonde e schiumose del mare, s'innalza la lanterna del faro, scintillante di riflessi alle vetrate. All'ombra della torre poligonale, più a sud, c'è un anfratto di roccia giusto giusto per due, un terrazzino dov'è possibile guardare i gabbiani innalzarsi sospinti dalla brezza tesa, che soffia dal mare fin al punto più alto della scogliera. È qui che vengo in segreto per comporre, col termos del caffè e il blocco di appunti Moleskine da un lato; per starci finché si può; finché il disco del sole affetta l'orizzonte.

È tutto diverso adesso, penso. Lei gioca coi fili d'erba e si rotola sul prato. Lei stupenda che ride e si abbandona controvento. Si avvicina splendente riflessi di sole, i colori del tramonto riverberano sul rosso dei capelli, addirittura gli occhi hanno cambiato colore.

«Quindi questo è il tuo posto segreto?» mi chiede sedendosi accanto.

«Quando ho voglia di star solo vengo qua o alla Madonnina dei marinai giù al porto, ma questo è un posto speciale.» Guardo verso il mare sotto di noi, poi l'orizzonte e mi coglie un'emozione, la strana sensazione che prende allo stomaco quando l'altalena si tuffa all'ingiù.

«Sembra di stare a casa mia, a San Domino» dice Aurora guardando lontano.

«Raccontami com'è là.»

«È piccolo» risponde «ma è bello. Per una bambina è come un mondo intero racchiuso in una bolla di neve. Mi piaceva andare sul punto più alto di una scogliera a picco sul mare, proprio come qui. Puoi vedere la costa del Gargano da là e guardare arrivare i traghetti e le barche a vela. Da bambina ero sola e mi immaginavo di veder arrivare una nave pirata con la bandiera nera, il teschio e le ossa incrociate e sognavo che un capitano bellissimo mi portasse via.»

«Avrai sofferto, tutta sola.»

«Ero una tremitese selvaggia, che trascorreva l'infanzia tra il mare e le rocce scoscese dell'isola, soffrire non faceva parte dei miei progetti.» Aurora sembra ancora la stessa bambina ribelle, raccolta sulle ginocchia ossute, mentre il vento le arruffa i capelli.

«Sogni ancora i pirati?» domando, curioso di sapere se essere cresciuta in fretta le abbia lasciato dentro la voglia di giocare.

«A volte, sarebbe bello tornare a giocare sull'isola dei pirati. Vorrei un po' di quel tempo che è finito così presto, ma non è possibile ormai.»

«Perché non è possibile? Chi te lo impedisce?»

«Perché sono cresciuta, non esiste più quella bambina.»

«A me non sembra affatto.» Si volta e mi guarda con un'intensità che non avevo ancora visto in nessuno sguardo prima.

«Davvero?» Negli occhi c'è ancora la bimba sognatrice mista alla donna e io non so esattamente quale di queste lei sia.

«Davvero!» rispondo, guardandola negli occhi. Sorride, non dice nulla, siamo seduti, accoccolati, vicini quasi a toccarci, lei poggia la testa sulle ginocchia, il vento le porta via i capelli dagli occhi e la guardo nel colore ambrato del tramonto. Gli sguardi si fondono, le emozioni si rincorrono come bimbi all'asilo, la pace avvolge tutto e tutto di lei mi piace.

Mi avvicino e mentre mi avvicino tremo, ma sono qui. Il vento sussurra dolcemente, il suo respiro sa di foreste di pino, le labbra sono dischiuse, la guardo attratto e impacciato, un istante irreale, con pudore, lentamente, dolcemente le nostre labbra si toccano.

LIVIA

Aurora ha la figura e la bellezza di sua madre Livia e di lei ha preso le lentiggini, i boccoli rossi e lo spirito romantico, ma indomito; e in Livia c'era quella scintilla che rende speciale una persona e attira spontaneamente l'affetto della gente, senza che questo susciti mai invidie di qualche tipo per sé e gli altri. Quando s'erano sposati, suo marito Vito aveva avuto perfettamente chiaro tutto questo e s'era domandato varie volte nel segreto dell'animo cosa ci trovasse una donna come Livia in lui, che tutto sommato nella vita aveva ottenuto solo risultati mediocri. Siccome tuttavia è la natura a stabilire le sue strane regole, Livia si era innamorata proprio di lui, tanto speciale la donna quanto ordinario l'uomo, fusi in una mistura di estro e normalità che aveva contribuito a rendere la coppia prima e poi la famiglia, solida e serena. A Livia non solo bastava, ma desiderava la loro bella vita tranquilla a San Domino, perché poteva sognare tutto ciò che voleva con intorno un posto sicuro. In realtà Vito non riusciva a comprendere fino in fondo quanto la moglie sapesse apprezzare i suoi sforzi nel curare il loro piccolo giardino dell'Eden, rimproverandosi in segreto di non essere un uomo più colto, intelligente, ricco, importante; ma gioiva del riflesso del suo sorriso e questo bastava a riempirgli la vita. Livia invece sapeva bene che Vito sarebbe sempre stato gentile e premuroso e si sarebbe spaccato in quattro per la famiglia, lavorando come un mulo per dare loro tutto quel che era necessario e anche il superfluo. Insieme alla famiglia di lei avevano creato una vera, piccola oasi felice.

L'albergo Alle Rondinelle non era grande, solo una ventina di camere a quattro stelle, ma vere, non di quei numeri sparati a caso e vantava un ristorantino rinomato per i piatti di mare fin sulle guide turistiche più prestigiose. In verità, San Domino era un piccolo mondo ben selezionato per pochi e se non fosse stato per Livia e i suoi genitori, Vito non sarebbe mai approdato su quell'isola fortunata. L'albergo lo gestivano insieme e nel tempo, si erano stabiliti dei ruoli dettati più che altro dalle capacità; così i nonni di Aurora, solidi come querce, stavano al ristorante, che era il gioiello di famiglia, da trattare con la massima attenzione, la competenza degli anni e dei segreti del mestiere. Vito invece aveva preso a gestire gli ospiti delle camere, perché lì soprattutto, serviva uno spirito abitudinario, disposto a sacrificare la propria giornata al servizio dei clienti; ma questo a lui veniva benissimo e intanto Livia incarnava la padrona di casa sempre sorridente che ogni cliente vorrebbe trovare al front desk. Sicché la famiglia aveva trovato un equilibrio perfetto e il ménage negli anni non era mai stato modificato.

Quando era nata Aurora, tutti avevano convenuto che fosse nata una nuova stella e certamente i fasti dell'Hotel Alle Rondinelle si sarebbero protratti a lungo ancora. Invece si sbagliavano di grosso; la gravidanza era stata a rischio, Livia doveva rimanere spesso a riposo e sotto controllo, al punto che per la parte finale del tempo i medici avevano deciso di trasferirla all'ospedale di Foggia per stare più sicuri. Infine, con una settimana d'anticipo era arrivata Aurora, il nome era ispirato proprio all'alba diafana di San Domino, che Livia sul letto d'ospedale sognava ogni mattina in quei giorni d'assolato settembre. Era nata con il parto cesareo, sana, sgambettante e rossiccia di capelli, aveva emesso un vagito lunghissimo e poi si era calmata immediatamente regalando a tutti un intenso attimo di felicità. Ma già da subito erano cominciate le complicazioni per sua madre, a partire dal distacco parziale della placenta che aveva scatenato un meccanismo a catena perverso e crudele con una forte emorragia; e Livia era stata ripresa per i capelli, lasciando ognuno col fiato sospeso. Poi erano sopraggiunte le aritmie e infine la diagnosi dello scompenso cardiaco con cui avrebbe dovuto convivere per sempre. Il dottore, leggendo i tracciati e le immagini ecografiche era diventato scuro in viso, poi aveva cercato di sdrammatizzare minimizzando, ma gli occhi tradivano una pietosa bugia. Da quel giorno la salute di Livia non era più migliorata e il biancore naturale della pelle aveva preso un pallore livido che suscitava una grande tristezza in chi la conosceva. Per questo motivo Aurora era rimasta figlia unica e per questo era stata viziata e coccolata da sempre, mentre Livia aveva smesso di aiutare in albergo come faceva prima, per dedicarsi alle cose di minor peso come il centralino e l'amministrazione. Tuttavia, neanche questo periodo di apparente ritorno alla normalità ebbe un lungo dipanarsi. Ogni giorno che passava, Livia appariva sempre più stanca e provata, benché non si potessero definire con esattezza i motivi di tale consunzione. Di fatto, era sotto gli occhi di tutti che di anno in anno sfioriva senza un chiaro perché. Finché al quarto compleanno di Aurora, Livia era arrivata a pesare meno di cinquanta chili dentro un fisico esilissimo in quasi un metro e ottanta di altezza. Un giorno Aurora aveva udito i bisbigli delle domestiche e sebbene non comprendesse i termini medici, da quelle parole accorate aveva intuito la gravità delle condizioni di Livia, da cui tutti tentavano di preservarla ed ebbe la consapevolezza che sua madre era ridotta al lumicino. Non aveva detto niente, Aurora, ma era cresciuta di colpo; il carattere era pur sempre quello di sua madre e lei si portava dentro ogni cosa, dando a vedere ben poco di ciò che la toccava. Giammai Livia si era lasciata andare alla prostrazione, neanche alla fine, quando era ormai chiaro che in quello che stava accadendo c'era qualcosa d'irreparabile e nonostante la sorte avversa, in lei non era mai mancata la voglia di sorridere e apprezzare la vita.

Quando Livia si aggravò non fu più una sorpresa per nessuno. Morì in una bella giornata di primavera, tra il garrire delle rondini e Aurora che aveva poco più di cinque anni. Livia si era spenta come si spegne uno stoppino di candela tra due dita, silenziosamente, in modo indolore, senza lasciar fumo. Aveva salutato tutti andando a dormire quella notte, come ogni notte, trasmettendo a ciascuno il calore e l'affetto di sempre, aveva chiuso la luce lanciando un'occhiata veloce all'immaginetta del Cristo di Faustina Kowalska affianco l'abat jour e semplicemente, non si era svegliata la mattina dopo. Fu sepolta di sabato, nel piccolo cimitero della vicina isola di San Nicola, con lo sguardo che dal piazzale del Pantheon affaccia sul mare, proprio in direzione dell'alba. Aurora pianse fino al lunedì successivo, poi smise d'un tratto e cominciò a comportarsi come una piccola adulta. Ciò che in lei sorprendeva era la somiglianza con la madre, solo, di una bellezza più carnale e l'attitudine a sentire in maniera più tribale. Tuttavia, questo era il bello, Aurora non trascendeva mai in atteggiamenti negativi e per il pregio dell'indole materna, pur dietro la scorza ruvida ereditata dal padre, la bimba era di animo gentile e sognatore, di un'indipendenza innata a cui tutti si arrendevano, perché esprimeva la stessa scintilla contagiosa di sua madre, che s'irradiava attorno regalando a ciascuno un pezzetto di vitalità e l'illusione che Livia, in fondo, fosse solo partita per un lungo viaggio. Per Aurora fu un momento difficile, ma il trapasso di Livia, sereno e maturato nella pace, le infuse una grande solidità interiore.

Quello che cambiò fu Vito, che da allora non fu più lo stesso e si rinchiuse a riccio da qualche parte in sé, intento a puntellare e preservare tutto ciò che costituiva il suo mondo. Era sempre stato un po' apprensivo, ma finché Livia era viva, lui gettava ogni ansia nel lavoro, impegnandosi fino allo sfinimento; e almeno questo gli impediva di pensare, visto che pensare non era mai stata un'attività che, al contrario di Livia, lui tendeva a far propria. Poiché tuttavia in Aurora, contemplazione e azione erano dosati in miscela virtuosa, lei viveva la vita in modo pieno e questo spesso la metteva in aperto contrasto col padre, che non si rendeva conto di quanto il suo auto esilio e le sue apprensioni soffocassero la figlia.

Poco dopo il radicale cambiamento seguito alla morte di Livia, era iniziato il lento declino di quel che rimaneva della famiglia.

Senza la presenza della moglie e con Aurora ancora piccola, Vito non riusciva più a far fronte alla gestione dell'albergo, sembrava assai confuso negli affari, anzi indolente, se non addirittura disinteressato e i nonni di Aurora dovettero a un certo punto dividersi anche quella parte di lavoro. Si ruppe in poco tempo l'equilibrio magico che aveva contraddistinto la famiglia e iniziarono le prime divergenze sulla gestione, sui dettagli, sulle offerte agli ospiti. Insomma, il clima familiare che aveva fatto la fortuna dell'Hotel Alle Rondinelle, nel giro di quattro o cinque anni sfumò, i clienti scelsero altre mete e così tutto crollò, al punto da costringere i nonni di Aurora a prendere una decisione drastica: scegliere un altro direttore per l'albergo e mantenere la sola gestione del ristorante. Ovviamente per il signor Vito ciò voleva dire soltanto una cosa: lasciare l'isola della sventura, con suo gran sollievo e cercare di ricostruirsi una vita sul continente, portandosi dietro Aurora, che prese decisamente male quella scelta lacerante, essendo profondamente attaccata sia ai suoi nonni sia all'isola.

TRA SHAKESPEARE E L'ERASMUS

L'amore rende lirici i gatti di notte, si sa, si sente la loro cantilena e poi s'arruffano e rincorrono soffiando ignari del mondo. Me ne sto a rimirarti sul letto, mentre in mente ti disegno, m'incido il profilo negli occhi percorrendo ogni morbida curva. Mi rapisci come una brezza fresca e odorosa di fiori e mi calmi come una calda tisana di sogni. Dormi, mi prendi il braccio, ti circondi le spalle, ti rifugi qui frusciando come seta fra seta, tra pelle e crine. Così mi sorprendo che tu sia proprio Aurora, la mia Aurora, salita dai sogni sulla scia della luna; è con te che saluto l'ultima stella della notte e il primo raggio al mattino, quando gli uccelli uno a uno alzano il canto ed è già l'ora dell'alba, purtroppo. Vorrei s'attardasse questa luce spietata che il talamo fende e ci trova inermi e laddove un po' dietro alle nubi ora esita il sole: che pur se lo tenga, il monte alle spalle! S'annacquerà il tempo e perdio, questa mia scorza superba potrebbe anche mollarsi. Perciò mio caro giorno indugia, che lo vedi da te, oggi è meglio dormire e il tempo che abbiamo resti solo per noi. E finché lei dorme, tesserò al buio le mie frasi vuote, la trama e l'ordito; io, che baratto parole ogni notte per la sua ninnananna, per non dire soltanto "Aurora, Aurora"; che Aurora ogni giorno diventa più bella e allora, di più si dissenna Penelope, che alle tenebre disfa daccapo parole scipite che non sanno d'amore e non lo possono dire. Lavoro la notte, al dunque m'arrendo, è finita la notte... Interrompo la trama infeconda dell'arte e di nuovo ho raccolte parole di Lete in un fiume di niente. Volevo scrivere ninnananne, ma un Moleskine nero è tutto ciò che rimane. Depongo le frasi inutili sul comodino e rimando alla notte, che ormai la notte è per te. Or ora è tempo del giorno: ma che terremo del giorno? Staremo insieme ogni tempo e domani ancora, mille e molti più giorni. Percorreremo una strada ignota uniti per mano e ci troveremo a casa la sera, a raccontarci le cose, le storie, come tu dici; a suonare una musica nuova, nulla più uguale, ma tutto più vero. Per sempre.

Preparo la colazione, tu te ne stai placida, socchiudi un occhio, sorridi, ti fingi assopita per farti portare il caffè. Profumata di sogni fuggi a un abbraccio rincorso tra le lenzuola; mi osservi, mi volto felice e ritorno al daffare. Mi piace quando mi guardi e vieni e mi rubi un bacio in silenzio. Il caffè nelle tazze fuma gustoso, carpisci una fetta imburrata al miele e tutta la vita è già qui.

Ogni cosa che ho fatto, ogni luogo che ho visto in questi anni da solo, l'ho ripercorso con te, Aurora, e ogni cosa e ogni posto ha un sapore diverso.

Alberto e Cristiana ti hanno già accolto come una sorella; Corinna ormai ha sempre pronta una cabina col tuo nome. Al largo abbiamo fatto il bagno tuffandoci dalla barca e tu la sera hai preparato la ricetta di tua nonna, quella segreta e squisita della zuppa ai calamari. Perfino al Maltese se arrivo solo, ormai tutti domandano di te e quando ho suonato gratis all'anniversario dell'inaugurazione, per fare un regalo ad Ares, tu, in mezzo a tutti, hai portato una torta, per metà bianca di panna e metà rossa di fragole con la scritta Auguri Maltese! e trenta candeline accese.

Facciamo insieme le passeggiate sul bagnasciuga, dove hai conosciuto Ralph Malph e la sua storia rubata alle traiettorie del vento e ti è piaciuta molto, anche se hai detto che era un po' triste. Il molo dei pescatori ci saluta benevolo, mentre il vento sferza alla Madonnina del porto, dove respiriamo l'aria iodata di mare e frizzante di spuma. Passiamo davanti ai gatti sonnacchiosi del giardino alle spalle di casa, camminando lungo il viottolo che si prende per uscire dal borgo, per salire verso gli scogli, dove il mondo cambia faccia e incontra l'orizzonte. È bello andare in giro mano nella mano a far spese, così senza meta, senza ragione. Certo, le finanze non consentono granché, ma in fondo, a noi bastano i mercatini e a te piace fermarti a quelle bancarelle dove troviamo degli strani cappelli che non metterei mai, le stoffe batik e i giocattoli in legno che ti fanno ridere, come il Pinocchietto verde e il mikado gigante. Oppure passiamo alla yogurteria a saziarci di coppe formato extra, io con la macedonia di fragola, tu col tuo cioccolato bianco e meringa e mi piace davvero guardarti mangiare, mentre arricci le lentiggini sul naso.

Un giorno siamo andati a scegliere insieme il tuo regalo di compleanno al negozio di Claudia, perché lì Alberto e Cristiana e gli amici al Maltese ti avevano prenotato un buono regalo. Del resto avevi bisogno dell'abito giusto per gli ultimi esami, proprio quando il freddo sarebbe arrivato. Là c'era stato l'episodio che avevamo chiamato: "Lo strano caso della giacca di tweed con le toppe di pelle". Tu avevi carpito con aria spensierata un po' di capi tra gli scaffali oro e bianco Versailles della boutique ed eri andata a specchiarti sulla piattaforma tonda in moquette al centro del salottino; sembravi una danzatrice in quei carillon preziosi d'un tempo. Io ero spettatore sui pouf ricurvi nello spazio esclusivo sotto le luci brillanti e posavi solo per me. Di solito non indossi abiti eleganti, il tuo vestire ha sempre un che di fresco che mi piace da matti. Tu però in vista della laurea, avevi già considerato di dover rivisitare il tuo guardaroba: perché come sempre stavi crescendo in fretta. Provavo un gusto immenso nello stare a guardarti, mentre sceglievi e provavi e dicevi quel tipo di cose che le donne dicono a ruota libera quando sono a loro agio e tutto ciò mi donava un piacevole calore nel petto.

«Questa ti sta davvero molto bene!»

Fuori campo era intervenuta, improvvisa, una voce femminile a far capolino da dietro la tenda di velluto verde. In quell'istante, al posto della commessa che ci aveva servito, era comparsa Claudia.

«È elegante, ma anche sportiva» aveva aggiunto; la guardavamo entrambi con aria sorpresa, Aurora mi aveva lanciato un'occhiata imperscrutabile, io ero rimasto a bocca aperta. La presenza di Claudia riempiva la stanza di carattere mettendomi a disagio; per un attimo mi era sembrato di vedere la regina di Biancaneve in un morbido tailleur bianco panna e gioielli ben assortiti. Ero infastidito, con la colpevole sensazione d'essere stato pizzicato in qualche affare losco. Da quasi due mesi non parlavo con Claudia, lei aveva cercato di starmi vicina, per restare amici, senza rancore, ma okay, ero stato scortese! Sotto sotto ero ancora piccato e l'avevo snobbata. Fatto sta che tutto preso da Aurora non ci avevo più pensato e ora mi trovavo in evidente imbarazzo. Claudia quasi m'intimoriva dall'alto del suo tacco Chanel; con tono ispirato aveva cominciato a parlare di cose come le proporzioni del taglio, la leggerezza del tessuto, il prestigio di quel capo e bla, bla, bla. Claudia s'era presentata infine con educazione ad Aurora, porgendole la mano, delicata e professionale, poi mi aveva osservato per un istante come se volesse dirmi qualcosa. Il suo sguardo s'era posato sul mio viso, lo aveva esplorato tutto ed era rimasta muta a fissarmi negli occhi, subito avevo percepito un fremito, come se... come fosse cambiata.

Aurora ci aveva osservati dalla piattaforma, in silenzio, un occhio a lei, uno a me. Attimi, soltanto attimi, ma stavo imparando a cogliere i segnali impercettibili del mondo segreto delle donne e in quello sguardo c'era davvero tutto un mondo. Aurora s'era fatta vicina, mi aveva preso per mano e cinto il fianco; teleguidato le avevo poggiato il braccio sulla spalla e Claudia rivolgendosi a lei aveva sorriso e aggiunto immediatamente, in tono confidenziale, ma sempre molto professionale: «È un capo nuovo, il prezzo è pieno, ma ti sta davvero troppo bene per lasciarlo a un'altra, vieni di là, ti faccio lo sconto per gli amici degli amici... se gli amici sono d'accordo.» Claudia mi aveva bruciato con gli occhi e sorriso con un'espressione Monna-Lisa, rivolgendosi a me sul finir della frase e poi aveva atteso la mia risposta. Io avevo guardato Aurora, forse anche un po' divertita, rimbalzando interdetto tra i suoi occhi e quelli di Claudia.

«Beh, mi sembra un ottimo affare!» aveva detto Aurora superando i miei tentennamenti.

«A... allora d'accordo.» avevo balbettato un pochino; di nuovo Claudia mi aveva sorriso a una distanza così breve che mi ero sentito spintonare all'indietro, mentre il suo Musk di Alyssa Ashley penetrava troppo a fondo nei polmoni per non dare un vago senso d'ebbrezza.

«Vieni, seguimi...» aveva invitato Aurora, trascinandosela dietro e io a mia volta come un cagnolino appresso a loro.

Dopo aver fatto tutto e averci salutati cordialmente, Claudia si era voltata dal lato opposto dell'ingresso e non aveva più aggiunto una parola, così ce ne siamo andati soddisfatti, ma scommetto che ci aveva spiati dalla vetrina guardandoci attraversare la strada. Devo ammettere che non era stata sgradevole, eppure una sensazione di disagio mi aveva accompagnato per una buona parte della giornata e in seguito, quella magnifica giacca di tweed mi è sempre stata un po' antipatica. Comunque, quando la distanza dal negozio lo aveva permesso ed eravamo ben sicuri di non esser visti, Aurora mi aveva guardato sorridendo sotto i baffi e se n'era uscita a bruciapelo «È innamorata di te!»

«Cosa? Ma sei fuori? Non mi ha neanche calcolato. Anzi, mi odia!»

«Non ti odia; odia se stessa per averti lasciato andare.»

«Ma cosa dici? Non tiriamo fuori questa storia. E poi che ne sai?»

«Lo so per molte ragioni che un buzzurro musicista come te non può capire» aveva detto, mollandomi una gomitata nello stomaco.

«Ehi! Non sono mica ebete!» Aurora mi aveva guardato sorridendo con fare saccente, precedendomi a passo svelto sulla strada, quasi saltellando; con le mani nelle tasche di un giubbetto avana e la vitalità di un'adolescente, mi spiegava ciò di cui era sicura.

«Lo sguardo, il tono di voce, la posizione, il fatto che sia venuta di persona a sincerarsi di noi...» aveva poi risposto Aurora guardando avanti, acuta come un detective.

«Il tono di voce? Ma se ha parlato più a te che a me.»

«Lo sconto...»

«Lo sconto? Per un buono?! Secondo me sei paranoica!»

«Era una carezza per te.»

«Maddaaai! È un'amica. Voleva solo essere gentile.» Aurora aveva sorriso con noncuranza lasciando correre, tirando dritto e la faccenda era stata chiusa lì. Troppe le cose ancora da fare insieme, ma a scanso di equivoci, alla boutique di Claudia non siamo più tornati.

Poi è finita l'estate, quasi senza accorgercene, abbiamo guardato le piante sfiorire, i colori arrossare e le foglie cadere una a una. Quando il freddo ha bussato, tu già avevi ricominciato i corsi all'università. Sto passando l'inverno a recuperarti alla fermata del bus quasi tutte le sere e mi sembra di essere tornato adolescente. Ti vedo già prima, attraverso il vetro, in piedi, concentrata sull'ultima frenata un po' rude, poi scendi nella penombra della sera, rischiarata delle luci appena accese dei lampioni e dei fari, mentre per me si fa giorno «Dio mio quanto sei bella quando scendi da quella pedana.» Sali sulla Panda scalcagnata che diventa una Rolls, ce ne stiamo insieme il più possibile e poi ti riporto da tuo padre prima che perda troppo la pazienza. "Un giorno te lo presento" avevi detto e poco dopo me l'ero trovato davanti a bruciapelo e lui non era stato affatto felice di questo, ovviamente... però mi tollera, se non altro perché ti vede serena; certo, ti tiene sotto controllo come un uomo del sud una quindicenne ma, poveraccio, chi può dargli torto?

Sei salita in auto correndomi incontro da lontano e subito hai detto, guardandomi con due occhi giganti: «Devo partire per l'Erasmus!»

«Per l'Erasmus? Non mi avevi detto niente.» replico sorpreso e la notizia mi fa allarmare.

«Non lo sapevo neanche io! La mia prof insiste per mandarmi a fare la tesi, dice che è un'occasione importantissima, che non posso perdere. Quando mi ha dato la notizia per poco non mi prendeva un colpo.»

«E per dove sarebbe?» chiedo un po' intimorito.

«In Galles, all'Università di Cardiff... mi prenderebbero in un dipartimento importante, il direttore è un amico della mia prof.»

«Ma... così su due piedi... come faremo? E tuo padre?»

«Lo so, non dovevo accettare, perché dovrei aiutare papà, ma, insomma, ero alle strette, quando sei là non puoi dire di no.»

«Uhm... L'Inghilterra, in fondo non è lontanissima; e quanto devi star via?»

«Almeno un anno, forse... dipende dalla tesi.» "Accidenti!" penso.

«Beh, è tanto, ma non è un'eternità» dico e cerco di non farmelo pesare, ma l'emozione mi tradisce. «E quando parti?» chiedo in falsetto.

«A settembre.»

«Tra otto mesi? ... Speriamo bene.»

«Hai paura?»

«Un po'! Sarà dura» ammetto e lei subito mi stampa un grosso bacio sulle labbra.

«Sciocco che sei, non potrei stare senza di te.»

«Che vuol dire?»

«Che ti voglio bene e che adesso non voglio pensarci! E poi, fino a settembre chissà che potrebbe accadere?»

«Non farai cavolate? Io non devo interferire.»

«Tu non c'entri, per ora devo stare con papà, non posso lasciarlo a stagione aperta, devo stare in albergo; c'è la crisi, non abbiamo dipendenti.»

"Questo non rende la cosa più semplice", penso. «Dimmi che non lo fai per me.» indago preoccupato.

«Beh, certo... poi ci sei tu...» sorride, allargando gli occhi verdi già grandi. «Tesoro...» aggiunge, prendendomi la faccia tra le mani «te lo dico per l'ultima volta: io non farò nulla di cui non sia convinta! Okay?

Non voglio tornarci più sopra. Ora, ti prego andiamo a cena, ho una fame da lupo!»

«Okay! Non insisto, se sta bene a te, sta bene anche a me. Andiamo in pizzeria, pago io!» La mia risposta sembra soddisfarla, le difficoltà l'hanno scolpita in modo molto diverso da me, che rimarrei a rimuginare sulla cosa tutta la notte. Tiriamo dritto chiacchierando di queste cose per tutto il tempo del tragitto in auto, fino alle Tre Vele, da suo padre, che io frequento sempre con apprensione.

Quando entro nella hall, mi sento sempre un ospite poco gradito e tendo a rimanere rigido come un cadetto d'accademia o un maggiordomo dall'improbabile livrea. La hall è piccolina, ma ha un tocco elegante, classico e raccolto, in contrasto con la facciata moderna dell'edificio. L'ingresso immette davanti al desk della reception e quando non c'è nessuno, gli ospiti devono suonare il campanello sul banco, come nei film americani. Aurora sparisce dietro la reception, io affondo nella gommapiuma del divano stile Impero, che mi fagocita morbidissimo e analizzo per la milionesima volta i ricami sulle tende color zafferano raccolte coi nappi tra le colonne della hall; un po' d'ansia mi stringe la gola, mentre aspetto che il signor Vito s'affacci.

IL SIGNOR VITO

Il signor Vito si portava dentro la ferita indelebile della morte prematura di sua moglie Livia. Sin da giovane era stato un indolente, non era un mistero, all'inizio un bel ragazzone, ma di poco studio, il tanto che basta e poco impegno, il tanto che basta; poche ambizioni, una vita tranquilla, senza scossoni, possibilmente da moderato benestante: *lagom*, diceva, come gli svedesi per la cui socialdemocrazia aveva tifato all'epoca delle infatuazioni politiche giovanili, durate poco anche quelle. Solo dopo aver conosciuto Livia, qualcosa era scattato nella sua testa e aveva cominciato a darsi da fare sul serio. Livia era il massimo che poteva capitargli nella vita, lo aveva capito dal primo momento in cui le aveva sorriso e da allora aveva trasformato tutta la sua indolenza nell'impegno e l'abnegazione di uno a cui sta veramente a cuore qualcosa (e tanti saluti al lagom svedese). Si era inventato un mestiere di albergatore che non avrebbe mai pensato, aveva cominciato perfino a essere attento e cordiale con le persone, lui che era sempre stato ombroso e poco incline alla socializzazione, anche se non era un uomo sgradevole o d'animo cattivo.

Tuttavia, da anni ormai una coda di perdente segue il signor Vito. Forse, dipende da quella sua faccia pienotta sul fisico pesante e la pancia prominente di chi mangia per mitigare l'ansia; o forse per quel continuo trasudare nelle sue camicie azzurre sul vestito spezzato, liso, portato sui mocassini marroni impolverati e segnati dal tempo. Il sudore gli imperla sempre il testone calvo tra i ciuffi cesarei ingrigiti ai lati del capo, e così il papà di Aurora appare perennemente accaldato e affrettato, mentre si tampona compulsivamente col fazzoletto di stoffa.

Livia però lo sapeva com'era fatto Vito, per questo lo aveva scelto. A lei interessava soltanto una vita serena e tranquilla con una persona che l'amasse per davvero; diciamo che Livia era davvero lagom e sapeva che mai nessuno l'avrebbe amata come lui. È stato così, che la sua devozione, una volta morta la moglie, è travasata automaticamente su Aurora, che ha acquisito d'istinto la nitida percezione di come sia suo padre, che ama di un amore tenero e riconoscente come aveva fatto sua madre prima di lei. Adesso che a fatica, il signor Vito è riuscito a ricostruirsi una vita alle Tre Vele di Mola, lui cerca di rendere ogni cosa perfetta per l'hotel e per Aurora, così che l'uno e l'altra sono ormai la sua unica ragione di vita. Il suo pensiero fisso, da buon uomo del sud, è che la figlia sposi qualcuno che sia ricco e importante, con un accento possibilmente sulla prima qualità.

Fortunatamente per me, nessuno ha suscitato quel tipo di interesse in Aurora, che ha un concetto un po' più evoluto al riguardo; non che ci sia qualcosa di male nel desiderio del padre, ma è una forzatura così evidente, e solo lui non vede quanto per Aurora il ragionamento calza come un paio di scarpe troppo strette. Del resto è evidente che lui s'è rassegnato alle idee chiare della figlia e così ha ripiegato sul fornirle ogni supporto per l'università, premunendosi di seguirla sempre e comunque come una chioccia attende alla prole. Dal suo fronte, Aurora ha continuato nella direzione di uno spirito libero e indipendente e s'è iscritta prima all'Accademia di Belle Arti, approdando poi a Storia dell'Arte all'università di Bari. Lei, più che cimentarsi con la manualità e il gesto artistico, preferisce immergersi nel contorno critico, storico e filosofico di tutto quello che sta nell'arte e quando è in vena, si lancia in brillanti recensioni alla Philippe Daverio. Ha studiato ogni sfumatura della vita e delle opere degli artisti che la appassionano di più, soprattutto quelli classici, mentre dei contemporanei pensa che ce ne sono molti meno di quanto appaia e i più si perdono in spazi vuoti rincorrendo troppi pensieri narcisisti. Pensandoci bene, ancora non so tra quali di questi due estremi lei mi colloca e sinceramente mi guardo bene dal chiederglielo.

Il padre di Aurora, io lo chiamo sempre rispettosamente "signor Vito", mi accoglie puntualmente con qualcosa in mano, che di volta in volta può essere una pila di ricevute, il cordless con una chiamata in corso, un block-notes su cui sta scrivendo, oppure, come adesso, un pacco da lavanderia pieno di asciugamani appena lavati e stirati. Quando mi vede cambia faccia, come al solito, si rabbuia se sorride e assume l'aria di un grande evasore che ha visto un finanziere alla porta. Noto anche, una specie di tic, un fremito che gli viene spontaneo appena mi scorge, perché ha una sorta di soprassalto, un movimento degli occhi come a cercare una via di fuga e contemporaneamente un'impercettibile torsione del bacino, quasi l'accenno a uno scatto di corsa. Poi, nella frazione di secondo successiva, arriva il contrordine, si ricorda delle regole di buona creanza e se ne rimane fisso, interdetto come al solito, con la faccia di uno che non vede l'ora di togliersi dall'imbarazzo e al solito spiccica sempre la stessa frase in un tono monocorde e cantilenante da maggiordomo, appena più gutturale per via dello sforzo.

«Buonasera (o buongiorno), Fabiano, come sta?»

«Tutto bene, tutto bene» rispondo io come al solito, col medesimo grugnito, poi aggiungo «e lei come sta signor Vito?»

«Tutto bene, bene grazie» grugnisce di rimando e infine torna a concentrarsi su quello che ha in mano e qui di solito finiscono i grugniti. Ma nonostante le difficoltà linguistiche, scommetto che un uomo che ha allevato una figlia come Aurora, deve per forza avere qualcosa di speciale come lei.

Il signor Vito vive in una piccola dependance attaccata dell'hotel di cui tiene la gestione ormai da oltre dieci anni, cioè da quando con Aurora si è trasferito sulla terra ferma, dapprima sul Gargano, dove all'inizio non è riuscito a farsi strada, scendendo di anno in anno lungo il litorale, fino a raggiungere Mola di Bari, dove aveva finalmente ottenuto una gestione decente.

Le Tre Vele prende lo spazio in un edificio di quattro piani che risale ai primi anni Ottanta, rifinito all'esterno in bucciato bianco. Lo stile è moderno e poligonale, di quelli fatti a riga e squadra come una scatola di scarpe, con i terrazzi inclusi dentro la struttura portante; era sorto proprio davanti al mare, quando i piani regolatori non erano ancora troppo stringenti. Negli ultimi tempi però gli affari non vanno bene, Aurora ne parla spesso, ma ormai il signor Vito a questo ci è abituato e la tempra di passista alla Coppi, che ha mostrato in tanti anni, non gli viene meno neanche in tempi di crisi.

Non si è mai risposato il signor Vito, preferendo concentrare tutte le sue attenzioni sulla nuova gestione e su sua figlia, in cui rivede Livia e fa di tutto per accontentarla, tralasciando però di concederle pienamente quella libertà di cui lei ha immenso bisogno. Così la vita di Aurora è fatta di una serie infinita di regole e di condizioni, per le quali ha sviluppato una forte antipatia, ma che per amore di suo padre sopporta con spirito di comprensione, tuttavia non disdegnando qualche sana *rebelot*, onorando perfettamente l'eredità di sua madre; perché Aurora, come lei, è libera soprattutto nella testa, senza dover far ricorso agli eccessi.

Io mi sono quindi inserito in questo idillio a due, scombinando tutto, proprio mentre la ragazzina che aiutava il signor Vito e studiava al corso di Storia dell'Arte, sbocciava e s'accingeva ad affrontare il mondo fuori la cittadella universitaria, aperto alle sue grandi potenzialità, terrorizzando suo padre.

Non posso dimenticare il volto del signor Vito con la stessa espressione di dolore di uno appena colpito da un'angina, quando mi ha visto la prima volta. Dato che Aurora non portava mai nessuno all'hotel, a lui era bastato mettermi a fuoco all'ingresso, perché io mi sentissi radiografato e malgradito come il protagonista di *Indovina chi viene a cena*, mentre al signor Vito fosse subito chiaro che il tempo era giunto e non si sarebbe semplicemente sbarazzato di me al momento dei saluti. Da quell'istante s'è instaurata una dinamica di tiro alla fune, in cui io cerco di strappare Aurora dalla sua orbita e lui fa altrettanto nei miei confronti, il tutto con profondo scorno reciproco, malamente condito dalla nostra rivalità. Nonostante l'indole alla libertà, Aurora, da parte del signor Vito ha ereditato il senso del dovere che la spinge a essere scrupolosa, mentre l'affetto per suo padre la frena dal partire per Cardiff; ma lei in realtà è una donna già matura di ventiquattro anni, con l'esperienza precoce di una realtà terribile e un mondo interiore ricco e colorato come le ali di una farfalla.

«Papà, stasera esco con Fabiano» esclama già categorica Aurora, cogliendo il signor Vito piuttosto impreparato nel confezionare una risposta.

«Ma ti aspettavo apposta per la cena.» le dice non troppo convinto.

«Sì, ma vedi, dobbiamo parlare di una cosa che mi riguarda» si giustifica affrettatamente Aurora, nella tipica dinamica conflittuale tra figli e genitori, che ha il potere di indisporre anche i santi, mettendo subito in agitazione il signor Vito.

«Se ti riguarda e riguarda lui...» dice indicandomi col dito «significa che riguarda anche me!» incalza, mentre gli vedo passare per la testa bieche suggestioni.

«Aurora ha ottenuto la borsa Erasmus per l'Inghilterra, signor Vito» intervengo a mettere una pezza in quelle scaramucce. Aurora si volta indispettita verso me, ma prima che possa aggiungere qualcosa, scatta suo padre.

«Come l'Inghilterra?» sbianca istantaneamente «E quando? E dove starai?» Il signor Vito suda, estrae un asciugamano marchiato "Tre Vele" dalla busta trasparente che ha in mano e si tampona le gocce madide che hanno cominciato immediatamente a imperlargli la fronte e la testa con la chierica.

«Sta tranquillo papà, è un'idea del mio professore, non è ancora deciso niente» interviene lei stizzita.

«Mi spieghi cos'è 'sta storia?» s'informa lui rimanendo sulla difensiva, tradendo un profondo sospiro.

«Il prof dice che la tesi, secondo lui, dovrei farla lassù. Ma so benissimo che c'è l'albergo, e tanto lo vedi bene che non possiamo permetterci qualcuno che mi sostituisca» dice lei risoluta. Il signor Vito quasi sviene per la tensione e appoggiandosi al banco della reception appare piuttosto rintronato. Così mi guarda e per la prima volta mi sembra di cogliere un fugacissimo accenno di sorriso, qualcosa di simile a un'ombra veloce che corre sul muro, come stesse pensando di allearsi con un vecchio nemico in vista di una minaccia ben più grande. Se è difficile per me pensare di separarmi da Aurora dopo sei mesi, immagino che cosa deve essere per lui, dopo ventiquattro anni vissuti in simbiosi.

«Papà, ti prometto che quando torno più tardi ne parliamo a quattr'occhi, ma per adesso voglio stare con Fabiano» contesta lei, assumendo l'aria di una che sa già tutto quello che deve fare. Il signor Vito la guarda con aria severa, ma rassegnata, conosce la sua testardaggine quando vuole esibirla. Aurora ha ereditato da lui le sfumature più ruvide del carattere, cosa che da sempre li porta a scontrarsi, ma la visione di lungo termine è indiscutibilmente patrimonio della figlia. In effetti ho notato che negli scontri diretti il signor Vito può vincere soltanto imponendo la patria potestà, ma direi che funziona poco e per poco tempo; non è certo il carisma la sua arma migliore, anzi, sembra esibirne ogni giorno di meno. Tuttavia, neanche Aurora potrebbe quantificare l'amore di un padre messo alla prova fino in fondo. Stavolta pare evidente perfino a me che al signor Vito non sembra il caso di condizionare una decisione che ha a che fare col futuro della figlia e credo che mai e poi mai rischierebbe di comprometterlo. Livia che lo guarda da lassù e dal piccolo sacrario che lui le ha allestito sul comò nella sua stanzetta spoglia e ferma nel tempo, non glielo perdonerebbe mai. Poveraccio, se fosse necessario questo brav'uomo venderebbe un rene per lei! Sembra chiaro oramai che Aurora è l'unica cosa che gli preme; mi fa una gran tristezza, la sua vita sembra solo un lento scorrere verso il ricongiungimento con Livia, ma di sicuro non prima di aver provveduto a tutto quello che serve per Aurora. Direi che a lui dell'albergo, dei soldi e tutto il resto non interessa, se non nella misura in cui ciò può essere d'aiuto alla figlia; lo capisco: si tratta di blindare la felicità di Aurora, crisi o non crisi.

Aurora prende suo padre da parte, lo bacia affettuosamente sulla guancia e sorridendo lo rassicura. Non sono vicino abbastanza per capire tutto quello che si dicono, ma alcune parole raggiungono anche me: «Sta tranquillo papà... dobbiamo parlare... torniamo presto.» Dopo di ciò, lui la abbraccia come una bambina e la bacia sulla fronte prima di lasciarla andare. La guarda venirmi incontro, poi solleva lo sguardo poco più su, giusto per incontrare i miei occhi e di nuovo colgo quell'espressione fugace di dolore, una frazione di secondo prima di sorridermi come si fa con l'agente del fisco. Il signor Vito si rifugia infine dietro il desk della reception con la testa bassa e gli occhi fissi, a fingere di contare per l'ennesima volta il contenuto del pacco da dieci asciugamani Tre Vele.

«Tutto a posto, possiamo andare» trotterella Aurora trascinandomi per mano verso l'uscita.

«Sei sicura che a tuo padre non dispiaccia? Mi è sembrato in difficoltà.»

«Se fosse per lui dovrei starmene tutto il tempo sotto una campana di vetro; l'importante è che abbia capito. Vieni adesso.» Aurora mi tira via per un braccio consentendomi soltanto di salutare approssimativamente, ma tanto, il signor Vito non ha più sollevato la testa dai suoi conti.

PIETRO NOA

Eco poggiò la tazzina ancora calda sul suo piattino, seduto al tavolino dal look radical chic del Gran Caffè, mentre sotto le palme di un baresissimo corso Cavour, transitava il solito viavai infrasettimanale delle belle giornate di sole, in una tarda primavera già calda d'estate.

«Quindi lei dice che è proprio lui?» s'accertò un'ultima volta.

«Assicurato al centodieci per cento!»

«Allora grazie avvocato; la saluto e mi raccomando per la faccenda del Petruzzelli.»

Pietro Noa sperava che il Teatro Petruzzelli potesse entrare nel giro delle sue convenzioni con i luoghi di spettacolo, ma ci volevano molti ingranaggi da oliare prima di ottenere l'assenso formale.

«Ci penso io! Arrivederci dottore» confermò Eco guardandolo dritto negli occhi e un lampo di luce scintillò. S'era giusto alzato per stringergli la mano e poi rimettersi subito seduto a osservare allontanarsi l'uomo alto e distinto che aveva appena conosciuto. «*Nu bravo diavolo!*» commentò Eco tra sé schioccando la lingua, infine aveva riaperto il giornale alla pagina della cronaca locale per vedere se parlavano di lui.

Il dottor Noa aveva salutato Eco visibilmente soddisfatto, quindi s'era diretto deciso verso la sua Mercedes coupé, s'era seduto sugli interni di pelle color crema, rigirando tra le dita il biglietto da visita con stampato "Comune di Bari - Nicola Eco - Consigliere Comunale"; ma la cosa davvero importante era quello che aveva scritto a penna sul retro e rilesse il prezioso numero di telefono e il nome "Fabian", sottolineato due volte. Quel nome ce l'aveva in testa da così tanto tempo, un po' come i CT delle squadre di calcio quando s'innamorano di certi calciatori. Rintracciarlo però era stato impossibile e la cosa aveva assunto nel tempo i contorni di una iattura, almeno fino al fortunoso incontro con quello strano consigliere comunale.

Pietro Noa aveva osservato con attenzione quel numero, come a imprimerselo nella memoria, prima di comporlo con una certa palpabile trepidazione.

Il cellulare ha squillato a un'ora insolita per me, di mattina.

«Buongiorno, sto cercando Fabian, il musicista, è lei?» dice in tono formale la voce dall'altra parte.

«Sì sono io, che desidera?»

«Mi chiamo Pietro Noa, sono il presidente della NOARECORDS: Nuove Edizioni Musicali, ho avuto il suo numero dall'avvocato Eco; possiamo parlare?»

«L'avvocato Eco?»

«Sì, ci siamo incontrati stamattina.»

«Che cosa posso fare per lei signor Noa?» il nome mi è nuovo e la Noarecords pure.

«Beh, si tratta di una cosa che ha a che fare con le sue edizioni, è una faccenda delicata, che sarebbe meglio discutere con un po' di calma; le dispiacerebbe potessimo vederci?»

«Uhm... d'accordo, le do l'indirizzo.»

Ho messo giù guardando nel vuoto e cercando di ricordare se e quale problema poteva esserci collegato al mio vecchio contratto. Forse, si tratta di quella volta che non ho concesso l'esclusiva per un singolo al produttore? Boh?! Mi irrita ancora ricordare quella storia, preferisco non soffermarmici sopra, spero solo che questo Pietro Noa non sia un'altra fregatura. Poi mi volto e trovo Aurora, così passa tutto.

Oggi il tempo scorre, ma non lentamente, questa vita è molle, di giorni e di ore, una a una infilate a rosario. Solo poco tempo e già mi stupisco che sia trascorso quasi un anno da che stiamo insieme. Aurora cucina e mi piace nel grembiule mentre sciarrabatta scodelle. È sorridente, non vuole impicci e mi ha confinato al divano sicché gioco un po' con la chitarra e le suono qualcosa. A lei piacciono gli U2, allora improvvisiamo un medley dei pezzi che ci piacciono di più. Così, nel ménage familiare, suona il campanello della porta, che interrompe sul più bello *Running to stand still,* un fantastico pezzo da divano, e vado ad aprire con la chitarra ancora in mano.

«Buongiorno, sono Pietro Noa.» Mi porge la mano, lui è alto e ben piazzato, leggermente sovrappeso, capelli sale e pepe, aria da nobile decaduto: diciamo, Marlon Brando; con giacca di lino grigia e maglietta nera, una borsa di pelle, nera pure lei; sbircia la chitarra, poi me, ammiccante sorride con un sorriso assertivo. Potrebbe sembrare uno che vende pozzi di petrolio a domicilio, ha il Rolex d'oro e il vestito gli casca preciso, tutto con gran sobrietà.

«Salve io sono Fabian.» Gli porgo la mano e trovo che ha la stretta misurata di uno che per vivere stringe le mani.

Sul divano, nel caldo pomeriggio, davanti a un grosso boccale di tè freddo proseguiamo.

«Vengo subito al dunque: sto considerando le sue edizioni e in pratica, vorrei averla nella mia etichetta discografica, se lei vorrà accettare, naturalmente» espone didascalico e diretto, poi mi guarda interrogativo, con gli occhi azzurro ghiaccio e il viso fisso; un po' mi spiazza, affronta deciso l'argomento, ma non è per niente aggressivo, anzi, m'ispira il sentimento di un generale che sprona le truppe. D'istinto mi prende la voglia, ma l'esperienza raccomanda prudenza.

«Ma io ho perduto le edizioni, ce l'ha il mio ex produttore.»

«Questo è vero, ma la società adesso è in procedura fallimentare ed io sto rilevando tutto l'archivio, che a dire il vero non valeva granché; tranne un disco e un artista.»

«Capisco...»

«Io sono solo un piccolo editore per la verità e seleziono personalmente gli autori che pubblico. Ho ascoltato molti provini in archivio e ho apprezzato sinceramente le sue composizioni.»

«Grazie! È il primo che me lo dice e non sembra una balla» rispondo trattenendo le frustrazioni evocate dalla categoria, comprendo che potrebbe non essere carino.

«Dico sul serio! Già da quest'inverno si potrebbero promuovere delle novità interessanti ed è per questo che vorrei farle una proposta.»

«E lei pensa che potrei andar bene io?»

«Secondo me è un'ottima scelta. Il mercato digitale ormai ha superato i canali tradizionali, tutto quello che si trova su internet diventa un successo mediatico in qualsiasi momento. Il tempo è maturo per lanciare gli artisti come lei. Soprattutto se uno sa dove andare a mettere le mani.

«Ma...»

«Ma nel calderone della rete bisogna emergere! Non si parte senza un ottimo materiale di base. Questo è quello che proponiamo noi ed io penso che potremmo fare delle cose egregie insieme Fabian.»

«Quello che dice mi lusinga, ma mi scusi se mi permetto, lei ha attraversato mezza Italia solo per me?» Mi sorride, mentre prepara la risposta.

«Le dico la verità. Il lavoro mi è piaciuto fin da subito e di solito non mi sbaglio e mi ha convinto definitivamente il fatto che sia piaciuto anche a mia moglie e ai miei figli che lavorano con me. Purtroppo lei è sparito dalla circolazione, non avevamo un recapito, anzi ci avevo praticamente rinunciato. Poi a Bari ho conosciuto quel suo amico avvocato: non avrei mai pensato di trovarla qui sa?! È stato un vero colpo di fortuna.»

«Sì, Eco è stranamente provvidenziale.»

«Senta, non starò qua a raccontare balle, la mia è una piccola etichetta e noi lavoriamo con metodo artigianale, però ci teniamo alla qualità del prodotto. Le nostre risorse sono le persone che lavorano con noi. Siamo una grande famiglia, tecnici, impiegati, artisti. L'industria discografica la conosce, non gliela devo spiegare io, dobbiamo essere un gruppo unito e giocare d'anticipo, se vogliamo continuare a fare questo mestiere. Ecco perché sono qui: può bastare?»

«Ho capito, è chiaro. E qual è la proposta?»

«Un album, dieci titoli, un video promozionale, *white label* e *indie*, una collaborazione con un impresario e un gran DJ che ho a Berlino; artisti veri, sonorità eccezionali, con loro possiamo lanciare la musica anche sulle radio. Nel suo provino ci sono già almeno cinque o sei pezzi forti da cui partire, e non dubito che avrà dell'altro su cui lavorare; ma... ho bisogno del suo assenso. Intendiamoci: non pretendo numeri da top ten, ma faremo un tour di concerti in Europa, sul circuito dei teatri convenzionati, là il riscontro di pubblico è sempre buono, i musicisti italiani sono molto apprezzati; poi torneremo in Italia come. Sa come si dice nell'ambiente no? L'Italia è un posto dove si arriva, non da dove si parte!»

«Già! Lo conosco...»

«Se vuole entrare nel particolare, ho nella ventiquattrore il contratto. È una buona proposta, glielo garantisco.»

«Senta Noa... io non so cosa dire, sembra molto interessante, ma lei sa perché sono uscito dal giro vero? Hanno cercato di vendermi, hanno sconvolto le mie cose. Mi sono lasciato convincere, sono stato ingenuo, ma alla fine non ha funzionato, ci ho rimesso la faccia, la musica...»

«Infatti, è quello che abbiamo detto quando abbiamo ascoltato gli originali; il nostro è un altro punto di vista e anche un altro mercato. Guardi, che se ho pensato di cercarla è perché credo ne valga la pena, non certo per beneficenza!»

Sono colpito dal signor Noa, sembra una persona sincera e affidabile, ma ora che ho iniziato una vita nuova, come posso tornare indietro? Guardo Noa e Aurora che guarda noi due e con gli occhi lei dice okay, ma io sono titubante.

«Capisco che è una proposta a bruciapelo» interviene Noa, vedendomi interdetto «le posso solo dire che a noi è piaciuta la musica. Ci rifletta un po' su, le lascerò il contratto, possiamo discuterne, ma sono condizioni eque.»

«Okay, ci penserò e darò un'occhiata al contratto, ma devo dire la verità, sono un po' frastornato.»

«Questo è il numero del mio cellulare. Sarò a disposizione, si faccia sentire quando vuole.»

«Mi prendo solo un po' di tempo per pensarci.»

«Ovviamente! Arrivederci.» stringe la mano sorridente e vigoroso più di quando è entrato, si vede che gli ho fatto una buona impressione.

«Arrivederci.»

Noa si volta e se ne va con passo sicuro verso la Mercedes coupé oro metallizzato. Aurora se ne sta appollaiata sul bracciolo del divano; aveva scrutato Noa per tutto il tempo, fin quando lo avevo accompagnato alla porta.

«Che ne pensi?» le chiedo, poggiato allo stipite. Mi guarda con espressione pensierosa, ma bendisposta.

«Prima di decidere dai un'occhiata al contratto, è una bella occasione e lui mi sembra uno che tiene duro, uno in gamba.»

«Dici?»

«Certo! Solo per il fatto di averti cercato, si merita un monumento» detto questo si gira guardando in direzione del tavolino: sopra spicca il plico tenuto in ordine e spillato, nell'elegante cartellina bianco-perla col logo NR: Noarecords.

GOCCE

Gocce di luce, stillando fendono l'aria, lame d'una persiana che in mite penombra stampano addosso la tinta del sole; gocce d'ignoto che più m'è greve.

Gocce di polvere, danzando sospese si levano al giogo dell'afa d'agosto; gravido pensiero è il futuro, recente oppressione; in gocce di dubbi e serpi di fumo, i presagi nascosti nell'aria.

Gocce di gocce, aggrumando stilla la pelle e lagrima l'anima il mal germe che in gocce rugge, fragranti e torpide del salso gustando, sì che grato lo spirito purge.

Gocce di mare; empiendo dall'uscio dentro s'aggetta; gocce negli occhi feriti di luce, leggo profili, ma accesi di sole; forse sorridi onde parli sicché a goccia t'accosti e gocce gocciando empi il mondo.

Riposare al caldo d'estate è un rito, come la siesta e certe volte una fuga. Nel sudore gli afrori umani si mescolano, rifuggo dal tempo nel dormiveglia, riluttante, come a voler riparare nel sonno e nel sogno trovar scampo a domande nascoste. I mesi sono trascorsi, un inverno è passato. Aurora partirà? Forse no, non partirà. Sto qui ad arrovellarmi e mi sento come uno tirato in un ballo per caso. Non sono capace di avere a che fare con le cose che si devono progettare: io ho sempre vissuto alla giornata, non so pianificare i sogni, faccio d'istinto, non declino al futuro. Come pensare a una vita diversa? Non ci sono abituato. Questo tempo protratto in avanti, è teso come un elastico troppo tirato, può spezzarsi come il filo di un aquilone che separa il corpo dal capo.

Mi ronzano nella testa tanti pensieri, tanti che... Oh! Che ne so? Preferisco aspettare, lasciare che il tempo maturi tutte le cose che non so ragionare, è troppo caldo oggi, c'è troppo sole.

C'è silenzio nell'aria ferma, un fremito, una corrente, mi alzo lentamente, penso ad Aurora: abbiamo parlato al futuro, del contratto, della tesi e l'Inghilterra; ma non è stato un parlare, piuttosto, indagare quello che abbiamo nell'animo, senza trovare risposte.

Aurora viene qua tutti i giorni con l'autobus o il Fiorino dell'albergo. Quando arriva si ferma a lato dell'edificio e percorre un pezzetto a piedi per raggiungere l'ingresso che affaccia nel cortile sul retro. Sento il rumore roco del Fiorino parcheggiare, così mi sporgo sfrattato dal letto, a torso nudo sulla veranda, gli occhi appiccicati di sonno nel pomeriggio assolato del sud.

Aurora viene incontro con forme attraenti in un vestito giallo di stoffa leggera. Prima sorrideva come il sole, ma via via che la tesi si fa reale, lei diventa più tesa. Sembra così preoccupata della sua riuscita, che per la prima volta la vedo in crisi.

Nella mia lunga carriera di universitario fuori corso ne ho visti tanti di studenti che si bloccano proprio al momento del dunque: sei là, ti manca poco così, eppure sembra la montagna più alta di tutte. Ragazzi e ragazze che dopo aver chiuso tutti gli esami, non riescono a buttarsi nella vita professionale, nella vita. A me non interessava laurearmi, anzi, restare nel limbo mi dava più spazio per la musica, ma loro... Si stavano giocando il futuro! Spero che Aurora riesca a trovare la strada dentro il labirinto di pensieri e paure in cui si resta invischiati a un passo dal mondo reale. Deve uscire da questo strano momento.

Aurora arriva sul pianerottolo, mi affretto ad aprirle la porta, da cavaliere, lei è ferma sull'uscio, qui avanti, sono felice di vederla; ha la faccia un po' pallida e sottili archi d'occhiaie. La saluto con un bacio, le carezzo la guancia, le passo il pollice sotto gli occhi, ripercorrendo i segni scuri.

«Non ho dormito» dice mettendo la mano sulla mia «ho studiato.»

«Lo vedo. Con questo caldo non riesco a dormire neanch'io.»

«Ti va di parlare?» domanda con voce stanca.

«Ma certo amore mio, entra.»

«Non qui, vorrei camminare. Ti va di andare in spiaggia?»

«Okay, fammi mettere qualcosa.»

Scendiamo poco dopo in strada e ci dirigiamo verso il mare, superiamo il porto e arriviamo fin dove la roccia frastagliata della costa pugliese lascia un po' di spazio alla sabbia. Camminiamo abbracciati, in silenzio, guardati dal mare, tra le calette frammiste agli scogli non c'è nessuno. Mi mette una mano sulla schiena, mi cinge la vita, le poggio il braccio sulle spalle. Sul bagnasciuga l'acqua lambisce le conchiglie nella sabbia, tra i ciuffi bruniti di alghe seccate dal sole e i rami lucidi lisciati dal mare. Io attendo che lei sia pronta. Aurora si siede in silenzio sulla sabbia, mi porge le mani, la seguo, è vicina, di fronte e mi guarda, la testa china da un lato, i capelli splendono al sole, filando al vento in riflessi rossi. Non parla, guarda l'orizzonte, gioca nervosa con la sabbia come una bimba, sorride, si guarda le mani, i granelli scorrono frusciando dal pugno, mentre il vento li depone poco più in là. Poi, seria, incontra i miei occhi, un istante in silenzio, sembra dire tante cose insieme ed io non le riesco a capire. Guardo l'iride, grande, lucida e verde, cerco di carpire il suo mondo sullo sfondo turchese del mare, ha le labbra socchiuse, solleva il pugno e fa uscire la sabbia come da una clessidra.

«Che cosa volevi dirmi?» chiedo infine.

«Mi ami?» mi gela. Che dovrei dire?

«Ti amo, lo so, forse non sono abbastanza bravo a dirlo.»

«Grazie…» mi stringe forte e mi si stringe il cuore.

«Tu lo sai che stai facendo, Fabiano?»

«Come che sto facendo? Suono, sono un musicista.»

«Certo, è quello che fai ogni giorno, dunque lo sei; ma cosa vuol fare questo musicista da grande?»

«Io non lo so più che vuol dire "da grande", credo di esserlo diventato da un pezzo grande, ormai. Però ho sempre pensato che fosse il momento in cui un uomo si sente arrivato; e adesso io mi sento felice, non manca niente, ci sei tu, non cerco altre cose. Perché me lo chiedi?»

«Ogni tanto bisogna tirare una linea e fare delle somme, no? Io sono una studentessa, tu sei un musicista, abbiamo quindici anni di differenza. Dobbiamo fare progetti... Tu sai dove andiamo?» si ferma, mi guarda seria; continua «Stiamo facendo le cose per bene?»

«Facciamo del nostro meglio, credo... Nessuno ha la sfera di cristallo.»

«La nostra vita è come... sospesa. Io devo fare molte cose e anche tu, ma... sembra tutto così difficile.»

«Sinceramente, io penso che ti preoccupi troppo.» La guardo, lei fa un respiro più lungo, lo trattiene un momento a concentrare le forze, poi mi stringe le mani come per trasmettermi con tutta la forza i suoi pensieri.

«Io... non ci capisco più niente: l'università, l'Erasmus, l'Inghilterra, l'albergo, mio padre, te... Poi arriva questo Noa e scombina ancora tutto.» Allora l'abbraccio forte. Sembra una ragazzina, lei che non ha mai chiesto niente a nessuno e adesso è insicura.

«Questa tua ansia è normale, stanno accadendo così tante cose... è un momento di scombussolamento generale e questa faccenda del disco ti ha un po' spiazzata. Ti prometto che non ci farà fare casino» sussurro rassicurante. La bacio sugli occhi, lei mi guarda ed è come se il suo sguardo mi oltrepassasse, mentre accenna un sorriso.

«Oh, Fabiano... Perché certe volte tutto sembra così complicato?»

Mi stringe forte, poggia il viso sul collo, una lacrima le scorre lungo la pelle, tra i capelli.

Gocce di lacrime piovono sulla sabbia come perle d'angoscia, dapprima lente, come al principio di un temporale, dolcemente, goccia dopo goccia.

DIMENTICARE

Come un vento caldo
mi precipiti addosso.

«È un buon contratto, il migliore che ho avuto, è un contratto vero.»

«Davvero?» dice Aurora guardandomi con il viso teso.

«Hai lavorato tanto, qualcuno doveva accorgersene prima o poi: in fondo te lo meriti.»

Quanti giorni sono passati? Il plico se n'è stato tutto il tempo sul tavolo, intanto si sono aggiunti spartiti e bicchieri, posacenere colmi a coprirne la vista, come a volerlo scordare.

«Quando dovresti cominciare?» chiede.

«Non c'è una data precisa, ma di certo entro quest'inverno.» Aurora si volta sospirando e giocherella nervosamente con uno dei suoi boccoli.

«Ehi... che c'è?» chiedo paterno. Lei sembra evasiva, guarda da un lato, si morde il labbro.

«Sai che significa questo Fabiano?» domanda tesa.

«Sì, me lo immagino: ci saranno le registrazioni, la promozione, poi la tournée in Europa...»

«Significa non essere mai a casa, girare in continuazione e avere a che fare con situazioni di ogni tipo.»

«Non è la fine del mondo, suonare è una vita zingara, ma ci si abitua, è piena di persone e di eventi e ci saranno anche i momenti per vedersi.»

«Non lo reggerei a lungo» m'interrompe brusca.

«Ma potrai raggiungermi quando vuoi e in fondo si tratta solo dei primi tempi, poi le cose si assesteranno, vedrai.»

«Io non verrò!» Mi fissa negli occhi, poi si gira verso la finestra a guardar fuori, senza vedere niente.

«Vuoi dire che preferisci aspettarmi?» ribatto interdetto.

«No! Non rimarrò immobile e non verrò con te: non posso stare qui, immobile ad aspettare.»

«Ma... perché? Faresti la vita di sempre.»

«Non è così! Tutto questo ha a che vedere con la tua musica, non con la mia vita. Seguirti mi costringerebbe a fare la tua vita: io ho ventiquattro anni, ho bisogno di sentirmi libera.»

«Ma siamo nel terzo millennio! La gente si frequenta tra New York e Parigi. Nessuno ci lega, ci sono mille modi per stare insieme. Possiamo trovare una soluzione, io e te.»

«Non si tratta solo di una storia a distanza, capisci? Tu ed io stiamo cominciando una vita nuova! Non posso frenarti. Io credo... che dobbiamo lasciarci Fabiano.»

Mi gela, terribilmente consapevole in questa sicurezza tutta femminile e mi sento per un tempo infinito sospeso a mezz'aria. Per un momento non ci credo, una parte di me si rifiuta di prenderla sul serio, la paura di perderla è troppo forte. Poi lentamente riparto, al centro di una tempesta di sensazioni fisiche, sudo, il cuore rimbomba, le orecchie mi fischiano, sento la faccia avvampare. Cerco di abbracciarla, ma la sento lontana. La stringo più forte che posso, ma non riesco a tenerla, è come stringere l'aria, che mi soffia attraverso e d'un tratto è come se nulla mi ricoprisse e sento freddo.

«Che sta succedendo? Dove sei?» Quasi grido, ma tu non rispondi...

Comprendo che è tutto vero e istantaneamente il mondo si sbriciola come un mosaico davanti ai miei occhi.

«Perché vuoi farlo?» chiedo con l'urgenza nella voce «Che senso ha? Perché non hai detto niente prima?»

«Avevo bisogno anch'io di capire, ma adesso ne sono sicura.»

«Sicura di che? È una pazzia!»

«Sicura che è la soluzione giusta per noi.»

«Tutto questo è senza senso, sembra un brutto film; ma io che c'entro?»

«Stammi a sentire Fabiano! Ci sono delle cose alle volte, che non si possono calcolare, ci si deve fidare del proprio istinto.»

«Proprio così! Io mi fido del mio cuore: ti amo! Come è possibile?»

«Tutto questo ha a che fare con la nostra vita, non con i nostri sentimenti, lo capisci?»

«No che non lo capisco!»

«Sei forte, so che ce la farai, ma io non posso più, ti prego... So che sembra crudele, lo so! Ma so che è altro ciò che è giusto per me, per noi.»

«Ma che diritto hai di scegliere anche per me? Io non conto niente tra noi?»

«Certo che conti, ma apri gli occhi: non funziona così. Tu non puoi restare qui, devi andare! Lo sai meglio di me come vanno le cose nel tuo mondo. Alla fine ti assorbirà tutto e dovrai stargli dietro per forza, perché è questa la tua vita. E non c'è solo questo: ci sono anch'io. Voglio qualcosa di diverso e questo ora lo so grazie a te; ma devo crescere ancora per scoprire chi sono davvero ed è una strada che devo trovare da sola. E anche tu... devi diventare chi sei.»

«Ma perché così? Perché non con me?»

«Io ho bisogno di un posto sicuro, appartato, lontano dal mondo.»

«Allora rinuncerò e manderò tutto al diavolo ancora.»

«Non devi farlo! Saresti solo molto sciocco. Non capisci? È quella la tua vita Fabiano: guardati accidenti! Tu non vivi mai in questo posto, non lo vivi davvero; sei qui di passaggio, la tua vita ti aspetta altrove e tu non riesci a vederlo. Questa è la tua occasione. Quanto tempo hai aspettato per arrivare a oggi? Ora vorresti buttare via tutto? Te ne pentiresti per sempre ed io non voglio avere questo peso sulla coscienza.»

«La vita è mia, mie sono le scelte. Io scelgo te.»

«No! Ragiona: per quanto tempo vuoi andare avanti così? Non puoi pensare di avere possibilità all'infinito; è questa l'occasione di fare la cosa giusta e tu hai il dovere di coglierla per te stesso adesso.»

«Ma io... E se pure fosse, tu che farai?»

«Ho aperto gli occhi e mi dispiace che debba andare così, ti giuro che mi dispiace davvero, eppure, sento che solo così tutto è più giusto.»

«Tutto giusto un corno! Ma che vuol dire? Almeno dimmi che ti sei stancata di me!»

«Guardami, guardami negli occhi. È giusto così! Non vedi che è questo il momento migliore? Dopo sarà solo più difficile. Finiremo soltanto col farci male.»

«Come potremmo? Noi ci vogliamo bene.»

«Ma certo che ci vogliamo bene e per questo ti prego, non rendere tutto più difficile. Lo capisci che anch'io sto male? Anch'io ho paura di quello che verrà dopo, ma adesso devo camminare con le mie gambe.»

«Ma come puoi andartene così? E tutto il bello che c'è tra di noi? Te lo sei scordato?»

«Il bello nessuno ce lo toglierà mai, ma non potrà esserci ancora, non così, cerca di rendertene conto.»

«Non voglio ! Non ci riesco, senza neanche provare a lottare.»

«Non fare il bambino, non trattenermi, ti prego. Non fare che si arrivi a odiarci, fallo per te, fallo per noi, Fabiano, non cercarmi più e dimenticami... avrò bisogno anch'io di dimenticare.»

Dimenticare...

         Dimenticare...

                  Dimenticare...

Dimenticare è l'unica parola tra tutte quelle pronunciate che mi rimbalza nella mente come se non ci fossimo detti nient'altro. Ho uno strano vuoto nella testa, le parole se ne sono andate. Non riesco a ricordarle, so soltanto che oggi hai deciso di andartene e mi sembra una cosa assurda, come il mio petto svuotato del cuore.

CHIAROSCURO

Un ritratto di notte insonne
si può dipingere solo in chiaroscuro,
tra toni di nero a rincorrere i passi
del proprio pensiero;
slegate le greggi della mia fantasia,
sono preda dei lupi, dei miei fantasmi,
e aggredire me stesso è una prova d'orgoglio,
come vedersi nudi in mezzo alla folla,
ma non provare nulla.

La felicità guadagnata è tutta in frantumi, tutto nella tazza del cesso, che adesso galleggia là sotto, con me morto in mezzo. Lei non ne vuol sapere di tornare ed io la desidero più di ogni cosa. L'ho rincorsa, agognata, ho lottato come una belva, mi sono umiliato senza nessun risultato. «Allora non era amore, mi ha preso solo in giro» mi dico, ma non ci credo. Si è ripresa la sua libertà e ora è volata via, dai suoi nonni alle Tremiti ha detto, stava male anche lei, non ce la faceva a vedermi soffrire. Ha detto che mi ha lasciato per una cosa più grande, che io ancora non vedo, ma lei è sicura. La sua scelta l'ha fatta, io non so come ci sia riuscita, oltre i miei e i suoi sentimenti. Alberto aveva cercato di spiegarmi: l'amore e i sentimenti sono vicini, ma non sono la stessa cosa, possono confondere come i giochi di luce. Il sentimento è il riflesso di un raggio di sole, che non sarà mai il sole. Ora per me è tutto un chiaroscuro indistinto, non si capisce niente. Aveva ragione Aurora: per stare insieme si devono fare progetti insieme, si deve fare la stessa strada, sennò la vita ti porta altrove, inevitabilmente, naturalmente. Ho creduto come un ingenuo, fino all'ultimo, che avrebbe potuto funzionare lasciandosi vivere giorno per giorno, improvvisando, ma non si può; quello era solo ciò che volevo io e sono stato cieco. È buffo, mi ero sentito forte nel mio bozzolo di musicista e proprio per colpa della musica, il bozzolo s'è rotto e ora mi rotolo a terra nudo e indifeso, a bruciare sotto il sole con la pelle troppo bianca e sottile per sopportare la luce.

Com'è che il giorno di una così grande fortuna è diventato il giorno peggiore? Non fosse mai arrivato quel maledetto contratto. Alberto e Cristiana dicono che passerà, che quando tutto sarà finito sarò più forte e "vedrai, arriverà un nuovo amore, quello vero". Già, ma quanto tempo ci ho messo per trovare Aurora? E che senso ha cercare un'altra se sei sul punto di esplodere dentro? È bruciata ogni possibilità di restare: non so resistere alla vista di ogni ricordo con lei in questo posto. Ormai guardo solo il vuoto dell'attesa, a scavarmi dentro per far fiorire risposte a un dolore sordo che non so consolare. Dire, fare, miliardi di cose e neanche una sentirsela addosso; amare, soffrire, godere, gioire sono le fantasie di ieri; oggi riesco solo a buttarmi giù, senza rialzarmi. Sto male, ma è così che deve andare.

Fumare fa schifo di prima mattina, ma ne ho bisogno. L'aria è più tersa, i polmoni hanno sofferto la notte: notte d'alcool e arsura alla gola. A quest'ora, è fresco e me ne sto qua, puzzo di fumo, mi autodistruggo. Non sono capace di soffrire, sto perdendo una guerra, la mia mente vacilla. "Addio" questa parola non la sopporto, provo ogni giorno a dirmi che esiste, ma il dolore la distrugge e mi mette in testa cose terribili amore mio. Vorrei non pensarti e mentire a me stesso, così passerai subito; ma non posso impedirlo, vorrei che ci fossi amore, a darmi il coraggio che io non ho più. Ci provo sai? Giuro che ci provo ogni giorno e più il tempo passa, più ti penso e mi tormento. Mi consumo, oh, non so quanto reggo.

Fuggire via, muovere il culo! Non ce la faccio a stare in casa, devo spostarmi lontano da qui, lontano da un dolore così atroce.

Stanotte ho pianto, come una diga schiantata dalle acque. Tanti anni, tante frustrazioni, tante delusioni mandate giù a fatica, poi ridestate, hanno premuto tutte assieme nell'unico punto debole, sul dolore più forte che ho avuto e così il cuore s'è rotto.

A dirotto ho pianto tutte le lacrime che non ho mai pianto. Singhiozzi che mi spezzavano il fiato, il viso stravolto. «Perché? Perché? Dio mio no! Dio mio, dove sei?» ho chiesto urlando. «Prenditi tutto, ma non lei. Tutto... non lei.» L'unica donna che ho desiderato, per cui ho lottato. E adesso è perduta.

La metamorfosi mi muta addosso ed io me ne sbatto di andarmene sciatto, sbracato, la barba lunga, a trascorrere i giorni ad aspettare che passino; a impegnarsi un minuto poi l'altro solo per tirare avanti. Arrivo alla sera che non ho fatto niente, ma non posso dormire, perché al buio i pensieri diventano incubi.

«Che c'è che non va?», perché nessuno mi aiuta?   «Che cazzo c'è che non va?!» forse sto solo impazzendo.

«No, no! Sono depresso. Hai capito? De-pre-sso! E non ho bisogno di nessuno, di nessun cazzo di aiuto!»

Piango in questa bellissima, stronza mattina. Abbasso la testa e mi guardo. Oddio, quanti chili ho perso? Tanti!

Vorrei scoppiare, urlare come un pazzo dentro casa per spurgare via questo cancro e finalmente lasciare libera l'anima. È la depressione: il male nero che si porta via tutto, ogni barlume di vita, di umore, di allegria. Vorrei solo morire per venirne fuori e intanto il tempo passa; scorre con lui, lei, tutto e mi lascia qui a imputridire.

Le rondini già filano sulla testa, fan capolino dal nido di fango sulla falda del tetto, da lassù cagano in testa a tutti, fottendosene del mondo.

SE LA NOTTE FA PAURA

Ho incontrato Eco stamattina, ha cambiato ragazza, si chiama Debora, la chiamano Debby, ma lui ha mantenuto i contatti con Ludovica, e con Aurora; figuriamoci! È dispiaciuto per me, all'inizio tergiversa, sembra voglia girare intorno a qualcosa, poi quasi per caso dice: «*Eh Fabbiu'*, Aurora adesso è meglio che te la scordi, *ca* parte per l'Inghilterra?»

«E quando?»

«Dopodomani.»

«È vero Eco? No cazzo!»

«*Ebbuò uagliò!* Io ti avevo avvisato. *Sciam' ca c'è d'megghie'!*»

«Ma vaffanculo Eco!»

È stato come se dentro mi fosse esplosa una bomba. Già era lontana sull'isola che non c'è e adesso se ne andrà su quell'altra isola del cazzo ancora più lontana. Un'angoscia mi ha stretto il cuore: se ne andrà per sempre. Ha mollato tutto davvero!

Alberto è passato a casa poco prima di pranzo per chiedermi se voglio aiutarlo a sistemare la barca, perché il bollettino ha dato un allerta meteo con tempo brutto per stasera. È un vero amico Alberto, lo so che me lo ha chiesto solo per tenermi occupato, ma non ho voglia di stargli dietro. Volevo mandarlo via, perché tanto, so che dove sta ormeggiata, Corinna non la smuove neanche uno tsunami, ma non voglio chiudermi in casa, così sono venuto lo stesso al porto e in silenzio gli tengo le cime, mentre lui serra al meglio gli ormeggi. I miei pensieri sono altrove adesso, da qualche parte tra le Tremiti e l'Inghilterra.

«Mi fili quella cima? ... Fabian, mi fili la cima per favore?» ripete con tono più acuto, visto che non gli ho dato nessuna risposta.

«Sì, scusami, ero soprappensiero.»

Dopo essersi assicurato della tenuta, mi dice: «Faby, prendi le chiavi, per favore, infilale sotto il coperchio della bussola» e così faccio; la bussola sta messa proprio sul ceppo che sta dietro al timone, sotto

"

una specie di calotta di ottone che si apre a visiera e tra la calotta e il vetro c'è uno spazio, dove si possono infilare dei piccoli oggetti. Poi Alberto aggiunge «Credo che dovresti distrarti un po', cercare di fare qualcosa di diverso.»

«Dici? ... Non voglio fare nulla.»

«Visto che è l'ora di pranzo perché non vieni a mangiare una cosa da noi? Cristiana, sarebbe felice di rivederti.»

«No Alberto, grazie, ma non ho fame» gli dico ed è vero, ho lo stomaco chiuso da giorni.

«Dì, non farai mica i complimenti?»

«Grazie infinite Alberto, ma non disturbiamo Cristiana, penso che rimarrò un altro po' qui intorno, magari faccio una passeggiata.»

«Come vuoi tu, ma se cambi idea passa pure, tanto stasera mi toccherà stare a casa, visto il temporale.» Scrolla le spalle e scavalca la battagliola per scendere. Ci salutiamo e lo vedo allontanarsi con falcata ampia. Intorno c'è gente da tutte le parti, il molo è pieno, tutti corrono ai ripari per paura della mareggiata. Forse ho fatto male a rifiutare l'invito di Alberto, ma mi sento sempre più a disagio a stare in mezzo alla gente; penso che il mondo oggi possa benissimo fare a meno di me.

Perdente, sconfitto e fiero animale ferito, mi rifiuto di reagire, allora me ne torno a casa, prendo la Panda e comincio a girare e girare.

Sto ore chiuso in macchina, tutto solo a guardar fuori: la natura, gli uccelli, il mare, i campi, il cielo, il sole, le nuvole e l'asfalto, la gente, gente da tutte le parti. Lo stereo acceso suona una vecchia canzone di Neil Young che mando indietro e riascolto ancora, per centinaia di volte. Cerco di dimenticare Aurora, poi mi confondo nel pianoforte, nel fumo della mia sigaretta e mi rinnamoro: *A man needs a maid*: un uomo ha bisogno di qualcuno che se ne prenda cura.

Sto zitto con un boato di pensieri che mi rintrona la mente. Tutto si annulla, tutto si appanna ed io non ho più voglia; la chitarra giace cadavere nel portabagagli, in questi giorni a volte suono, a volte no, a volte scrivo, a volte no, non so che fare, ammazzo il tempo, ma anche l'anima è morta.

Mi specchio nel retrovisore, guardo i vestiti, le mani, mi guardo da fuori. Ho sbagliato tutto! Dovrei ricominciare da capo, ma sono stanco di ricominciare. Cominciare da cosa poi? Non ho progetti. Non ho sogni per il presente, sono un uomo disperato, senz'altro in mano, in tasca, in mente. Non voglio pensare al futuro. Non voglio pensare che passi Aurora. Alberto dice che me ne devo fare una ragione, ma mi rifiuto di accettarlo. Ripete che è solo questione di tempo, le cose si sistemeranno e mi stressa per cercare uno svago, uscire un po'. Dice che Claudia non ha mai smesso di chiedergli di me, è preoccupata ed io sarei uno sciocco se non tentassi di scrollarmi di dosso il passato. Dice che devo solo ricominciare a vivere e la serenità presto tornerà, ma io non riesco a smettere di pensare: Aurora, Aurora, Aurora; devo trovare una soluzione prima di impazzire entro questa notte. Il pensiero di non rivederla mi fa troppa paura: sono un animale ferito e impaurito, imprevedibile e pericoloso.

La tempesta è alle porte, ho visto i bagliori azzurri del lampo scintillare e sento lo schianto del tuono che fa tremare le finestre, dapprima leggero, come un'eco nera, lontana, poi niente; ma il mostro è già dietro la porta, ruggisce e fa tremare la casa. Stridono insieme il rombo e la folgore, mentre tutto si bagna di burrasca. L'aria s'intorbidisce e frulla, ciascuno sta allerta in questa notte fredda. Stasera ognuno è contento di dormire nel suo letto. Dentro questa guerra che spara cannonate, la luce del lampione m'illumina sul parcheggio del litorale. In macchina ho scritto la tua ninna nanna in un blues ciondolante, perché solo il blues rende in dodici battute il suono di un cuore strappato via da un altro. L'ho scritta di getto, senza pensarci. Ho preso la penna e la chitarra ed è venuta da sé in cinque minuti, non ho corretto neanche la bozza. Ho immaginato, di vederti ancora lì ad ascoltarmi. Il testamento della nostra storia. Stanotte che non ci sei tutto sembra pronto per l'ultimo atto. Il dolore ormai non si tiene, deve uscire prima che io possa impazzire. Non è possibile dire la sofferenza, è una cosa che ha a che vedere con la morte, con ciò che non si può accettare, ma esiste.

Se la notte fa paura
(Testo e musica di Fabian)

*Se la notte fa paura
resta qui vicina a me
stringimi forte fra le lenzuola
piano piano passerà.*

*Non ti lascerò mai sola
il mattino arriverà
il tuo viso sul mio collo
e più facile sarà.*

*Dormi amore chiudi gli occhi
tu non piangerai mai più
la mia mano tra i capelli
tu sei libera ormai.*

*Sei al sicuro questa notte
nessuno ti disturberà
se sorridi mentre sogni
non ci perderemo mai.*

FORTUNALE

Non riesco più ad aspettare immobile che il mondo mi crolli addosso, questa notte ho preso la macchina, sono uscito come i lupi di notte; ho bisogno di vederti, fare almeno l'ultimo tentativo per riaverti, per non vivere per sempre col marchio sulla coscienza delle parole "Non hai nemmeno tentato!" Invece devo provarci, manca un giorno, non ce ne saranno altri, poi di me, di noi, sarà quel che sarà...

Vado al molo, che idea ho avuto! Prenderò Corinna, verrò da te fino a San Domino e quando dalla tua rupe mi vedrai arrivare dal mare, come un vero pirata, sì che ricorderai i tuoi sogni ed io ti porterò via, oltre le piccolezze di questo mondo.

Guido come un pazzo sull'asfalto viscido, le case, le luci delle altre macchine mi scorrono accanto veloci, quasi esco di strada, ma che me ne frega di una vecchia panda scassata? Che me ne frega ormai di tutto quanto? C'è tanto vento stasera, spira da lontano, sembra porti l'umore nero di tutti gli uomini. Fuori anche il mare è nero, nero di rabbia. Il fortunale spazza la costa come un mostro maligno; chissà perché lo chiamano fortunale se porta una sfiga pazzesca?

Si scaglia e rimesta il mare all'imbocco del porto, come un ariete che incorna un bastione al cancello. Il mondo liquido è buio come la notte e ribolle come un orco che schiuma rabbia. Solleva le barche a mo' di fuscelli, poi le sparpaglia quando ridiscende a picco sul fronte opposto e quelle, come fossero vive, s'impennano e poi giù senza fiato a tuffo nel mare. Bisogna essere pazzi per sfidare questo mare, ma io ormai sono Orlando, pazzo d'amore, di sogni e dolore; domani non ci sarà più un posto per me, che senso avrebbe restare?

Corinna paciosa non scalcia, è docile nel suo molo protetto, ma già poco più fuori, vedo la gente affannata serrare alla meglio le barche.

Sibila tra le sartie il fortunale e copre le urla del porto. È già tardi, speravo non ci fosse nessuno, ma il brutto tempo ha richiamato molti proprietari preoccuparti. Li vedo là indaffarati, ma non faranno caso a me, nessuno sa che voglio salpare.

Salto a bordo di Corinna, ficco le mani nella bussola, scovo le chiavi. Il serbatoio è pieno, accendo il motore per uscire dal porto, lui scoppietta volenteroso. Sciolgo i nodi. Qualcuno mi vede, mi chiama da lontano, si sbraccia; io lo ignoro, mi avvio deciso verso il largo. Appena supero la curva stretta della banchina, la forza del mare m'investe e Corinna s'impenna. È difficile l'equilibrio e sono sballottato qua e là nel pozzetto. In un momento sono già zuppo, l'elica gira a tutta potenza per vincere la corrente contraria. Le altre imbarcazioni, ben legate, hanno lasciato lo specchio del porto tutto per me. L'imbocco del golfo è preso di petto dal vento, che ingrossa le onde a ogni metro e che mi porta più fuori. Comincio a muovermi nell'assurdo, affrontando i frangenti feroci che mi rigettano dentro. Il motore strilla a squarciagola tutto quello che può. Arrivato alla bocca del porto, un fascio luminoso rischiara la chiglia, è il limite ultimo segnato dal faro. La Madonnina bianca si staglia allungando le braccia fino alla barca. Davanti c'è solo il mare poi il nulla.

Una Range Rover sul pontile, lampeggia con gli abbaglianti illuminandomi a giorno, la conosco, è Alberto, qualcuno l'ha avvertito. Si sbraccia nel panico, i fari disegnano profili di ombre cinesi che proiettano sullo sfondo del mare una scena di terrore. Proprio all'imbocco del porto, dove il baluardo delle mura finisce e regna la natura selvaggia dei flutti, un'onda imponente mi ricaccia indietro e impenna la nave; passo un istante sospeso e... non ho più niente sotto. Precipito giù a capofitto, mi manca il fiato mentre il tempo si ferma prima del tuffo, nelle orecchie l'urlo bianco del motore quando l'elica fuori giri emerge dall'acqua. La prua si conficca nel mare con tutto il resto appresso, pulpito e draglie, fino alla drizza del fiocco e oltre. Corinna sembra voler affondare, ma riemerge tra il fragore, gli schizzi e il legno che stride. L'impatto mi stampa con violenza sulla ruota del timone e do una facciata sui raggi ferendomi il naso; perdo sangue e perdo il timone, quasi i sensi, poi come posso, dolente riprendo la ruota, è pesante, non governo e Corinna va via dove vuole lei. Sento che sto per mollare.

È solo un barlume, il ricordo lontano del lottatore, una scintilla di energia vitale che rimane e finalmente i sensi s'accendono sulla realtà

«Ma dove voglio andare? Non farò un altro metro in queste condizioni!» Scosso da scariche di adrenalina mi riprendo dal sogno. Un sano terrore mi richiama indietro, eppure rimango ancora interdetto nel panico. «Come ho fatto ad arrivare a questo punto? Come esco da questo casino? Devo concentrare i pensieri, ricordare le manovre. Calmo! devo stare calmo! Adesso devo riportare Corinna da dove l'ho presa. Come si gira una barca? Non riesco a virare, dov'è la leva del motore?»

La corrente mi ributta dentro. Non so governare, rischio di capovolgermi. Do indietro tutta e faccio surf sulle onde, sguscio via in ogni direzione a folle velocità verso il fronte del porto.

Sospinto dai flutti a poppa, il viaggio di ritorno è molto più breve. Proprio sotto la banchina, un'onda mi alza ben sopra il livello del mare, mi preparo allo schiaffo sul bordo affilato del molo e, come posso, mi aggrappo a quello che trovo con tutti i muscoli tesi in attesa dell'impatto; con un urlo di dolore il fasciame esplode nel sibilo del vento e tutto raggela.

Corinna giace incastrata sullo spigolo di cemento, mentre il mare fa il resto, scaraventandola sul fianco della banchina come uno straccio bagnato. È un momento surreale. Un casino di persone si affolla sul molo, aiutando come può per imbracare la balena morente, con me rintronato sopra. Posso riconoscere molte facce di pescatori e nell'assurdo momento, piuttosto che preoccuparmi per la mia incolumità, mi coglie un sentimento di profonda vergogna. Sembra che tutti si siano dati appuntamento: c'è Alberto e anche Cristiana; c'è Claudia, sconvolta. Incredibilmente c'è anche Cerein. C'è pure Eco... Se esco da qua, domani lo sapranno tutti che ho fatto 'sta cazzata!

Corinna si spancia sul lato e s'addossa al muro, scende veloce, poi torna su grattugiandosi sul cemento. Un eroe si lancia sul ponte di Corinna e mi solleva di peso, molte braccia mi mettono in salvo. Claudia subito mi avvolge materna e con altre cento mani, mi ficca di forza dentro una coperta; le gambe non mi tengono più e mi aggrappo a lei per non cadere. Continua a sostenermi con forza. La guardo muto, inebetito. Mi risponde con mille emozioni negli occhi, ma le parole restano tra i denti. Mi sento al sicuro, cerco in lei un appiglio. Infine Claudia esplode: «Maledetto bastardo! Sei un pazzo! Un pazzo! Come ci si può fidare di te? Non sei in grado un istante di badare a te stesso? Maledetto pazzo... ed io più di te!» E scoppia in lacrime voltandosi, perché una valchiria non può piangere. Io sono troppo stordito per rendermi conto di qualcosa, come in una bolla di sapone sento ogni parola ovattata, tutto fa ancora parte di un sogno.

Poi il fragore riprende con un grido: è la voce di Cristiana «Alberto, dov'è?» Alberto è rimasto là, sopra Corinna, perché è stato lui a sollevarmi per mettermi in salvo. Prova a saltare, attaccato alla disperazione, ma non può. Corinna ormai è un'inutile fascina di legno sfuso. Alberto tenta di mettersi in salvo mentre affonda, nel riflusso lo vediamo sparire sotto di noi, ha bisogno di aiuto, ho paura per lui; Cristiana grida a squarciagola «Aiutatelo! Fate qualcosa sta andando giù!» Trascinata in basso dai flutti, Corinna sparisce nell'acqua per un'eternità trascinata verso il fondo, poi un'onda la solleva alta tra gli spruzzi, facendola tornare su. Gli lanciano una cima, lui se la mette attorno al corpo e viene tratto così, di fortuna, a peso morto, tra le grida di gioia e immenso sollievo. Subito dopo uno schianto e Corinna si spezza. In ginocchio guardo la scena sotto shock, mentre come una giostra, Corinna struscia su e giù sul calcestruzzo, gemendo come un animale morente, ancora poche volte, mentre s'inabissa. Alberto guarda la sua barca affondare a lungo, molto a lungo, e s'arrende all'acqua, nel silenzio della bufera. Guarda quel che rimane del naufragio galleggiare tra i flutti. Infine guarda me. Il frastuono della tempesta si placa, le voci zittiscono, la faccia sconvolta di Alberto non parla, mi guarda, mi attraversa come fossi trasparente, fissando chissà dove. Non ha più un'espressione o forse le ha tutte: gioia, rabbia, dolore, angoscia, terrore. Vorrei in questo momento che mi si gettasse contro e mirasse con un colpo fortissimo.

Gli altri mi circondano per portarmi al caldo, sto bene per fortuna, tremo ancora per il freddo e l'adrenalina, mentre prendo un caffè; Claudia intanto mi tampona il sangue e l'acqua salata, mentre guardo i lampeggianti blu dell'ambulanza farsi largo tra la piccola folla. Intorno a me sento giudizi severi.

Non ha detto una parola Alberto, forse voleva ammazzarmi, ma ha rinunciato si vede. Ogni commento è rimasto sospeso, è stato in silenzio, come in trance, impassibile, né giudizio, né riprovazione. Poi s'è voltato e se n'è andato via, lentamente, senza volgermi uno sguardo, come fossi inesistente, il volto di chi ha perso tutto, mentre la folla muta s'apriva al suo passaggio.

IO SONO IO

Ho perso un'altra famiglia, ho un altro pezzo di vita bruciato e vabbè...
mi sa che anche qui non ho più futuro. Ma un futuro che inizia così,
non voglio neanche sapere come finisce.

Aurora è perduta, come l'amore abbattuto in volo; Alberto è
perduto, perché un amico tradito non perdona. Eppure sono fortunato.
Sì, davvero fortunato, se per miracolo non mi sono ancora ammazzato.
Però, non senza un ricordo, sono tutto ammaccato e dolorante, ho il
naso gonfio come un pugile dopo il match.

Cammino mani in tasca, rifletto su tutte queste cose; è prima
mattina lungo il viale desolato dei bar, di così presto le macchine
appaiono a sprazzi sulla statale e quando spariscono dietro la curva, mi
lasciano tutto solo, nel nulla sconsolato dei campi pugliesi, in questa
piana immobile di angoscia mattutina, di una solitudine che raggela.

No, non si deve star soli in questi momenti, non fa bene, lo
dicono tutti, me lo ripeto ogni giorno. Mi sforzo di uscire, anche se poi
non parlo con nessuno, ho ridotto ogni contatto, spento il cellulare.
Quando ieri l'ho riacceso, ho trovato le chiamate di Claudia e di
Cristiana. «Diomio! Mi sento così colpevole...» per questo evito tutti.
Però Ares lo vedo. Sì, perché non dice niente, se ne sta dietro al suo
bancone, mi porta una birra, fumiamo una sigaretta, si fa i fatti suoi e
non prova nemmeno a sfiorarmi i pensieri.

Di giorno il Maltese è un non posto, ci posso tirar su il fiato,
per questo ci vengo. Di solito io e Ares ce ne stiamo per un po' sotto la
veranda d'incannucciato, la mattina presto non arriva mai la gente.

Non c'è nessuno, Ares prepara il locale, rassetta il magazzino,
ripristina le scorte, fa la manutenzione dell'impianto alla spina.

Ci ritroviamo a bere un caffè appoggiati al solito corrimano, a
rimirare lo spettacolo di una bella giornata nuova di zecca. Il brutto
tempo dei giorni scorsi punta ormai verso il largo e si lascia dietro
soltanto una coda orgogliosa di vento teso, che spettina le onde
spruzzate di schiuma e forma sul mare una bruma lontana. Il sole
riscalda leggero, la sigaretta è finita e per spegnere il mozzicone ci

faccio i disegnini a spirale sul posacenere; l'odore acre del filtro bruciato ormai mi disgusta: smetterò di fumare, forse non ora però. Alzo gli occhi al cielo che, dopo il finimondo, ora è terso d'azzurro, chiaro come gli occhi delle ragazze del nord.

«Perché sei venuto a Torre?» chiede Ares, svelto e inatteso come un borseggiatore, che guarda in qua dal lato dell'orecchino ad anello. La domanda suona strana e sussulto sorpreso, perché m'era sembrato più taciturno del solito piuttosto. Ares sa tutto, gliel'ha detto il Cerein e comunque, da giorni sono una notizia in bella mostra sulle locandine di tutte le edicole; è uscito anche il servizio sul TG di RAI3: *«Naufragio a Torre a Mare, yacht storico si schianta sul molo: un ferito lieve e tanta paura; sono in corso gli accertamenti della Capitaneria di porto sulle cause dell'incidente...»* È incredibile come io riesca ancora a tenere botta dopo questa pubblicità-progresso: non suono da allora, l'ho combinata troppo grossa per farmi vedere in giro. E pensare che c'è gente che mi ha chiamato apposta per farmi esibire, come fossi un'attrazione turistica.

Guardo Ares, lui sta ancora aspettando una risposta. Ho capito il senso, ma reagisco con un tempo lunghissimo alla domanda.

«... Avevo bisogno di stare lontano dalle cose, chiarirmi le idee» rispondo a disagio «volevo cambiare vita.»

«Balle, non è questo!» dissente netto e mi fa sobbalzare: non ha mai fatto così Ares, ha il tono e l'aria severa che aveva mio padre.

Ares è un'istituzione, non è facile contraddirlo, proprio come è stato per anni con mio padre: per un attimo metto a fuoco la figura e il ricordo che ho di lui da adolescente. Troppo duro, troppo distante, troppo incoerente.

«La verità, è che un'altra risposta non ce l'ho.»

«La verità è che tu l'hai sempre saputo che non puoi cambiare strada.»

«Io vedo solo che ho sbagliato tutto, ho fallito su tutto.»

«Ma smettila di darti addosso Fabian! Così è troppo comodo, questa è la tua scusa per non reagire.»

«Non so più cosa fare.»

«Tu adesso devi solo volerti un po' di bene e stare con chi ti vuol bene. Specialmente dopo questa cazzata.»

«Mi distruggeranno, vero?»

«Ma no! La gente ha la memoria corta e il cuore più grande di quello che pensi, per fortuna! Si dimenticheranno presto, vedrai. Però all'inizio è crudele.»

«La mia famiglia erano Alberto e Cristiana, ma adesso...»

«Adesso non cambia niente. Le persone tengono a te più di quanto tu creda; non giudicare gli altri con gli occhi con cui giudichi te stesso.»

«Che vuol dire?»

«Che tu sei troppo duro con te stesso; quando qualcuno ti vuol bene, in qualche modo ti amerà anche se lo fai soffrire.»

«A volte non tutti, credo.»

«C'è sempre qualcuno disposto a perdonare, nonostante le apparenze.»

«E chi?»

«Questo devi scoprirlo da solo. Guardati attorno e troverai chi ti ama.»

«Non riesco a guardare più in faccia nessuno...» e mentre lo dico un nodo di emozioni mi strozza la gola.

«Ti vedi? Devi liberarti.»

«Liberarmi? Io non ho legami, non ho nessuno. Sono solo.»

«Coraggio Fabian. Non sei uno sciocco, però t'illudi troppo. Ti sei inventato una libertà fasulla per non legarti a niente e nessuno, ma adesso lo sconti. Non sei libero, sei solo un fuggitivo, come ero io.»

«Anche tu?» chiedo stupito.

«Sì...» Ares non aggiunge altro guardandomi dritto negli occhi.

«Allora che posso fare Ares? Che devo fare?»

«Arrenditi a quello che sei; perché se non ti accetti continuerai a cercare di essere qualcuno che non ti corrisponde. È ora di smetterla di sognare.» Quest'affermazione mi sbriciola dentro e d'un tratto mi sento come sospeso in un bianco nulla. Comincio a singhiozzare come un bambino, mi trovo le guance rigate di lacrime, è come una ribellione che mi scappa di mano e mi vergogno.

«Ma io ci ho provato. Lo giuro!» Mi asciugo gli occhi, guardo verso il mare con la vista sfocata.

«Lo so, ma si vede da un chilometro che non ci sei riuscito! E ora smettila di accusarti e lasciati dietro i sensi di colpa.» Ares indica col dito il punto dove l'orizzonte forma un arco fuligginoso. «Vedi dove il cielo si confonde col mare?» dice «Vedi? Non si distingue l'uno dall'altro. Quella è l'illusione: devi distinguere il sogno dalla realtà. Il sogno ti spinge al largo, ma la tua nave è la realtà. Se non li separi, non capisci il tuo limite e mentre avanzi, anche l'orizzonte si allontana finché ti perdi. Come è successo a te.»

«Ma... ho lottato per realizzare i miei sogni.»

«Quali sogni Fabian? Fanculo i sogni! Sei davvero sicuro dei tuoi sogni? Quando i sogni diventano una fuga dalla realtà è meglio liberarsene. Guarda il Maltese...» e indica col palmo la baracca intorno a sé «I sogni si possono realizzare con il lavoro, la tenacia. Sono le illusioni che ti fanno girare a vuoto! Perché continui a chiederti quello che non puoi darti.» Le sue parole suonano col peso di chi ci è passato. «Sei sicuro delle cose che desideri davvero?»

«Ares, ci provo da vent'anni! Ma guardami...»

«E cos'hai che non va? Soffri per quello che sei o per quello che non sei?»

«E come si fa a capirlo?»

Ares fa una pausa, guarda altrove un lungo istante, scuote la testa, poi riprende secco: «Con la verità!» dice, come uno che l'ha detto a sé stesso prima che agli altri «Guarda le cose per quelle che sono.»

«Sì, ma che vuol dire?»

«Ahahah!» gli scappa una risata che mi spiazza. «Sii onesto con te stesso! Questo, vuol dire! Anche quando la verità è la cosa peggiore. Ehi dico: hai visto che casino hai combinato?» poi alza il braccio in direzione del mare «Ma come cazzo ti è venuto in mente che potevi arrivare a San Domino con una barca rubata? Con quel mare, senza saper governare, senza sapere come si traccia una rotta; senza pensare che ti avrebbero preso in cinque minuti; e ammesso di arrivarci, che pretendevi da quella poveretta? Che fuggisse con te? Per andare dove, se era andata via apposta?»

«Certo, che detta così... che coglione eh?!»

«La vedi la verità? Era già là, non era difficile vederla.»

«La verità è una cosa complicata.»

«Oh no! La verità è sempre semplice, è accettarla, che è difficile.»

«Hai ragione... Vuoi la verità Ares? Io non ho nessuna idea di chi sono.»

«Oh! Invece io so benissimo chi sei...» dichiara rivolto verso di me. I lunghi capelli grigi gli sventolano attorno al viso, il ciondolo a forma di sole lampeggia cogliendo un riflesso; gli occhi, liquidi come il mare sorridono davanti ai miei, sgranati.

«Sei Fabian... e devi volerti bene!» dichiara dolcemente guardandomi dritto negli occhi, le rughe sul volto si sciolgono in un'espressione rassicurante. Mi schernisco come un bambino che non s'è mai specchiato negli occhi del padre. Sento un fremito improvviso dietro il collo e mi tendo: "Mi sta guardando..." come mio padre.

«Non ho bisogno di te!» era sempre stato ciò che aveva seguito. Ma adesso no, non m'impenno più. Rabbrividisco, ma mi faccio coraggio, e mi accorgo che è questo il mio limite: l'orgoglio dello stolto.

D'un tratto un vento mi porta in alto, un gabbiano attraversa le nubi; sorvola un immenso prato, c'è un bambino solo là in mezzo, ad aspettare che qualcuno lo prenda per mano.

Mio padre non era mai venuto a prendermi, non mi aveva mai mostrato una via d'uscita; lo odiavo e odiavo me stesso come odiavo lui, perché non sapevo uscirne da solo. Ho capito di essere sempre rimasto in mezzo a quel prato.

È semplice ora, davvero semplice... il bimbo alza lo sguardo, il gabbiano grida, gli indica una direzione, il bambino gli corre dietro. La direzione è imparare di nuovo a fidarsi.

«Io sono io?» chiedo.

«È così!» dice lui.

LUCIDO SOSPIRO DELL'ANIMA

Cancro,
lucido sospiro
dell'anima;

forme del cuore
che prendono
forma.

Attimi innescati
dalla corrente,
attimi cercati.

Immagini,
solitudini in
spazi aperti;

vento che soffia
tra le sottili fessure
della mia anima.

Stamane mi sono alzato di scatto dal letto grondando sudore per un sogno. Per buona parte della nottata me n'ero andato a passo insonne attorno al tavolo, sbranato dai dubbi e dai sensi di colpa. Avevo passato giorni a colpevolizzarmi: ho perso il mio migliore amico pensavo, gli ho affondato il gioiello di casa, l'ultimo ricordo di suo padre. Mi sembrava d'aver fatto ad Alberto un'offesa da lavare col sangue per un momento di follia che non avrei mai riscattato. I rimorsi mi hanno toccato forte la coscienza, per come dopo, sono andate le cose.

Alberto non mi ha più rivolto lo sguardo, né una parola, eppure mi ha protetto. Non ha sporto denuncia quando il Capitano l'ha incalzato, anzi, ha risposto scandendo le parole con calma misurata d'avvocato di razza. Per la prima volta ho avuto modo di vederlo all'azione, serio, professionale, ne sono rimasto impressionato, mi ha ricordato quei fuori classe del conservatorio che mi facevano sentire una mezza cartuccia; eppure con me non s'era mai vantato, finché forse, l'avevo anche deprezzato. Invece, Alberto ha testimoniato a mia discolpa e alla fine sul verbale era stato scritto: *"L'armatore non imputa alcun addebito al conduttore dell'imbarcazione e si assume in solido l'onere di ogni conseguenza."*

Poi Alberto ha pagato le spese di recupero, i danni alla banchina e chissà cos'altro; non mi ha chiesto un soldo, non mi ha fatto sfuriate...

Soltanto, non parla, il mio amico e lo vedo che proprio non ce la fa a fare quel passo lì, così adesso il suo silenzio mi fa più male che se mi avesse mandato in galera. È vero, ho fatto un gran macello, non si capisce perché, noi uomini prima o poi, dobbiamo fare errori così stupidi. Non ho saputo apprezzare la fortuna di un amico come Alberto. Non ho tenuto abbastanza né a lui, né a chi mi è sempre stato accanto: Aurora, Claudia, i miei amici, i miei genitori. Se solo fossi stato meno cieco e sordo, mi sarei accorto di quanto tutti fossero importanti. Adesso, vorrei abbracciarli tutti e dire: "Grazie!" ma, ormai ho già preso tutto senza poter restituire nulla.

Nel turbine dei rimorsi non sono riuscito a chiudere occhio ed era ormai l'alba quando ho colto un refolo di sonno nella frescura mattutina e ho cominciato a scivolare in un torpore informe. Proprio nel mezzo del mio dormiveglia, chissà come, ho sognato la Madonnina del molo.

In cima al porto la statua della Madonna dei naviganti era informe e sfocata, poco più di un sasso bianco su una piattaforma in mezzo al mare, ma ne coglievo sempre più distintamente il profilo man mano che mi avvicinavo. Aveva i tratti acerbi di un giovane viso di donna, stilizzati quanto basta per somigliare a ogni donna, per rivederci mia madre, mia nonna, Aurora, Cristiana, Claudia e tutte le donne che ho conosciuto. Ho guardato un po' meglio e i suoi occhi per un attimo infinitamente lungo si sono poggiati su di me e in quel momento mi sono sembrati vivi, frementi quando hanno incrociato i miei. Quando gli sguardi si sono incontrati, proprio in quell'istante mi sono sentito trafitto nel cuore, nella mente, forse nell'anima, dove non era mai stato nessuno. Ho sentito un dolore nel petto, un soprassalto, il respiro spezzato e d'improvviso, la sensazione che il cuore mi si aprisse in due. A un tratto, come uno che di colpo riacquista la vista, le mie emozioni si sono aperte al mondo, una luce è esplosa dentro, come proiettata in una tomba accendendo tutto.

Nel sonno ho urlato: «No! Ti prego fai piano! Non sono pronto…»

Mi sono svegliato, di scatto, tirandomi su col fiato ingolfato e un rintocco nel petto che pulsava nelle tempie. Qualcosa aveva rimesso in moto l'ingranaggio. La porta dell'anima, rimasta chiusa per anni, s'era spalancata e un'aria fresca faceva ora corrente, risuonando tra le fessure come un'armonica.

Di primo mattino, mi sono alzato elettrizzato e ho preso l'uscio, poi ho camminato per le strade deserte verso la chiesa nel piccolo centro di Torre a Mare. Attraversavo a passo veloce la città ancora fredda e addormentata, alitando nuvolette d'un fiato caldo e umido. Le strade morte e sterpose durante il giorno, vicino alla marina si sporcano di sabbia che rimane appiccicata per l'asfalto assolato e colloso di pece. I muri sono invasi di scritte metropolitane, scalcinate e politicamente scorrette. Di giorno non c'è il tempo di notare tutto, ma certi particolari a volte saltano fuori da sé; così dietro un cartello, qualcuno ha scritto: "Dio c'è!"

Com'è fatto Dio? Non ne so proprio niente di Dio. È sempre stato un'entità astratta e lontana, come i buchi neri e le galassie. Da tempo non era più oggetto dei miei pensieri. All'inizio me l'ero costruito a mia immagine, una specie di spettatore annoiato delle vicende umane e devo ammettere che mi somigliava tanto: era bello o brutto, forte e potente in base a come mi sentivo io. Assecondava i miei sbagli e i miei gusti, mi giustificava con ottime scuse e ciononostante non era mai abbastanza onnipotente da soddisfarmi. Alla fine quel dio mi aveva così deluso da farmi decidere semplicemente di abbandonarlo all'indifferenza e a una chiesa fatta per gente fuori dal tempo e dal mondo. "Proprio il posto dove adesso mi vado a ficcare", penso, ma dove altro può andare uno che ha perso tutto?

Bianca di travertino, la chiesa sta là col senso delle cose anonime di cui la gente ormai non si preoccupa più. A guardarla, la facciata, stretta tra gli edifici di una strada secondaria, compresa tra quattro colonne squadrate di pietra grezza, è di foggia recente, lontana dalla tradizione romanico-pugliese; poco più che una chiesa di paese: razionale, con pochi fronzoli, non certo una cattedrale. In alto incombe il campanile, decisamente la parte più bella dell'edificio, spropositatamente grande, poligonale, finestrato, dai contorni ugualmente di pietra bianca, è caricato di grandi campane brunite, così pesanti che minacciano di far crollare la torre al primo rintocco. Il portone di legno è grande, con quadranti a sbalzo, nessun chiavistello, nessuna maniglia. Sulla traversa che accoglie chi entra, appena sotto la croce incisa nella pietra che sovrasta l'ingresso, si legge: "San Nicola", il protettore dei marinai. "San Nicola, ricordati che un po' sono anch'io un marinaio." penso entrando. Come se San Nicola mi avesse ascoltato, esitante tocco la porta, e questa si apre, possente, ma lieve, scorrendo sui cardini grassi. L'aria odorosa di stantio e aromi d'incenso subito mi satura le narici. La penombra sfuma i contorni silenziosi delle panche rigide e severe di un edificio alto e squadrato, molto più grande di quanto appare da fuori. Lambite da un fioco rossore, le candele votive lungo le navate fanno da tribuna a un corridoio nebbioso, che in controluce corre verso l'altare. Solo questo, drappeggiato d'un bianco ricamo di teli di cotone, è ben illuminato dal rosa evanescente dell'alba, che vira suggestiva sui toni caldi, proiettando densi raggi di sole da ampie finestre istoriate che sovrastano le navate, incrociandosi prossimi al presbiterio, proprio dove lo sguardo si ferma al centro dell'altare.

Preceduto dall'eco dei miei passi, avanzo furtivo, timido, circospetto, tento di apparire invisibile. Ho timore di addentrarmi, come se lungo il corridoio fosse posta una trappola per gli estranei e più mi addentro, più mi sento a disagio. "Ma che ci faccio qui?" penso; mi acquatto da un lato e proprio quando decido di tornare indietro, scorgo una forma indistinta nella penombra, alta, scura, cadente. Avanzo curioso e trovo un uomo inchiodato, pendente a due pezzi di legno, sembra ancora vivo, è posto in alto, sicché per guardarlo bene devo avvicinarmi e quando sono sotto incontro il suo sguardo segnato di rughe, sofferente un dolore muto. I tendini sono compressi da un grosso ferro all'altezza del polso e un ricciolo si contorce nella carne ribattuto dal martello prima di conficcarsi nella traversina di legno, dura e grossa come quella per un treno. Proprio in quel punto si vede la carne dei tendini stirarsi sotto il peso del corpo: come un quarto appeso al macello, ciondola da quel gancio stillando sangue, che rivola verso il gomito gocciolando a terra. Ogni muscolo è nervoso e teso in uno sforzo che grida: vita! Il capo si poggia leggermente sulla spalla e sul petto, troppo pesante per sostenerne il peso, gravato da un fascio di rovi puntuti come filo spinato infissi a forza di bastonate sul capo. I capelli sono fradici e appiccicosi di sangue rappreso, che scende di qua e di là e al centro della fronte, dove insinuandosi brucia negli occhi; le lacrime aggrumate attorno alle orbite tumefatte, al naso rotto e all'occhio pesto.

Inchiodato, fissato. Eppure, ho la sensazione che si muova, come per raccogliere le forze nel gesto di lanciare il capo con un urlo potente, mentre gli occhi sembrano anticipare lo slancio, volgendosi in alto dal basso dove stanno a guardarmi. La bocca carnosa disegna una curva allungata e promana una parola che rimbomba nell'eco silenziosa della chiesa. Sorda alle orecchie e al cuore, essa chiama indistinta come un sogno, che man mano prende sostanza e spirito.

Ansimante lui sta morendo, ma il mantice dei polmoni ancora pompa con cadenza troppo lunga per la vita e ogni respiro si allarga e sprofonda d'ansia, andando giù chissà dove per un tempo infinito a soffocare. A ogni respiro s'alza dolorosamente, premendo sui ferri infissi nella carne dei piedi e a ogni respiro si tende asimmetrica prima una gamba e poi l'altra, inchiodate in quella posa innaturale a spingere penosamente un ginocchio sull'altro. S'aggrappa ai chiodi e i tessuti si lacerano un po' di più, ma poi, con sollievo, di nuovo inspira, poi scivola viscido di sangue, si riabbatte sul legno e di nuovo spezza il respiro a metà. Ricade più giù, con pesantezza e ripete il tutto molto, molto lentamente. Ogni respiro è dolore, sollievo, un po' di vita che viene meno. Luccica madido il corpo, macchiato di sangue e piccoli segni a otto dei piombi del nerbo, minute ferite di fuoco costellano la pelle, lacerata come una stuoia di cuoio alla concia, ricoperta di perle preziose rosso porpora.

Guardo l'appeso, sussurra una preghiera: ma che fai pazzoide? Preghi? Preghi il nemico per ogni percossa. Pazzo fino in fondo! Chi può ascoltarti?

Nella solitudine un eco di voce a lungo scacciato vaga nello spazio colmo di pensieri, finché trova sfogo. «Perché ti fanno questo?

Che hai fatto di tanto terribile? Chi ha fatto di peggio non ha patito metà di te.»

Come al mattatoio, al taglio della carne fresca, l'odore ferroso del sangue arriva fino a me, che quasi ne sento il sapore.

«Dimmi: che senso ha questo macello?» Ma lui chiama il Padre e nessuno risponde...

«Chi c'è intorno a te? Dimmi? Guarda come ti guardano, come se tu non fossi là per davvero e ridono, ridono...»

«Spiccati da quel ceppo!» strillano sguaiati e non ci sei più tu lassù, ma il sogno dell'uomo di essere Dio. Ti gridano i loro giudizi, così giusti per la giustizia dell'uomo. Ma l'uomo è altrove, dove tutto quello che fa non fa male a nessuno.

«Questa è la vita! Fa male eh? Maledetto pazzo!» Questo dicono gli uomini e hanno ragione: la vita vera è dolore, chi può negarlo? Chi può difenderti? In giro ci son troppe brutture per le tue balle, per la nostra rabbia; per la sofferenza, dei bambini, dei poveri, delle guerre, della morte: questo sdegno non si può cancellare!

Ma che deve dire Dio di quest'assurdo sacrificio umano? Di noi, che gli ammazziamo il figlio? Può Dio morire per mano dell'uomo? Sì, Può farlo! Ché se così non fosse, staremmo sempre a recriminare: «Tu sei Dio, per te è facile. Mettiti tu al posto mio piuttosto!» E allora forse... è giusto così... s'è messo al posto nostro, crocifisso, colpevole d'essere Dio. Abbiamo condannato ed eseguito ormai. Non c'è modo di cancellare il fatto: abbiamo ucciso un innocente!

Ma nel silenzio irrompe il lucido sospiro dall'anima, una voce che parla dal nulla più profondo: "Perdono!" poi scende di nuovo un grande silenzio...

«Dunque c'è una soluzione?» Un sussulto e cado sulle ginocchia. Gemendo guardo le lastre di pietra segnate dal tempo. Ho consumato la vita nell'angoscia, attaccato con tutte le forze ai miei chiodi, con la paura di vivere, scacciando l'idea di morire. Convinto che non ci fosse spazio e nessuna pietà per i colpevoli. Nella penombra guardo l'altare e senza sapere da dove vengo, né dove vado, vedo la soluzione di quel pazzo sulla croce: perdono! Perdona, e ricomincia da capo. Ricomincia da capo!

Ricominciare da capo, già... E da dove?

Non so pregare, ma dico «Padre Nostro...» e appena detto, un catarro si scioglie nel petto e respiro più a fondo, liberamente.

Ci parlo a lungo, con Dio, come a un amico che non vedo da tempo, come a un padre dimenticato da tempo; nella solitudine s'è fatto trovare, in un piccolo spazio insignificante. Dovevo rimanere solo per poterlo ascoltare, perché in mezzo al chiasso del mondo la sua voce scompare.

In quel regno ovattato si avvicina ciondolante un anziano prete, vedo solo la macchia nera nella penombra, poi quando passa sotto un raggio di luce, scorgo meglio la barba bianca, gli occhiali, il collare sbottonato, uno sguardo buono da Babbo Natale; mi scavalca come se non fosse per niente sorpreso di trovarmi là, ginocchioni, prostrato a terra.

Lo guardo cambiare le candele vicino al tabernacolo, poi voltandosi fa la strada inversa claudicando, mi oltrepassa ancora senza calcolarmi e mentre lo spio, si dirige verso una porta piccolina nella parte buia della navata, scomparendo dietro di essa.

Non so quale forza o volontà dentro di me mi fa alzare di scatto, senza pensare compio quel tragitto a grandi passi, mi fermo davanti alla porta di legno, c'è una targhetta con scritto a penna "Don Pino riceve dalle 8:30 alle 10:30"; è presto ancora, ma varco la soglia. È solo un piccolo ufficio pieno di libri, immagini sacre, documenti, una scrivania e due sedie vetuste, ma solide, con cuscini porpora di velluto consunto. Lui mi guarda con aria interrogativa, però accogliente; lo guardo e non so cosa fare, come fossi bloccato. Mi dice: «Vuoi confessarti?» non rispondo, ma il mio corpo fa un segno per me e abbasso lo sguardo. Lui fa cenno di sedermi con un gesto della mano e mi guida sulla sedia. Sul tavolo c'è un crocifisso dorato, uguale a quello dietro l'altare, lo guardo e rivivo l'angoscia. I miei occhi si bagnano.

«È morto...» dico, con gli occhi pieni di lacrime.

«No...» risponde lui, con la calma serena e un sorriso che aggiusta «è risorto!»

DON PINO

«... Immagina di camminare lungo un sentiero brullo e in leggero pendio... attorno a te il deserto... il sole, i sassi, hai caldo... vorresti bere, ti fermi un momento e ti accorgi che uomini dall'aspetto minaccioso vengono verso di te...»

Da qualche tempo faccio delle cose nuove, così nuove che non voglio dirle a nessuno: hanno bisogno di cure molto delicate, come un bimbo piccolo che potrebbe scottarsi con la luce del sole.

Camminando sotto braccio con don Pino, percorriamo il marciapiede antistante la chiesa, spostandoci claudicando verso la piazzetta affianco, dove le panchine guardano in direzione di un piccolo crocifisso votivo al centro del giardinetto parrocchiale, che affaccia sul panorama piatto di Torre a Mare. Don Pino mi guida, zoppicando, puntellandosi a me, mentre ci facciamo da bastone un po' per uno, io a lui per il fisico, lui a me per lo spirito. Cerca di spiegarmi la parabola del buon Samaritano, dove quello malmenato, dalla vita s'intende, sono io. Così mi lascio accompagnare come un cieco. Andiamo avanti da diversi giorni, per tutto il tempo necessario a sanare certe ferite profonde, della mia storia, dei miei genitori, dei miei amici e dei miei amori. Ho sempre pensato fosse roba da psicologi, ma quello cura la mente, e c'è una medicina anche per l'anima. Ho uno spirito sprezzante e ribelle, che reagisce male quando passano sopra alle mie cose più intime e mi trasformo in un istrice mannaro quando mi toccano lì, dove la vita mi ha fatto male. La gente può trovarmi introverso e ombroso, la verità è che sono solo troppo fragile per scoprirmi; ma si arriva a un punto in cui occorre affrontarli questi nodi.

Tutto questo fa bene, lo vedo e ogni volta che mi rallegro per un progresso, don Pino si congratula e mi mette in guardia «Sì, ma bada... che se lasci perdere, per noia, per stanchezza, per troppo impegno o distrazione, ti ritroverai da capo: ci vuol niente a ritrovarsi da capo, anche dopo una vita da santo.»

«E che cosa si può fare per evitarlo?»

«Frequenta Dio tutti i giorni, entraci in confidenza, come un amico. Prega, cerca qualcuno come te.»

«Qualcuno come me?»

«Sì, qualcuno che il Vangelo lo vive.»

«È una di quelle robe tipo congregazione religiosa?»

«Ma no, non sei per quelle cose lì; meglio un gruppo di amici con cui puoi approfondire.»

«Amici?»

«Le parrocchie sono comunità di persone, di gruppi, associazioni, non edifici. Frequenta qualcuno con cui ti senti a tuo agio. Ti stupiresti di vedere quante cose ci sono.»

«Io non saprei... sono incostante, mi stufo di tutto. Per quanto riuscirei a essere fedele?»

«Dai, non prenderlo come un'imposizione, è così per tutti! Prova ad avvicinarti, preoccupati di fare spazio a Dio, poi si vedrà.»

«D'accordo, lo farò!»

È un tempo di Grazia e di solitudine. Non voglio vedere nessuno, sentire nessuno se non la voce della mia coscienza. "Conversione" la chiama Pino; io non conosco il mondo dello spirito, ma capisco che spesso chiamiamo in modi diversi la stessa cosa. Don Pino mi accompagna passo passo e quello che conta è che sto rifiorendo, lui dice che è un regalo dell'uomo che ho visto sulla croce.

Da qualche tempo mi alzo presto la mattina. Nell'aria fresca dell'alba percorro col sole alle spalle la strada che guida i miei passi verso San Nicola. La mia ombra si proietta lunga sull'asfalto disegnando la sagoma della chitarra che accompagna i canti nel minuscolo gruppo di preghiera della parrocchia. Cammino veloce sulla strada, come un ladro che gira di soppiatto, ho poca voglia di incontrare qualcuno; ho bisogno di prendermi del tempo per me, un pochino soltanto magari, ma di una qualità diversa. Mi tengo questo momento nascosto sotto la giacca come una cosa preziosa da proteggere dagli occhi indiscreti del mondo.

Quando faccio leva sui cardini del portone a quadranti di San Nicola ed entro, mi sento sereno. C'è sempre il gruppetto della preghiera ad attendermi: Marina, è carina, mora, venticinque anni circa, sottile, educata, dolce, ma dalla voce ferma, è una dei ministri speciali dell'eucarestia di don Pino; porta la comunione ai malati. Poi c'è Paolo, grosso, un po' peloso, generoso e disponibile, scuro d'incarnato, la faccia, che più faccia da sud di così è Tunisia. C'è Giusy, biondina, bassina, rotondina, con le curve pepatine; non proprio una bellezza, ma è "un tipo"; Salvatore, allampanato, smilzo, sembra l'incrocio OGM tra l'insetto stecco e una mozzarella, ha il sorriso buono del bambinone. Nanni, l'anziano, canuto, naso a patata, sembra appena uscito da un film russo; Annina, pimpante signora di mezz'età dai modi spicci, un po' sovrappeso, sempre allegramente rubizza. Infine c'è Mimmo/Domenico, il giovane seminarista in libera uscita, lindo e delicato come un soprammobile di Murano, che tra venti giorni dovrà tornare in seminario per riprendere gli studi. Questa la piccola corte di cui accompagno i canti: io mi limito a suonare gli accordi e loro intonano i salmi, anche Marina suona la chitarra, ma da quando ci sono io preferisce lasciar fare a me.

È uno strano ambiente questo, fatto di vite e gente parallele a quelle del mondo là fuori, qui le cose prendono un sapore diverso. Per loro quel che conta è fare comunità e comincio a intuire il senso della parola comunione.

Ci sistemiamo dal lato destro, sulle prime panche proprio davanti l'altare e aspettiamo don Pino che celebri con noi nell'aria rarefatta del mattino.

Al termine delle lodi spesso m'intrattengo a parlare con Pino, che mi fa da guida spirituale e da amico. Saluto tutti e mi metto a chiacchierare con lui. A volte anche i ragazzi indugiano nel chiacchierare con me, lo capisco, sono la novità del momento, la testimonianza vivente che Dio esiste, se un dissidente praticamente ateo, agnostico, orgogliosamente anticlericale e ribelle come me, adesso sta là in mezzo senza che ce l'abbiano messo i servizi sociali. Loro si conoscono da anni, Marina però sembra particolarmente interessata alla mia partecipazione e don Pino l'ha notato immediatamente.

«Hai suscitato la curiosità di qualcuno pare...» esordisce sagace.

«Più o meno di tutti sembra, per la verità» rispondo laconico. Lui guarda cambiando espressione e mettendosi appena di sbieco per non forzare sull'arto claudicante.

«Sì, può darsi, ma io facevo un discorso un po' più... circostanziato.» termina in un sussurro. Lo guardo strabuzzando gli occhi, lui continua: «Sai, credo che dovresti riflettere un po' sulla tua vocazione...» dice strizzando le labbra e ammiccando con le ciglia.

«Quale vocazione?» esprimo preoccupato balzando all'indietro.

«*Ihihih*, che faccia che hai fatto!» e soffoca a malapena una risata davanti la mia faccia spaventata. «Oh, non temere caro mio, non dovrai prendere i voti da prete, parlavo di qualcos'altro...»

«Pfff, questo mi fa sentire decisamente più sollevato,» considero sbuffando «ma allora cosa?»

«Ahahah...» se la ride ancora «Tu hai una paura matta di farti accalappiare, fratello mio. E che magari ti mettano un bell'anello al dito.» Rimango in silenzio, non capisco dove vuole parare e lui incalza ancora: «Secondo me tu sei nato per fare il marito: un bel padre di famiglia!» profetizza calmo e pacato, con fermezza davvero patriarcale.

«Ma che dici?»

«Ora ti faccio capire: vedi... come ti guarda?» e inclinando appena la testa alla sua destra, indica cautamente Marina senza farsi notare. «Secondo te, cosa pensa di te?» domanda. Osservo la ragazza di sottecchi, mentre armeggia coi libretti dei canti, non sembra diversa dalle altre, forse appena un po' più acqua e sapone.

«Non ne ho idea!» rispondo aggrottato guardandolo.

«Scommetto la cena che lei s'immagina che tipo di marito saresti.»

«Oh cacchio! Non davvero quello giusto» ribatto eversivo «io vivo alla giornata, il matrimonio non è nei miei programmi, non lo considero neanche un'alternativa. Ma poi, dai... una come Marina vuole una persona che le corrisponda, che desideri starle accanto per sempre.» È strano, non ci avevo mai pensato, ho avuto storie serie solo con donne molto indipendenti: Ilaria, Claudia, Aurora loro non sembravano affatto indifese. «Marina, si capisce subito che lei vuole un uomo che le dia sicurezza.»

«Qui ti sbagli amico mio!» incalza don Pino «Tutti vogliono accanto qualcuno di cui sentirsi sicuri. C'è chi lo mostra di più, chi meno; ma tu ti ci metteresti con una donna che non ti ispira fiducia?»

«No, certo...»

«E allora, cosa ti fa pensare che una donna potrebbe cominciare con te una relazione senza un minimo di prospettiva?»

«Vorresti dire che tutte le mie ex speravano in una cosa seria?»

«È ovvio! Direi.»

«Ma allora perché tutto è andato storto?»

«Per certe cose ci vuole compatibilità.»

«E per questo le coppie scoppiano?»

«Non c'entra il sentimento. Se i progetti di vita non sono compatibili salta tutto. Niente progetto, niente più coppia!»

«L'amore non basta?»

«L'amore, fa i conti con la realtà, non è una bella emozione, va al sodo: se con una persona ci stai bene, a un certo punto non puoi non pensare a una vita con lei e tutto quello che ne consegue. Se questa prospettiva cade, qual è più il fine della storia? Per lasciarsi non è necessario odiarsi.»

«Sì, l'ho capito...» annuisco e inevitabilmente mi ritornano in mente le parole di Aurora il giorno che se ne andò.

Proprio mentre penso queste cose, Marina si mette davanti a noi, col libretto dei canti stretto sul cuore e s'informa con un accenno d'imbarazzo: «Don Pino, domani mattina tarderò un po', perché passo a prendere i fiori freschi dal fioraio; le dispiacerebbe aspettarmi per le lodi? Non sarà più di un quarto d'ora» s'affretta a specificare, guarda lui, poi me, attendendo la risposta.

«Ma certo cara, ti aspettiamo, vai tranquilla.» risponde don Pino.

Marina sorride, guarda ancora con gli occhi neri, penetranti, saluta con fare rispettoso: «Buona giornata Don!» poi, rivolta a me, in tono più confidenziale «Buona Giornata Fabian.» E se ne va con passo saltellante, ma non di fretta, i capelli mossi ondeggiano sulle spalle delicate; d'istinto le guardo le forme nei jeans elasticizzati, nascoste dalla maglietta a mezza coscia che accompagna la camminata svelta sulle ballerine. Don Pino mi osserva mentre la guardo andar via e fa una faccia furba.

«*Nooo!*» dico io «che vai a pensare?»

«Penso che ti piacciono molto le donne», sbuffa ridacchiando.

«È un interesse innato il mio, ma non... no no no!» controbatto schermandomi con le mani.

«Sta' contento!» esorta lui «Per questo ti dico che sei fatto per trovare moglie» riprende «e ti dico di più: probabilmente saresti un buon marito e un buon padre.» chiosa soddisfatto.

"Padre... io?" penso sul momento. In tutti questi anni il pensiero non mi ha mai neanche lontanamente sfiorato e una strana sensazione al cloroformio comincia a galleggiare nei miei pensieri.

«Io padre, don Pino? Non mi ci vedo proprio.»

«L'importante è che ti ci veda Dio!» ribatte il Don senza perdere il sorriso di quello che sa sempre come va a finire.

«Sai don Pino, magari è davvero come dici tu, ma che può offrire uno come me?»

«Hai mai fatto progetti di vita? Con le tue ex, intendo.»

«No...»

«E cosa vuoi saperne allora di dove arriveresti con una ragazza che ha un progetto con te?»

«E da dove si parte?»

«Per prima cosa non dovresti saltare le tappe.»

«Cioè?»

«Conoscila, diventate amici. Evita di fare subito "come se".»

«E Marina?» indago dubbioso.

«*Mannò!* Povera fanciulla, soffrirebbe come una martire con uno come te e alla fine, penso che ti mollerebbe anche lei» scherza bonario.

«E con chi allora?»

«Figliolo, sono un prete, mica un mago! Se vuoi trovar moglie devi fare da solo.»

«Diciamo che per adesso è meglio aspettare, don Pino!» Pino ride con gusto, poi mi mette una mano sulla spalla, mi prende il braccio con l'altra e aggiunge «Fossi in te, prima penserei a sistemarmi.»

«Don Pino, la mia vita è un gran casino!»

«Certo, devi lavorarci, ma dedica un po' di tempo a Dio, questa cosa dovresti lasciala risolvere a Lui.»

«Okay, ci starò attento.» Per me è un po' difficile, ma su Dio non si scherza e di don Pino posso fidarmi. «Don Pino... Devo chiederti una cosa...»

«Che cosa?»

«Secondo te dovrei accettare il contratto per la Germania?»

«È la tua vita figliolo. Dovrai affrontarla prima o poi.» Lo dice con una limpidezza che fa apparire la cosa molto banale.

«Tu la fai facile, ma è tutto molto complicato.»

«Questione di principi.»

«Che principi?»

«In principio io sono un prete. Ho Dio, questo mi basta. Oggi sono qui, ma se il Vescovo mi mandasse a fare il parroco in un'altra parrocchia andrei, che cosa dovrebbe preoccuparmi?»

«Dunque dovrei accettare?»

«Sei un musicista sì o no?»

«Sì!»

«Ecco!» Mi guarda con un sorriso divertito mostrandomi il palmo della mano. Fisso don Pino stupefatto: ha reso elementare un pensiero su cui mi arrovello da mesi.

«Adesso è meglio che vada» dice arzillo don Pino guardando l'orologio; mi dà una pacca sul braccio, abbassa la testa e mi scruta aguzzando la vista, poi prosegue sussurrando come parlasse a uno dei servizi segreti: «Forza ragazzo! Tieni duro, non sai mai quando arriva il tuo momento... guarda in alto... è Lui il Boss!» e sorride con la sua simpatia spigliata e popolare.

«Già, il boss è lui...» sorrido di rimando e ci salutiamo con un abbraccio, ciascuno prendendo la sua strada.

M'incammino a passi lenti tra le vie sgombre e luminose del mattino, che spruzza una luce radiosa sulle pietre ingiallite della Torre Pelosa, mentre le passo accanto. Il sole illumina il vecchio edificio pieno di acciacchi del tempo, coperto di crepe ed erbe infestanti; eppure questa luce gioiosa lo fa splendere di nuovo, come potesse star ritto altri mille anni a raccontare storie. Vorrei anch'io cambiare come cambiano queste pietre ingrigite.

La striscia di asfalto nero del centro abitato mi guida silenziosa verso pensieri semplici ed efficaci. Certo, quello che dice don Pino è ovvio: sono un musicista. Una possibilità ce l'ho, e potrebbe essere l'ultima.

Sento la chitarra pesare addosso e penso a quanti chilometri questo strumento e io abbiamo percorso.

Ma non è questo che deve fare un artista? Andare lontano? Carpire il sogno di Adamo e mostrarlo all'uomo. Cogliere il senso del tempo e delle fughe, imbrigliare la tempesta in versi e il fragore dei tuoni in note, tracciare la strada dei sensi che portano al cuore. Non è così che facciamo? Tradurre il linguaggio segreto dell'anima, spezzare la scorza formale, colorare la vita. Non è così che siamo? Guitti, pagliacci, attori, buffoni e saltimbanchi, con il compito di raccontare sogni e far sognare e se possibile, dare emozioni. A questo serviamo al mondo. E non è forse bellissimo?

Recupero dalla tasca il cellulare, lo accendo e subito un tot di chiamate perse comincia a bippare, la prima porta il nome di Claudia. Okay! Non sto neanche a guardare le altre. Cerco di fare quello che è giusto: annullo tutto e comincio a cercare il nome di Pietro Noa dalla memoria.

LONTANI, VICINI

Ho fatto solo poche centinaia di metri passeggiando a ritmo lento verso casa con in mente le parole di Pietro Noa: «Fantastico Fabian! Faccio preparare tutto.» Ho ascoltato il "Click" del cellulare in preda a una strana euforia, non posso dire che sia un sentimento di felicità, ma subito dopo aver chiamato, una sensazione di sollievo mi ha lasciato l'intima certezza d'aver fatto una buona scelta e già guardando il profilo della Torre poco più in là nel parco, sento una strana nostalgia.

Proprio mentre attraverso la strada mi si para davanti la Cinquecento Large bianca e scintillante di Claudia. Lei mi guarda, nel riflesso azzurrino del parabrezza, il volto è sfumato, indistinto, il suo sguardo mi catapulta in un universo di pensieri dispettosi e disubbidienti che speravo d'aver rimosso.

Riverberi di Aurora scappano fuori dalla stanza dei ricordi. La prima volta che vidi Aurora, sull'auto di Eco, aveva quello stesso sguardo assorto, curioso, un po' triste, mi si stringe lo stomaco al ricordo di un'alba che non vedrò più.

Claudia abbassa il finestrino.

«Ciao, vuoi un passaggio?»

«Un passaggio?»

«Sì un passaggio: tu entri ed io ti accompagno! Hai presente?» Metto a fuoco il volto di Claudia, lei appare in splendida forma nel suo tailleur da lavoro, d'un bel tessuto color crema, leggero e cangiante; al collo, col nodo da hostess Alitalia, la pashmina a disegni orientali blu e oro che le avevo regalato a Istanbul.

«Fabiano tutto bene?!»

«Sì... tutto bene...» rispondo e mi riprendo con la forza di un Caterpillar molto potente e molto diesel.

«Hai una faccia strana.»

«Ero soprappensiero, scusa e tu? Che fai da queste parti?»

«Dovevo fare dei giri... poi ti ho visto... Sali dai, ti do un passaggio» inclina il capo e indica con gli occhi il posto al suo fianco. D'istinto guardo in direzione del mio pensionato per marinai, manca quasi un chilometro ancora.

«N... no grazie... preferirei andare a piedi.» Troppo lontano per aggiungere: "sono quasi arrivato".

«Sei diventato uno sportivo?» domanda con tono ilare.

«Uno sportivo?»

«È una battuta!»

«Oh sì, certo... Scusa.»

«Fabiano, stai bene?» mi guarda aggrottando le sopracciglia curate.

«Perché?»

«Perché in meno di un minuto mi hai già chiesto scusa due volte!» ride.

«Davvero? Non me ne sono accorto.»

«Dai vieni? Così mi racconti qualcosa, è tanto che non ci vediamo.»

«Immagino di non avere scelta.»

«Sali sciocco!» esorta accogliente.

Guardo casa mia, laggiù.

«Okay.» Accetto e ficco la chitarra sul sedile di dietro; quando apro lo sportello la mistura dolciastra e pungente degli effluvi oleosi del Musk di Claudia, l'arbre magique alla vaniglia e l'odore agrumato di macchina nuova mi avvolge in una nuvola chimica che mi ammansisce e stordisce.

«Allora? Che fai adesso di bello?» dice svoltando verso il lungomare.

«Ehi! Questa non è la strada per andare a casa mia» protesto.

«Proprio adesso ho pensato che hai voglia di una bella passeggiata!» afferma ridendo.

«Io non voglio passeggiare! Questo è un sequestro.»

«Chiederò il riscatto allora.» aggiunge divertita.

«Non ho voglia di fare una passeggiata, voglio andare a casa» reclamo capriccioso. Claudia non risponde e continua a guidare imperterrita. Percorriamo la litoranea per pochi minuti, in silenzio osservo il lungomare, finché l'auto svolta su un grosso spiazzo a destra e si va a ficcare sul promontorio di una scogliera a picco. Claudia spegne la macchina e fissa avanti verso il mare. È un posto di quelli dove la notte ci vengono le coppiette che hanno la macchina, ma non hanno la casa.

«Che ci siamo venuti a fare qua?» domando, ma Claudia perde tempo. Stizzito guardo fuori, non ero mai stato qui. È bello: l'asfalto del piano stradale si fonde con gli scogli e s'interrompe su una larga terrazza di roccia bugnata, dove le mareggiate disegnano un paesaggio lunare lasciando pozze dai bordi affilati; i crateri più distanti sono consunti dal passare di ruote, ma quelli vicini al ciglio hanno ancora un bel filo tagliente. Noi ce ne stiamo qui, fermi un po' prima dell'orlo, come in *Thelma & Louise*. Claudia si volta nella mia direzione, io resto imbronciato a guardar fuori, mentre infilo pensieri a cui non voglio dare risposta.

«Senti...» mi sveglia e guarda tutta seria «non credi che sia il caso di parlarne un po'?»

«Parlare di che?»

«Ad esempio del fatto che una telefonata la potevi anche fare... Almeno rispondere!»

«Una telefonata a chi?»

«A tuo nonno! A chi? A me! O se proprio ti pesava tanto, almeno Cristiana... Ti avrò cercato cento volte, il telefono è sempre spento: potevi farti vivo e far sapere come stavi, ci hai fatto preoccupare.»

«Tu pensi che sarebbe stato diverso?»

«Penso che prima avevi degli amici con cui stare.»

«La questione è un po' più complicata di come la vedi tu.»

«Allora spiegamela!»

«Non posso...»

«Non puoi o non vuoi?»

«Non so se capiresti.»

«Provaci.»

«Voglio cambiare!»

«E per cambiare che bisogno c'è di abbandonare tutti così?»

È vero! Una scarica elettrica mi colpisce, Claudia ha ragione, forse sto sbagliando, è possibile che stia fuggendo... Ma accidenti, sono un musicista, che cosa dovrei fare? Restare fermo? Chi dice di essere mio amico questo deve accettarlo.

«No» rispondo, ma subito abbasso lo sguardo «hai ragione, sembra una fuga, però a volte, bisogna allontanarsi di qualche passo per vedere le cose da un punto di vista diverso.»

«D'accordo, ma questo non significa lasciarci come fai tu.»

«Perché non accetti semplicemente che devo fare quello che devo fare?»

«Non è per quello che fai, ma per come lo fai... Sembra che tu voglia mollare tutto.»

«Non ho detto questo.»

«No, non lo hai detto, ma lo stai facendo.» Claudia mi guarda, le sopracciglia curate e lo sguardo severo puntano nella mia direzione.

«E a te perché importa?»

«Che me ne importa?!» all'improvviso alza la voce sorprendendomi. Mi butta addosso gli occhi come stesse per ammazzarmi, la vedo fremere, ha una ruga profonda sulla fronte, come la spia di un intenso dolore. Resta così un attimo eterno ed io mi preparo all'ennesima reprimenda; ma basta, sono stanco di un'altra fucilazione, così la guardo dritto negli occhi e la affronto: «Sparami pure, non ho paura sai? Sono sereno. Dì quello che vuoi: vuoi dirmi che sono un egoista? Probabilmente. Uno stupido? Sicuro! Ma non riesco a essere migliore di così... Cosa vuoi che faccia? Che scompaia? Io sono questo e sono stufo di dover sempre rispondere di quello che sono senza che nessuno lo accetti mai!» mi sfogo senza troppo pesare le parole, Claudia mi guarda sorpresa. «Senti Claudia, potrà non piacerti, pensala come vuoi: io faccio quello che posso per farmi accettare, ma sono fatto così. Ma che m'importa ormai? Credi tutto quello che vuoi, tanto tu mi hai già giudicato.»

Claudia, dopo un attimo di silenzio distende l'espressione dura del viso, gli occhi si aprono, le spalle si rilassano. Con un gesto inatteso alza la mano, mi carezza, mi passa il pollice sulla barba, riportandomi a quella vecchia notte d'estate sul Corinna.

«Hai ragione, sei proprio così...» dice, sorprendendomi «il resto non deve contare.» Si volta, mette le mani sul volante, per un momento si rilassa ancora, mi guarda, poi continua con calma: «Non è giusto che ti tratti così. Tu... Anche tu hai i tuoi casini, scusami, sono stata invadente.» Claudia guarda fuori, è giorno pieno, il mare è sferzato da un vento teso e fresco che frange a pettine mille righe per mille increspature; il sole è coperto, filtra una luce eterea che rischiara ogni cosa d'ombre celesti. È una triste allegria di colori, ma anche nelle giornate più scure ci vogliono occhi per guardare. Ogni scintilla chiusa nel sepolcro della disperazione cerca la resurrezione e talvolta, anche se non sembra, tutto procede per il meglio e forse un raggio di sole sta già per bucare le nubi.

Più distante da noi, sull'altro lato del golfo, corre la grigia muraglia del porto e al termine, sulla sua piattaforma, la Madonnina spicca bianca e solitaria.

«Sai perché rubai il Corinna?»

«Perché?»

«Perché non me ne fregava più niente di nessuno! Vedi, io non voglio più essere così.» Mi guarda strizzando gli occhi, dietro il fondotinta e oltre la maschera del trucco la vedo più grande, non più una ragazza ma una donna matura. Claudia è bella, ho sempre avuto un debole per la sua bellezza, come ho sempre pensato che appartiene a un mondo diverso dal mio.

«Non parlavi così prima.»

«Forse no, ma le cose sono un po' diverse adesso.» sorrido «Ancora conservi quello?» accenno alla pashmina annodata al collo.

«Sì...» arrossisce.

«Come mai?»

«Stava bene col tailleur...»

«Già...» ci guardiamo per un istante.

«Partirai via da qui vero?»

«Sì... Mi hanno offerto il contratto per un disco: andrò a suonare a Berlino.»

«Tornerai?»

«Non lo so...»

«Lo capisco...» mi sembra abbia gli occhi un po' lucidi, inspira profondamente, poi sorride. «Ti accompagno a casa, okay?» propone più serena e questo mi conforta.

«Grazie» rispondo; rimaniamo in silenzio ed è un silenzio in cui si sta bene. Solo pochi minuti per percorrere la strada di casa nel clima d'un autunno soave alle porte, pochi lussuosi minuti dentro la pace e una strana tregua dal mondo, nel fruscio insonorizzato della Large bianca cromata.

Il pensionato del marinaio coi suoi muri un po' decrepiti ci guarda, la Cinquecento si ferma sotto lo spiazzo e praticamente sembra uno che ha sbagliato strada, tanto spicca il suo design scintillante in mezzo all'antico piazzale occupato da vecchie carrette. Guardo la mia panda bianco smunto nel parcheggio; guardo il viso di Claudia, ben curato e vedo tutta la differenza che c'è tra noi.

Estraggo la chitarra dal sedile posteriore pronto per andare.

«Ciao...» Claudia saluta per prima, mi guarda con uno sguardo limpido. Vorrei parlare, ma non mi vengono le parole. Ingrana la marcia, compie un perfetto semicerchio all'indietro ben disegnato sul piazzale, la raggiungo, poggio una mano sul bordo del finestrino aperto, un ultimo sguardo, un ultimo saluto.

«Ciao» le dico.

«Siamo amici?» domanda.

«Lo siamo! Lo sai.»

«Sei sicuro?»

«Ma certo.»

«Per te che vuol dire amici?» Mi esplora con uno sguardo intenso.

«Che vuol dire amici?» ripeto ebete senza rispondere. Claudia mi guarda come qualcuno che non si aspetta una replica importante a una domanda di cui già conosce la risposta. Così dopo una pausa dei miei occhi sul suo volto enigmatico, Claudia se ne va lentamente, senza fiatare, lasciandomi sorpreso sul piazzale a guardarla, mentre l'auto si allontana sotto un cielo bianco spruzzato d'azzurro, così basso che par di toccarlo.

La guardo sparire dietro la curva e trovo che ha ragione. Siamo davvero amici? Ripenso al suo viso. Dove ho messo i miei amici?

Faccio mentalmente la lista delle facce e i ricordi più cari che ho, da quando partii pieno di sogni per il mondo, per ritrovarmi infine quaggiù, in attesa della mia ultima occasione.

Nel piazzale del pensionato sgarrupato ci sono solo io e l'eco delle parole appena dette. Chiudo gli occhi un istante, tento di orientarmi. L'odore dei fiori e della salsedine inzuppa l'aria, un sibilo leggero annuncia la brezza umida del mare. Ora sembra davvero tutto finito.
Improvvisamente la Cinquecento irrompe qui di buon passo, scintillante e cromata mi punta dritta addosso e frena a un soffio da me. Calma come il pilota di un jet di linea, Claudia armeggia un secondo ai comandi, tira il freno a mano, apre lo sportello, scende dall'auto avvicinandosi a passi sicuri su tacco Chanel. Non dice nulla, si ferma a un soffio da me, mi guarda dritto negli occhi, poi sollevandosi appena un po' sulle punte mi bacia sulle labbra con tocco dolce e carnoso, morbido e casto. Il suo Musk mi penetra nel naso inebriandomi leggermente e mi fa girare un poco la testa. La sorpresa mi lascia di pietra, con una faccia tremendamente comica e gli occhi sgranati che si riflettono sul parabrezza della sua auto; lei è così vicina vedo i suoi capelli curati, leggermente mesciati, mi trasmettono la sua fisicità. Claudia si stacca con la stessa lentezza con cui si è sollevata, è durato solo un attimo, ma potrebbe essere stato molto di più. Poi con un gesto fluido e senza ripensamenti torna indietro, sale in macchina con la stessa calma di come è arrivata, riparte accennando un'ultima fugacissima occhiata e un sorriso che non è un sorriso, mentre i suoi occhi già guardano altrove.

BERLINO

Claudia, Aurora, Alberto e Cristiana, Ares, il Cerein, Eco, Olga, don Pino, Marina, la Madonnina, Corinna e il Maltese, il porticciolo, i gatti sonnolenti, il faro, il mare, le tempeste dalla finestra...

Quello che mi circondava è sparito in fretta e ho portato via tutto dalla mia vecchia casa del pescatore. Adesso, per un po', non so quanto, le mie cianfrusaglie se ne staranno da Pietro.

Di nuovo tutto è cambiato con la vertigine di un inizio che lascia senza fiato. La Noarecords mi ha prenotato una camera in quest'albergo dell'ex DDR, in mezzo a una spianata di palazzoni nel centro di Berlino, a un passo da dov'era il muro; proprio quassù dove l'economia tira, tutti amano la musica e parlano il tedesco, di cui non capisco una parola. Qui da un paio di mesi ormai, faccio concerti all'UfaFabrik che la Noarecords ha organizzato per me e lavoro in studio di registrazione dove ho messo a punto un po' alla volta le canzoni del nuovo album. Per ora l'ho chiamato *Impressioni al ritorno...* Uhm... Lo so il nome non è il massimo; in effetti all'inizio mi sembrava normale che quest'album continuasse idealmente il primo, ma strada facendo, mi sono accorto che suona talmente diverso, che questo titolo non mi dice più niente e mi toccherà sicuramente trovarne un altro, che però per adesso non ho.

Ora che sono qui alla finestra, con lo sguardo perso nel panorama al di là delle nubi, infilzate dalle antenne del Fernsehturm, il passato diventa storia nei testi di un disco che è come un romanzo scritto con lo spirito finalmente in pace. Certo, ho una specie di mal di mare per non aver più sotto i piedi la terra che per tre anni ho calcato; ho molti ricordi nella mente e a volte fanno male, ma è buono, non voglio dimenticare.

Finora era stato facile spostarsi, anzi, l'idea di partire mi aveva sempre eccitato, ma oggi ho la sensazione di un vuoto... Amici, persone di cui sento l'assenza.

Ero stato... no, sono un testone! Lo so, e un indeciso, perciò mi ci è voluto parecchio per dare un senso alle cose, un valore alle persone: un bel po' di esperienze, un bel po' di tempo, un bel po' di trambusto. Cose che per anni non sono stato capace di capire, finché la vita non mi ha investito in pieno mentre camminavo fuori dalle strisce. Intendiamoci: capita spesso che le cose sfuggano di mano nonostante i buoni propositi, insomma, cercare una strada, innamorarsi, perdersi, soffrire, reinventarsi... crescere, in definitiva, sono cose normali della vita. Solo che c'è voluta Aurora per aprire gli occhi. Una botta di quelle che davvero t'ammazzano, perché quando Aurora mi ha spezzato il cuore è venuto giù tutto, con le sue conseguenze. Un terremoto che mi ha spazzato via, centrifugato e maciullato in un batter d'occhio, ma che in fondo mi sono andato a cercare da quando ho scelto di affrontare il mondo armato solo di chitarra.

Alla fine svegliarsi dal coma è stato un trauma, però sono sopravvissuto, acciaccato, ma vivo. E adesso mi porto addosso il peso di tutte quelle macerie e questo mi rende consapevole, mi tiene la testa lontana dai progetti impossibili e conservo l'unica cosa concreta che ho: la mia esperienza con le persone. Si sa, per costruire bene occorre gettare ottime fondamenta, che non schiantano sotto sforzo, come è successo a tutti i miei sogni. Perciò spesso mi tornano alla mente le parole con cui mi ha salutato don Pino, mentre mi stringeva forte le mani: «Ricordati di costruire ogni giorno sulla roccia, perché è un lavoro che nessuno farà al posto tuo.»

«Sono parole importanti» avevo replicato.

«Sono parole di Dio.» aveva risposto prima di lasciarmi con un ultimo, energico abbraccio.

Così dalla piccola Torre a Mare, tranquilla e lontana come la luna, mi trovo in questa specie di flipper impazzito che è Berlino, tentando di mettere insieme un futuro dai cocci del passato, ripartendo dalle poche cose buone che si sono salvate.

Le giornate berlinesi cominciano sempre frizzanti. Non so se è l'effetto del clima nordico, ma ci si alza sempre con una gran quantità di cose da fare. In genere la mattina scendo subito a far colazione, mi piace all'americana, con pancetta e uova strapazzate e se sono di buona forchetta, ci metto anche i french toast con lo sciroppo d'acero. Ho abbandonato quasi subito la colazione all'italiana per questa, bella sostanziosa, perché in studio di registrazione tendo ad andar dritto e saltare il pranzo, che in effetti non è proprio il massimo da queste parti per uno appassionato di pastasciutta. Stamattina non ho sessioni di registrazione. Ormai il lavoro ha preso il via e abbiamo quasi terminato il master; sembra passato un secolo da quando abbiamo registrato i provini dei pezzi e Pietro ha mi ha affiancato un bravissimo DJ di nome Kurt, che è un produttore indipendente con l'etichetta del Tresor.

Kurt veramente non è soltanto un DJ, è una specie di artigiano dei suoni, un "mastro DJ" che colora le canzoni con un linguaggio diverso, che s'incastra perfettamente con le mie strade acustiche e vien fuori un'alchimia nuova estremamente affascinante. Lui è bravissimo a selezionare le sessioni di registrazione in modo da tirar fuori le parti migliori, accantona quelle più geniali, ci aggiunge le sue sonorità techno, le frulla, le distilla e poi scegliamo insieme quello che finisce sul disco.

Kurt mi affianca sul palco per suonare i nuovi pezzi, aggiungendo i suoi suoni sintetici e il suo DJ-set; e questa combinazione piace molto ai berlinesi. Credo che noi due stiamo inventando qualcosa di nuovo. Sono molto affiatato con lui, sia in *live*, sia in sala di registrazione e a lui piace il materiale che gli suono, al punto che spesso, dopo aver registrato le mie parti, s'immerge nella sperimentazione con le sue pozioni elettroniche per ore e ore. Ore libere di cui approfitto per girare tranquillamente Berlino a cercare nuove idee creative.

Questa è una città decisamente mega, antica e moderna, una specie di *Metropolis* post-espressionista, carica di storie e drammi umani. Berlino al sole splende di colori accesi, dal verde intenso dei parchi, al rosso granata degli edifici di mattoni; ma quando il cielo è nuvolo, tutto sembra in bianco e nero ed è esattamente come t'immagineresti Berlino di primo acchito, se uno capisce cosa intendo...

Stamattina dunque, sono in libera uscita e lo sarò un po' di più finché non torna Pietro, che è andato a Londra con i provini a fare la promozione del disco e il calendario dei nuovi concerti.

Scoprire questa città richiede molto tempo e molte gambe. Berlino è tre volte Parigi, ha numerose vie d'acqua sullo Sprea e sull'Havel, i due fiumi navigabili che attraversano la città. Così ho pensato di prendere il battello e percorrere le linee principali da capolinea a capolinea. Da parecchio avevo voglia di fare un giro sul *Fähre*, come lo chiamano qui. M'imbarco alle spalle del duomo protestante, il mio giro dura circa un'ora. Otto euro spesi bene: in certi punti le sponde di Sprea e Havel hanno un bel feeling retrò, che sulla terra ferma scompare, soppiantato dai palazzi moderni di cristallo-cemento, che s'arrampicano in verticale a specchiare le nuvole; svettano coi loro contrasti futuristi sulle tegole rosse dei tetti di casermoni ottocenteschi, ai cui piedi nascondono porticcioli d'epoca ben tenuti tra i canali navigabili.

Me ne sto al calduccio, nel salone panoramico del battello e mi gusto i passaggi a raso pelo sotto le calate mozzafiato dei ponti storici in ferro e chiodi ribattuti, mentre sull'acqua grigia del fiume si riflettono gli eleganti particolari in stile liberty che rivestono gli arredi cittadini in corrispondenza dei porti d'attracco.

Mi piace guardare il lavoro degli addetti allo sbarco quando ci si appresta a una fermata. È tutto un rito perfettamente sincronizzato: il timoniere rallenta, il mozzo prepara la gomena di attracco avvolgendone due spire ampie un braccio, s'addossa al parapetto e quando la sensazione del passeggero è che la barca stia per andarsi a schiantare sulla pedana d'attracco, il macchinista fa indietro tutta e il battello s'appoggia alla banchina, liscio come l'olio; l'addetto, con le sue spire acciuffa la bitta sul molo e comincia a tendere il capo prigioniero, finché la gomena emette un gemito crepitante: ora il battello è accalappiato, le cancellate si aprono e i passeggeri possono sbarcare.

Una caratteristica delle sponde berlinesi che hanno inizialmente attratto la mia attenzione, sono le isole di vegetazione in prossimità dei porti o lungo le sponde, da dove curiosamente spuntano veri e propri centri di balneazione in stile che definirei berlin-riminese, che qui hanno molto successo e si chiamano *beach bar*. Il clima però non è esattamente caldo, siamo in novembre e Berlino è Berlino: piogge improvvise e temperature intorno ai sei gradi. Berlino sotto le nubi grigie, è come una cattedrale gotica a cielo aperto: ti prende sempre un po' al cuore. Qui sono di casa lo spirito romantico e lo spleen intimista e si racconta che i *berliner* siano tutti un po' meteoropatici. Ma sul ponte coperto di un fähre non si nota, così prendo un caffè al chiosco del battello, lo sorseggio poco a poco mentre l'accarezzo scaldandomi le mani.

Come i quadri di Klimt e i battelli a vapore, una tazza di caffè tira sempre un po' su; è caffè lungo, di retrogusto amaro, poco saporoso per un palato italiano viziato con la moca, ma perfetto per quando il sole è ancora freddo e non scalda abbastanza dentro per suonare.

C'è bisogno di qualcosa di caldo quando non vuoi che il gelo ti entri nelle ossa e risvegli vecchi fantasmi. Perché una gita come questa è un delitto farla da soli, senza compagnia, e la panca di un battello è il posto migliore per abbracciare un corpo femminile. Berlino è troppo grande per non toccarti il cuore, troppo fredda per viverla senza qualcuno che ti scaldi. Attorno a me sul traghetto pochi turisti, nessun berlinese che usa il ferry per spostarsi. Le ragazze si trovano più facilmente nelle piazze famose e vicino alle grandi strade dello shopping. Tutto il mondo è paese. Stare solo sembra essere per me l'unica scelta possibile per ora. Questi sono i pensieri che mi ronzano in testa e un sorriso sardonico si riflette sulla vetrata panoramica a doppio vetro del battello. Sì, andarmene in giro con una bella donna oggi davvero sarebbe un bel modo di trascorrere la giornata!

In realtà le occasioni non sono mancate. In genere dopo ogni concerto, trovo sempre ragazze curiose e appassionate di musica che sarebbero entusiaste di "conoscermi più a fondo", tuttavia non ho ancora approfittato della situazione, non voglio ricadere nelle vecchie abitudini, immagino che don Pino non approverebbe. E comunque, le berlinesi, di certo bionde, di certo disinibite, sono molto diverse da quelle discinte delle immagini fioccate sui cartelloni delle metropolitane e sui quotidiani con il boom di bordelli legalizzati di cui è piena Berlino. Sono donne senza complessi, ma le esagerazioni sadomaso del Club Kit Kat non sono la cifra con cui fare i conti. Quella è roba per turisti che hanno bisogno di trovare la vacanza memorabile in qualche night club al limite del patologico. Il giovane berlinese è un personaggio underground, roba da Tresor, piuttosto, un posto che è una specie di vulcano in eruzione nelle viscere nascoste della città.

Così è Berlino, da un lato trovi la tecnologia verticale delle archistar di Potsdamer Platz, a sfoggiare la miglior potenza industrial-capitalistica d'Europa, dall'altro c'è lo spirito DDR un po' cialtrone e di rigetto, che ricicla il martello del fabbro e le divise mimetiche nella musica elettronica più tosta del mondo. Berlino è una metropoli che non è mai di plastica, finta, artificiale; non fugge dalla realtà, è la realtà sbattuta in faccia tutta insieme, coi suoi paradossi di benessere in Mercedes e le chicche chimiche della techno, col DJ che pompa in presa diretta.

Amo il contrasto tra la zona est e quella ovest. All'inizio, dopo la riunificazione, sembrava che i tedeschi volessero cancellare al più presto ogni segno della divisione del Muro, ma poi le due anime della città hanno cominciato a convivere e ogni berlinese sa bene che quella è differenza che racconta una brutta storia, per fortuna a lieto fine e non se ne staccherà finché il mondo gira. Il muro che prima separava Berlino è diventato la sutura, come i lembi debordanti di una cicatrice; altrimenti non ci sarebbe nulla di più distante tra il Sony Center di Potsdamer Platz e Checkpoint Charlie; o tra la sfera diamantata del Fernsehturm e i tranci di Muro dipinto smembrati come tela di quadro e disseminati in giro per il mondo. Berlino non si può fermare e così tra le avanguardie artistiche del centro culturale occupato del Tacheles e la cupola del Reichstag ha vinto quest'ultima e il pensiero anarchico del Tacheles ha sbaraccato, sotto lauto compenso, per trasferirsi altrove, segno dei tempi che passano; però non senza aver disseminato qua e là idee che non stanno né sopra, né sotto, ma semplicemente, da un'altra parte, come l'Ufafabrik.

È ora di pranzo ormai. Scendo al capolinea di Schloss Bellevue, sulla rotta inversa del *fähre*, che incrocia l'isola dei musei e il palazzo del Bundestag. Il mio primo istinto sarebbe di gettarmi su un chiosco di *bratwurst* per calmare la fame, ma nonostante la giornata serena, il freddo punge e non posso rischiare di prendere un raffreddore prima di suonare; meglio qualcosa di più riparato. Una puntatina dove il mangiare è gradevole e puoi crogiolarti al calduccio è decisamente una scelta più attraente e un po' di sana nostalgia per la cucina mediterranea mi spinge verso sapori e tepori un po' più nostrani.

Proprio sulla Flemingstraße, al tavolo d'angolo di un ristorante italiano, ho mangiato una porzione enorme di Panzerotti al pomodoro e mozzarella così velocemente che sembrava non toccassi cibo da giorni. Piccole cose dell'orgoglio nostrano, tipo la Nazionale di calcio e l'inno di Mameli. Fatto sta che, mentre mi godo la pausa con un caffè finalmente all'altezza di questo nome, ricevo la chiamata di Pietro.

«Ciao Pietro! Come te la passi a Londra?»

«Ciao Fabian, non male. Devo darti una notizia: ho messo giù un bel colpo...»

«Bene. Di che si tratta?»

«In questi giorni ho sentito Markus...»

«Il direttore artistico dell'Ufafabrik?»

«Già! E mi ha detto che il pubblico sta reagendo bene.»

«Si fa coinvolgere.»

«Mi ha detto che secondo lui tu puoi puntare più in alto e qui gli amici di Londra sarebbero ben disposti a darci una mano per il disco, se però osassimo qualcosa in più... Vogliono alcune indicazioni.»

«Che significa?»

«Te la faccio breve: hai presente la sala dove hai suonato finora?»

«Sì.»

«Scordala! Markus per l'ultimo concerto ti sposta nella tensostruttura del Grand Teathre!»

«Ma si usa per l'estate, sono mille posti.»

«Sì, ma è libero! Lasciamo l'ambientazione grezza, una specie di rave party, ai ragazzi di Berlino piace così. Vediamo come te la cavi in una situazione così grossa.»

«Ma... E poi come lo riempiamo?»

«Per questo non preoccuparti, ho già fatto un po' di telefonate ed è partito il passa parola tra gli amici del circuito; i club già da oggi promuoveranno il concerto. Il sito e la tua pagina Facebook sono già in aggiornamento.»

«Ma Pietro, io non sono mica Neil Young.»

«Beh, ma almeno sei umile Fabian... Che cazzo significa che non sei Neil Young?! Lo so da me che non sei Neil Young, ma io non voglio Neil Young! Io voglio Fabian che spacca su quel cazzo di palco!» Sento la voce di Pietro filtrata dal timbro musicale della teleselezione d'oltremanica e realizzo che lui sta a Londra a sbattersi per me! Vedo quanto coraggio mette in quello che fa; è il suo mestiere, per lui non è un gioco. Anche se mi l'idea spaventa devo fidarmi: se lui rischia, è un rischio calcolato. Come dice don Pino? "Se sei un musicista, allora suona, cazzo!" Sì... più o meno...

«Hai ragione Pietro, scusami, mi sono un po' impanicato.»

«Fabian, lo capisci io che credo in te?»

«Lo so...»

«Non preoccuparti allora, stiamo facendo le cose per bene: ho chiamato un mio amico, è un professore della Bauhaus; i suoi studenti portano un'installazione sperimentale, è il prototipo di un sistema per il controllo luci che reagisce alla musica; piacerà un bel po' ai ragazzi.»

«Ma quanto ti costerà tutto questo scherzo?»

«Molto meno di quello che pensi tu e se questa viene bene, c'è in ballo la distribuzione del disco con la Major alle spalle.»

«Tu sei un pazzo o un genio! Io non ho mai presentato tutto l'album in una volta. Non ne sappiamo niente.»

«Coraggio Fabian! Nella vita a volte bisogna buttarsi. Tu ti fai troppi problemi. Andrà bene e sarà un successo per tutti.»

«E se va male?»

«*Che palle Fabian!* Come sei negativo. Se va male non cambia niente, continueremo a fare quello che facciamo tutti i giorni.» Mentre lo dice, mi rendo conto del perché con Sammy Scarda non aveva funzionato niente. Aveva paura: si cagava sotto a buttarsi nella mischia, e anch'io me la sto facendo sotto adesso.

«D'accordo, hai ragione, questa cosa mi mette un bel po' d'ansia. Io non ho mai fatto una roba così.»

«Lascia pensare a noi l'organizzazione, tu preoccupati solo di suonare bene, anzi, meno ci pensi e meglio è; fatti un giro e cerca di rilassarti. Prepara una bozza della scaletta, mandala a Kurt e aggiustatela come vi pare insieme; lui conosce bene i berlinesi. Trasformiamo la serata in una data zero per il lancio del disco. E dopo il concerto usciamo in radio con la versione inglese di *Se la notte fa paura*, vedrai che andrà benissimo.»

«Ma Markus che dice? È un tedesco, avrà qualche dubbio, non è spregiudicato come te.»

«Markus è con me! E all'Ufa spostarti sull'arena non costa niente. Poi ha fatto una specie di indagine, i commenti sono positivi. Dice che ha una buona sensazione.»

«Non so che dire... Sono contento, anzi terrorizzato!»

«Vedrai che te la caverai.»

«A Dio piacendo.»

«Mi basta che piaccia a Berlino.»

«Chi metterà a punto il *setup*?»

«Ci penserà Kurt!»

«Okay! Siamo molto affiatati.»

«E tu? Come ti trovi nel clima berlinese?»

«Bene, più o meno. Ci stiamo conoscendo: ora sono in giro.»

«Va bene così, rilassati. Anzi... Kurt questo venerdì ha la serata al Tresor, perché non vai?»

«Al Tresor? Venerdì? Ma il concerto è sabato!»

«Perché no? Anche per Kurt. Dammi retta: vatti a guardare come suonano là dentro, almeno una volta. È un posto crudo, ma sincero, se mi capisci. Così non starai a farti troppe seghe mentali.»

«Mi sa che hai ragione! Okay penso che andrò.»

«Avvisa Kurt di farti dare un pass, sono selettivi all'ingresso. Poi fammi sapere com'è andata.»

«Okay! E tu che farai?»

«In questo momento non posso lasciare Londra, ho l'agenda piena fino a sabato: mi spiace, non potrò essere al concerto.»

«Mi sarei sentito un po' più tranquillo.»

«Penseranno Kurt e Marcus a farti da chioccia.»

«Va bene Pietro.» replico in tono mogio.

«Tieni duro Fabian! Dopo questa sarà tutto in discesa. Daremo una smossa a Berlino. E... occhio a non esagerare. Stacci con la testa!»

«Non ci penso nemmeno a esagerare!»

«Mi fido! Ci sentiamo presto.»

«Buonanotte.»

«Ciao Fabian.»

Click.

TRESOR

Il Tresor non è un club, è un'istituzione. Proprio al centro della ex parte Est, a Mitte, è uno dei posti più famosi di Berlino. Tresor è una fucina Indie storica nata dentro una discoteca all'ennesima potenza, ma sopratutto, per un musicista, è un laboratorio di produzioni indipendenti, con una propria etichetta e identità: il festival di Sanremo dell'underground! È qui che certi artisti devono passare se vogliono fare sul serio! Pietro lo sa e scommette tutto sulla fusione di me con questa musica. La techno ha l'anima ribelle del rock fatta con l'elettronica, è una sfida radicale, è rabbia metropolitana in mano a un semplice poeta di periferia come me.

Qui suonano solo musica originale, di produzione propria: hanno edizioni Tresor, musica Tresor, DJ Tresor, marchio Tresor; come una cantina con vigneto che produce vino in proprio; vino alchemico, potente come un sorso di ferro fuso. E come ogni produzione artigianale, quello che fanno qui è talmente unico, che non ha vie di mezzo: o lo ami o lo odi! Quaggiù si pesca direttamente dalle contraddizioni di Berlino, dove il bene e il male convivono, accartocciati insieme e compressi in una palla tirata in faccia a tradimento. Se vuoi conoscere il vero volto della città devi entrarci, operare al tavolo di dissezione sul suo corpo, con muscoli, vasi e viscere frementi, dove puoi toccare l'anatomia nuda e cruda della sua umanità.

Il Tresor assomiglia molto a un inferno di forsennati assiepati dentro un enorme scantinato che mi evoca le stesse paure ataviche di Tarlabasi. Pur di entrare la gente fa un isolato di fila accanto al lungo muro che delimita l'ex centrale elettrica che ospita il locale. Arrivano a migliaia ogni sera, con il rischio di essere sfanculati dalla selezione, semplicemente perché vestiti troppo normali. I buttafuori all'ingresso squadrano tutti e decidono chi è indegno, al punto che certi personaggi pur di farsi notare sembrano arrivare direttamente dal circo. Io sono in lista con la benedizione di Kurt, che fa il mastro DJ fisso una volta al mese. E ora ho un pass speciale per entrare qua, nella cassaforte di Berlino. Non c'è nulla di simile a un club qui, nessuna patina commerciale o belletti chic; semplicemente, i proprietari hanno lasciato la vecchia centrale grezza così com'era! Un luogo talmente postmoderno da essere arcaico e medievale. La techno che suona *live* il DJ è pesante, è dura, umida e sudata. Tutto arriva crudo, di ferro e cemento, fumo e luci strobo: una colata di musica incandescente a volume di decollo dall'impianto di casse Bose ad alta potenza.

Entri, e già una marea di ragazzi si divide tra chi scende nelle segrete e chi resta al piano di sopra, in zona controllata, che sembra un club appena più a portata di mano, ma subito parecchio tosto e che è un anti-inferno per chi non regge le viscere del club fino in fondo. La zona *chill* dei divanetti relax, è già la zona "cattiva" delle altre discoteche; da qui in avanti chi prosegue lo fa a proprio rischio, verso un distillato d'istinti animali.

La prima sala è piuttosto "calma", in questa zona si suona techno trance, musica rinfrescante che è come una specie di pioggia che scende dal cielo, sospesa e impalpabile nell'aria, dai colori freddi nei toni del blu. Ma questo non è il paradiso, anche se così apparirebbe a un ferito dal fronte, la retrovia di un campo di battaglia. Qui c'è chi si cala di MD ed Extasi. La gente, stonata di alcol e pasticche, arriva dal sottosuolo profondo per una boccata d'ossigeno o ce la portano già in game over. Tutt'intorno è sala d'attesa del pronto soccorso. Le facce madide guardano fisse, sperdute, boccheggiano, qualcuno si lascia andare lungo il muro, qualcuno si riprende.

C'è sempre chi va oltre al Tresor e il Tresor espone il suo campionario speciale di fantasmi con gli occhi vitrei che guardano attorno, dispersi dentro un mondo allucinato che manco Jim Morrison! Ma sei al Tresor anima mia, qua è *Goa*, è *Rave*. È *Hardcore*! Ci devi stare, non ti puoi mica scandalizzare, sei tu a esserci entrato.

Gli spiriti dannati che non ne hanno abbastanza, danno fuoco alla riserva chimica, ricaricano la molla e si sparano di nuovo dentro al flipper multicolore, a sciabordare e sballare giù al centro della terra. Al Tresor devi dare tutto in proporzione e ce n'è per tutti. Puoi essere chi ti pare, ma qua sotto funziona così. C'è lo studente in gita, che prova i funghetti allucinogeni del *coffee shop* e s'apparta a rollare una canna per socializzare, poi dopo due lo trovi ore abbracciato al suo zainetto che dorme beato sotto un bombardamento di suoni di guerra. C'è chi "tira" in bagno e chi si apparta col primo che passa, senza un particolare limite, almeno fino a domani. C'è il berlinese *agée*, incastrato negli anni

Novanta, che a guardarlo sta tra i quaranta e cinquanta e al massimo ne avrà trenta; si è sceso un sintetico e adesso ha la scimmia sulle spalle e fa Tarzan davanti al mastro DJ. Quando poi gli arriva la calata, lo vedi labbra a becco, smascellare di brutto, coi denti digrignati a ruminare l'aria come un cammello e lo sguardo spiritato. Infine, c'è sempre qualcuno a cui prende così male, che lo trovi a fare cucù abbracciato alla gamba di un tavolo che grida prima del collasso, tra luci stroboscopiche e colori surreali, come in un quadro di Munch. E così più mi addentro, sempre più penso a Tarlabasi.

Non è certo il paradiso questo, no, è solo il pre-macello, l'ossequio alla pietà, l'elettrostordimento al mattatoio prima del colpo di grazia.

Se davvero vuoi sapere com'è fatto l'inferno, devi percorrere un corridoio lunghissimo in calcestruzzo grezzo e ingiallito. Le passerelle sagomate nel cemento armato, lasciato a vivo, si fondono con le linee delle balaustre ferrate che accompagnano lungo sentieri obbligati, verso le sale elettroniche. All'inferno ci si va da soli, per libera scelta. Se non connetti non c'è problema, basta lasciarsi guidare dai corrimano in tubo d'acciaio.

Lungo il tragitto incontro grappoli di giovani tornare in superficie coi sensi smarriti nel labirinto di corridoi iridescenti, storditi dal ritmo a martello e dalle chicche chimiche, che sguaiano risate alcoliche eccitati al pensiero di due rapide frizioni pubiche. Il suono ovattato s'intuba nel corridoio col gorgoglio gutturale di un macchinario palpitante. Infine si apre una porta tagliafuoco e tutto quel che era stato trattenuto fino a quel momento ti straripa in faccia.

Eccolo... L'inferno, la Tarlabasi della musica! Ragazzi e ragazze pulsano al ritmo dei battiti elettronici della cassa in quattro; non c'è musica, almeno quella che uno pensa, non c'è melodia, solo un immenso fremere a 170 bpm, dove tutto si muove a contatto, come sangue dentro il ventricolo di un cuore, caricato e sparato nelle arterie della sala grande. Suoni industriali simili a macchine di stampa e fragori digitali si raccolgono nell'amnios della cassa in sincrono col basso *synth*, filtrati a discrezione del mastro DJ Kurt.

DJK è bravo a intercettare le correnti telluriche più profonde della gente e riesce a far muovere il pubblico qui sulla pista, come sulla mia chitarra. Una botta di vibrazioni che ti sposta e strappa a crudo la trachea dal petto. Kurt pulsa allo stesso ritmo e anche se una barriera di sbarre di ferro separa la sua consolle dal popolo della notte, ma oltre il groviglio di cavi, il DJ è uno della pista. Kurt succhia la sigaretta automatico mentre spippola sui filtri del mixer digitale e lancia al volo *patch* di groove dal computer; il DJ del Tresor non suona la musica, semplicemente, è lui la musica.

Il basso nero in *sync* con la cassa trasmette al corpo vibrazioni subsoniche e non posso impedirmi di muovermi a ritmo. Quasi non riesco a staccare gli occhi da questa massa di ragazzi, che fondono nella fucina del DJK, quando la musica rovente cola liquida giù dagli speaker e i *subwoofer* muovono l'aria in mezzo alle gambe, come un serpente che ti gioca sotto i piedi. Le gabbie del Tresor non ce la fanno a contenere questo popolo disparato, compresso dall'immensa pressione del mondo la fuori, qua sotto tutto sembra lì lì per esplodere.

Scendere per vedere di persona quello che si muove nella gente è un atto di coraggio, come se per studiare una cascata ci si dovesse buttar dentro; semplicemente non è possibile. Mi faccio acqua allora, mi mischio e mi lascio andare a questo pulsare.

Faccio un segno al mio collega, lui annuisce, con un abbraccio sudato lo lascio alla consolle. «*See you later my friend!*»

Ciao Kurt, amico mio, tu continua a pompare, io vado là fuori come un sub esce dalla gabbia antisqualo per immergersi nel blu profondo.

Sei là, fermo all'ingresso della sala grande. La vedi la massa che pulsa, stai per farti eiaculare dentro un utero gonfio allo spasmo... Ed entri!

Tutto ti si spiaccica addosso, ti toglie il fiato. Opporsi non serve, ti spezza, devi immergerti e farti assimilare. Urto una roccia spigolosa grondante sudore «*Sorry my friend...*» La roccia non mi degna di uno sguardo. Fisico temprato, a torso nudo in jeans e testa rasata, il tipo continua a ballare rallentato nella luce epilettica delle strobo. Fa così caldo e umido, che i più attorno a me sono seminudi. Corpi, pelle lucida, odori, nebbia artificiale impregnata dell'essenza di uomini e donne. Movimenti fluidi di procacità acerbe nei costumi indossati sui corpi sinuosi plasmati con l'argilla.

Bussa, bussa in petto e brucia questa musica, come cenere ardente che consuma i polmoni da dentro. È materia elementare di passioni sotto pelle per un cocktail d'istinti. Cosa ci vuoi dentro?

Rabbia? Arriva e ti spacca la testa in due col sound del cantiere di mastro DJ; è lui che estrae la musica dai corpi per la mattanza. Vuoi urlare? E allora grida! Lui amplifica il tuo vagito e tu finalmente lo vedi e ti senti più in pace: piccole illusioni della musica. Strilla ora, mentre ti copre la piena dell'orgasmo campionato, condensato, surrogato; così sembra d'aver scopato tutta la notte senza neanche essertela portata a casa la bionda bella come un angelo che ti sfiora ballandoti accanto.

La musica ti asciuga di tutto, ma ti lascia la voglia. Tra qualche oretta tornerai a casa dopo una corsa mozzafiato; non sarai andato da nessuna parte, ma forse si sarà sfogata un po' la rabbia, forse un po' sopita l'angoscia e forse trovato un po' d'amore, ma solo per finta, di quell'amore che svuota i testicoli, la mente e l'anima.

Nella terra della Love Parade, tutti vogliono l'amore e se manca l'amore, c'è sempre l'XTC. Quando sale, la botta empatica della metanfetamina ti fa strusciare e socializzare con tutti. E tu devi immergerti, farti fottere dentro l'amplesso con gli altri, con la tipa bionda che si avvolge nella nebbia, ma non guarda nessuno. Ha gli occhi ciechi, nel regno delle solitudini. Siamo ognuno per sé, sì, ma tutti qui, giovani per sempre, una notte soltanto, come le effimere. E se il fine è morire domani, a noi stessi, ai sogni, agli anni. Allora che sia! Morire. Purché non da soli. Perché da giovani la parola "soli" fa paura.

I ragazzi cercano sé stessi inseguendo la faccia nascosta della luna, convinti che celi le risposte dei sogni. Puntano al largo, all'oceano aperto, su rotte pericolose, sballottati dalle correnti, depredati dai pirati; talvolta destinati a cadere come poveri Ralph Malph. C'è molto della mia storia qui: quando sei alla deriva pensi solo a stare a galla, hai milioni di sogni, ma nessuna possibilità. Questa è Tarlabasi: una vita senza futuro, una vita senza speranza. Qui trovi l'unica via che resta a un povero diavolo per dire quello che non si può urlare là sopra, nella Berlino inarrivabile della perfezione teutonica.

E dunque che ci fai ancora qui Fabian? Muovi il culo e vattene! Oppure?

Oppure resta, ma per un buon motivo. Ricordi Olga? Non le davi nulla perché non c'era nulla da raccontare. L'artista è un palombaro che cerca nella profondità oscura dell'animo, deve pur tornar su con qualcosa di utile. Tu lo puoi dire adesso, che sì, si può fare ciascuno una strada, senza per questo perdersi. Perciò, se hai una storia da raccontare, raccontala. E 'sticazzi se non sarai perfetto!

LA STAGIONE DEI SOGNI

Fa freddo quando riemergo dalle viscere della città sotterranea e m'incammino a piedi nella Berlino di sopra, che dorme irreprensibile, vuota e silenziosa, mentre quella di sotto si offre generosa con le gambe aperte. Affretto il passo nel crepuscolo del mattino e in questo momento sogno soltanto la mia camera beige dai parati optical anni Settanta, all'ultimo piano dell'Hostel DDR di Friedrichshain-Kreuzberg. Lo ripeto come un mantra per farlo sembrare più vicino. Sono mezzo tramortito, la notte al Tresor è stata lunga, un fischio fastidioso mi spacca le orecchie e le immagini rallentate delle strobo mi frullano ancora nella testa.

Al rientro in stanza, ho giusto la forza di piazzare la radiosveglia; crollo sul letto senza neanche togliermi i vestiti. Nel dormiveglia molti pensieri s'intrecciano: quanti sogni in una stagione...
 Sembra un titolo perfetto: La stagione dei sogni...
 ...Suona bene...
 ... Lo dirò ... uahh...
 ... A Pietro...
 ... Domani...
 ... Se mi ricordo...
 ... Sì...

 ...

And so she woke up
Woke up from where she was
Lying still...

Mi sveglio disorientato, con la radiosveglia che suona; ho la mente frastornata dalla notte al Tresor, ma almeno il fischio nelle orecchie è sparito. Sollevo la testa per capire dove sono, mentre *Running to stand still* degli U2 addolcisce il risveglio. «Che ore sono?!» balzo su di soprassalto, getto lo sguardo all'orologio: le cinque del pomeriggio!

Fuori è sera e quassù già imbrunisce. Ho un tuffo al cuore «Cazzo, ho dormito come un sasso!» Devo tornare lucido per il concerto. Quello di oggi è il mio primo palco importante e finalmente ho anche un nome decente per l'album. Per prima cosa prendo il cellulare e con gli occhi ancora appiccicati mando un messaggio telegrafico a Pietro: "Titolo trovato!" stop "La stagione dei sogni" stop.

Tuffo la faccia nell'acqua fredda, mi riattivo, scelgo con cura i vestiti di oggi: gli stessi di sempre. Le cinque e venti; mi guardo intorno: che altro devo fare? ... Niente! Ricordi? Stanno pensando a tutto Kurt e Markus. Okay! È tutto sotto controllo. Rilassati... Inspiro profondamente, mi fermo un attimo alla finestra, la testa appoggiata al vetro, guardo fuori il chiarore delle luci di città sotto di me. Laggiù si stagliano le antenne sulla torre TV di Alexanderplatz, sopra i tetti le prime stelle cominciano a luccicare nel preludio del vespro.

... Step on a steam train
Step out of the driving rain, maybe
Run from the darkness in the night...

Mi piacciono gli U2, anche se le note tirate dell'armonica dissodano i ricordi e mi stringono la gola come una cravatta troppo stretta.

Con la musica giusta e un tramonto davanti agli occhi, la nostalgia può prendere il sopravvento e riservare qualche accidente. Il tempo ti riempie di cose, si sa: questa canzone, quella volta sul divano; o una giornata di sole, come quell'altra; o una giornata piovosa, davanti al fuoco, l'ultima volta che abbiamo fatto l'amore.

Senza Aurora oggi non sarei qui, ma poi, come la pioggia d'estate, lei è arrivata ed è andata via e il ricordo di quell'amore mi tiene compagnia come il souvenir di un posto felice ormai troppo lontano.

Già... è stata molto dura. Mi sono fatto male intasandomi i polmoni di fumo, lo stomaco d'alcool, la testa di niente, le mani di niente, nell'inferno della depressione. Adesso tutto fa parte della storia, è l'idillio del tempo, il dolce ristoro dei giorni lontani per un viaggiatore ormai sazio di giorni. Berlino ha cancellato Aurora, troppo simile a me, con gli stessi problemi, gli stessi dubbi, gli stessi sogni.

... Sweet the sin
Bitter taste in my mouth...

La ballata degli U2 suona dolce nella stanza. Per un musicista la musica ha uno spazio fisico, si prende il tuo tempo, si fa sognare. Ma ci è stato dato un tempo limitato, non va confuso il confine tra i sogni e la vita. Lo spazio dei sogni è materia difficile, è intriso di speranza e procede in modo strano: avanti, poi indietro, di nuovo avanti e indietro ancora, come risacca su secche davanti al mare aperto. Ma quando la corrente ti prende e sospinge ben oltre le rive di qualcosa che non tornerà, vai avanti! È tempo di vivere, il futuro si stende a perdita d'occhio.

La stagione dei sogni è finita ed io non voglio dire che sono migliore di prima, ma per uno che a causa dei sogni ha sfidato la morte, l'amore e ha fatto a botte perfino con Dio, tutto questo è ben altro da prima.

Durante il volo da Bari ho ripercorso i fatti, che mi hanno portato fin qui, chiedendomi da dove sarei ripartito. Immaginavo di dover ricominciare tutto daccapo, ricostruirmi la vita. Ho avuto paura quando sono sceso all'aeroporto di Schönefeld, immenso, come immenso è tutto, qui a Berlino. Camminando sullo scivolo vellutato e ipertecnologico del terminal, mi sono sentito come un bambino che aveva perduto i genitori tra la folla. Per la prima volta ho provato il timore di non farcela, e... Beh, in qualche occasione gli occhi possono diventare lucidi... Mi sono aggrappato alle radici. Ho ripensato a mia madre e mio padre, sfumati come in un ritratto antico, mi hanno sorriso e abbracciato come sempre. Mamma, papà... È stato un lavoro ingrato il loro, proteggere dall'incoscienza senza vessare la smania di libertà; ma di certo ora posso dire che neanche razzolare senza limiti è stata una buona soluzione. Per fortuna la famiglia ha una garanzia eterna: cercavo chissà che ed era già là; è sempre stato tutto là.

> *... You know I took the poison*
> *From the poison stream*
> *Then I floated out of here...*

Mi specchio alle vetrate, alla sera il mondo imbrunisce, e i pensieri spaziano liberi tra le note e la poesia, intanto che l'armonica suona... Poi avrò un'altra seduta di registrazioni per mettere tutte queste cose in musica.

Berlino mi guarda coi suoi occhi di vetro, dura e sconfinata, chiama qualcuno che sappia tenerla a bada, con la testa sulle spalle e le palle di sotto. Berlino, spietata, ti lascia solo, tra l'underground e i suoi uffici di cristallo; toglie il muro ma divide il mondo in sopra e sotto.

Dall'alto queste strade vetrate sono solo macchie chiare e scure, tutto va troppo in fretta e io non ci riesco, ma il presente è questo. Il presente è adesso che mi trovo ancora ad abitare una casa che non è casa mia, sullo sfondo grigio della città, tra i mosaici digitali degli spot sui monitor giganti della pubblicità.

Manca Torre a Mare, manca Corinna, mancano le passeggiate sul molo. Tutto è scomparso, sbianchettato. Tutto risucchiato nel gorgo del tempo; e ora che arriva l'ora del dunque, non ci sono qui le persone che amo.

Berlino non vale la solitudine. Qual è il prezzo di un viso amico, il conforto di una voce e un pensionato sgarrupato vicino al mare?

Che vuol dire amici? Mi ha chiesto Claudia una volta.

Vuol dire esserci, Claudia... esserci sempre.

... Singing...
Ha La La La De Day
Ha La La La De Day
Ha La La De Day...

La musica rapisce lo spirito nel chiaroscuro del tramonto. Mentre si accendono le luci della città, io cerco qualcuno che mi tenda la mano. Prendo l'iPhone e scorro sulla rubrica i nomi, uno dopo l'altro, fino a chi posso chiamare per non sentirmi solo, fino a Claudia.

Don Pino, che direbbe?

"La fai troppo difficile!"

"Davvero?!"

Sì che è vero! Complico sempre tutto.

Premo il nome di Claudia, compare il punto rosso, l'avviso segnala che il roaming è attivato. Al cellulare la linea è libera, alla finestra l'orizzonte sfrangia dal rosso del crepuscolo al viola della notte.

«Hey, ciao...» risponde lei con timbro morbido e trattiene il fiato per la sorpresa.

«Ciao Claudia...»

«Che sorpresa...»

«Spero di non disturbare, forse sei impegnata.»

«No, no, va bene... Ma tu? Dimmi: come va? Che stai facendo?»

«Faccio concerti, ho quasi terminato di registrare l'album.»

«Ma che bello! Avrai un sacco di ammiratrici...»

«Non proprio.»

«Questo sì, è incredibile.»

«Mh... Se lo dici tu...»

«Ti sento strano.»

«Perché?»

«Dici cose belle, ma sembri triste.»

«No...»

«Scusa, forse non dovrei chiedertelo.»

«No, okay, scusa tu. Ho soltanto bisogno di sentire una voce amica.»

«Ti senti giù?»

«Un po' di nostalgia...»

«Non è da te.»

«Non mi capita spesso.»

«Sembri teso.»

«Sì, stasera ho un concerto molto importante.»

«Beh, ma ne hai fatti così tanti...»

«Già, ma oggi presento il disco davanti a mille persone.»

«Cavolo! Ora capisco, hai paura.»

«No... Sì! Mi spaventa... Stasera mi gioco tutto. E se non bastasse? E se non piacesse?»

«Basterà! Lo sai, hai fatto quello che dovevi fare.»

«Lo so, ma è più difficile questa sera.»

«Ce la farai ne sono sicura!»

«Ma perché dite tutte così?! Come fai a saperlo?»

«Non lo so, ma ne sono sicura!»

«*Pfff...*»

«Sospiri?»

«No, esplodo.»

«Coraggio che sei bravo!»

«Grazie.»

«Non c'è bisogno che mi ringrazi.»

«Invece sì, avevo bisogno di sentirmelo dire.»

«È vero?!»

«Davvero! E poi, non me lo avevi mai detto.»

«È vero... Grazie anche a te. È bello sentirti.»

«Scusa, che egoista. Abbiamo parlato solo di me. Invece... tu come stai?»

«Uhm... Bene, ma mi sembra così strano parlarti.»

«Sai, quassù è tutto così grande, tutto va così in fretta... Avevo bisogno di sentire una voce amica. Mi mancano certe cose semplici di Torre.»

«Ma non dicevi che...»

«Cazzate! Anzi, ti ricordi l'ultima volta, quando mi hai detto che mi stavo allontanando?»

«Certo...»

«Avevi ragione!»

«È bello che tu lo riconosca.»

«Qualche volta complico troppo le cose.»

«Lo so!»

«Mi dispiace, sono un testone.»

«È vero... Ma col tempo le cose cambiano.»

«Sì, ma certe volte troppo lentamente.»

«A volte invece ci sono novità!»

«Che novità?»

«Alberto e Cristiana...»

«Che hanno fatto?»

«Cristiana è incinta!»

«Oddio! È una notizia splendida!»

«Già, sono tutti e due molto felici.»

«Cos'è, un maschio o una femmina?»

«È presto per saperlo, nascerà a maggio, giusto nove mesi dopo che Corinna è affondata; Alberto dice che è un segno!»

«Lo credo! Ma non basterà a fargli dimenticare lo sfacelo che gli ho combinato.»

«No no... Corinna, Alberto l'ha fatta recuperare! La stanno restaurando e sta venendo più bella di prima.»

«Ma è fantastico!»

«Ha già annunciato il varo subito dopo la nascita del bebè.»

«Ah beh! Ma non mi permetterà mai di salirci a bordo.»

«Perché? Tornerai?»

«Non... Non so, mi è venuto così...»

«È bello sentirtelo dire.»

«Beh certo, ogni tanto potrei tornare. Ma dipende...»

«Dal lavoro?»

«Da Alberto: se non mi ammazza!»

«Alberto ti vuole bene sciocco!»

«Allora diciamo che comunque non mi inviterebbe mai.»

«E se lo facesse?»

«Forse... se glielo chiedi tu...»

«Perché? Che ti aspetti che faccia?»

«Non lo so, ma solo una testarda come te può convincere due caproni come noi!»

«Lo prendo come un complimento.»

«Ahahah! Ma lo è!»

«Vedo che ti è tornato il buon umore.»

«Sì... avevo bisogno di parlare, grazie.»

«Grazie a te per... Possiamo farlo ancora.»

«Sì, ma appena avrò un po' di tempo...»

«Devi chiudere?»

«Infatti...»

«Allora ti lascio andare.»

«Okay, e...»

«In bocca al lupo per stasera!»

«Crepi!»

«Ciao.»

«Ciao...»

Click.

Guardo il mio riflesso sulla vetrata della terrazza, ripenso alla voce solare di Claudia, ho il cuore più sereno, il peso dalla giornata si stempera un po'. Mi scrollo le spalle da tensione e ansia. È ora di andare, fra quattro ore affronterò la mia prova più dura. Lo spazio là fuori risucchia tutte le emozioni della stanza nel cielo color caramello, la luce mi tinge di bagliori cremisi. Apro la finestra, la brezza m'investe e inspiro a fondo. Ogni cosa ha il suo colore, i miei pensieri come farfalle volano altrove, planando sul traffico incolonnato in linee geometriche molto più in basso. Dall'alto del palazzo, sui vetri ambrati si specchia il crepuscolo tra nubi soavi striate di rosso. Un gabbiano lontano, vola tra le correnti; scavalcato l'ultimo grattacielo compie un giro completo appena sopra le antenne indorate del Fernsehturm, s'aggiusta un po' e distende le ali per rincorrere il sole all'orizzonte dietro la scia d'un aereo. Getto in là lo sguardo, stringo un po' gli occhi col fruscio del vento nelle orecchie, respiro l'aria frizzante della sera e mi sento molto meglio.

KURT, MARKUS E IL CONCERTO

La chiesa di San Bonifacio, con le sue guglie ramate svetta neogotica, incastrata tra due file di alti caseggiati rossi sulla Yorckstraße. Vicina all'ingresso dell'U6, proprio al limite del quartiere di Kreuzberg, da luogo a uno degli scorci più belli della città. Da qui con la metro in un quarto d'ora sono praticamente sul palco dell'Ufafabrik, ma prima di salire su quel palco, ho bisogno di fare due chiacchiere con Dio.

Dal marciapiede dell'ariosa Yorckstraße, colpisce l'intrico di mattoncini rossi del frontone della chiesa, che s'arrampicano su quattro pilastri ottagonali, terminando con piccoli cappelli di rame agli angoli di due grandi torri campanarie, con pinnacoli altissimi e la croce svettante. Teso tra le torri, spicca dalla facciata un timpano acuto, incorniciato da una geometria di setti e fessure verticali che lasciano intravedere il cielo alle spalle, slanciando il tutto all'infinito. Appena sotto il timpano, poggia l'enorme rosone esagonale, che con sguardo benevolo, accompagna i fedeli verso due grandi portoni, sovrastati da alte finestre da cui filtra la luce ocra della sera.

Berlino a quest'ora è tinta di quel color fuoco che viene dalle nubi alla fine del giorno. Nel freddo d'autunno, l'ultimo chiarore che muore, mi scalda il cuore dentro il montgomery, perché camminare per queste strade fuori misura, dà un po' alla testa se arrivi da Torre a Mare e ti senti piccolo piccolo.

Entrando trattengo il fiato, la campata è altissima, la volta bianca è ricamata a rilievo da un'elegante costolatura nera che con grazia sorregge tutto il peso del ciclo.

Sta per cominciare la messa festiva della vigilia. Mi avvicino di qualche passo nel brusio che riecheggia e mi siedo su una delle ultime panche appena prima che la funzione inizi. Non c'è moltissima gente, le sedute sono piene per metà. Osservo i cristiani tedeschi e non riesco a trovare differenze con gli italiani. Mi sembrano persone miti, semplici, facili da disprezzare, come ho fatto per anni. Anche la chiesa è semplice, essenziale: la navata lunga e piuttosto larga è illuminata da ordini alternati di finestre colorate, bifore e trifore, sovrastate ciascuna da un piccolo rosone; tutte disegnano spazi di luce e ombre che si diluiscono sui fedeli tra le panche lineari e moderne che guidano verso l'altare.

Mentre il presbitero recita la sua preghiera, non capisco una parola, dico "amen" e imito gli altri. Una grande croce, di foggia geometrica, poco elaborata, fa mostra di sé sospesa sull'altare. Al centro riporta l'alto rilievo di un agnello stilizzato, non è come la croce che ho visto a San Nicola, ma mi vengono lo stesso i brividi ripensando a Torre a Mare. I colori dello spazio attorno sono virati in sfumature seppia, solo la grande croce spicca scura sul presbiterio, nella controluce azzurra, eterea della parete sullo sfondo. La croce sta lì, sospesa come a mezz'aria, tenuta da niente, se non quel filo di luce azzurra che l'avvolge. Nient'altro occorre, oltre l'essenziale: un altare di pietra, squadrato e solido, il tabernacolo in bronzo su una stele di roccia, un ambone scalfito da intarsi rupestri, una sede in legno semplice e primitiva. Il resto è un ambiente di misticismo gotico, delimitato dalle alte colonne in mattoncini, a spezzare lo spazio tra le pareti bianche e pochi altri arredi.

Durante la processione per la comunione avanzo lentamente lungo la navata principale, in fila silenziosa, italiano tra i tedeschi, ma cristiano tra i cristiani, mentre il prete, porge con la piccola ostia l'immensa umiltà di Dio.

Guardo la croce in fondo, guardo in alto la volta, guardo a terra, guardo le mie mani e un palco che attende da tutta la vita.

Quando il presbitero manda tutti a casa, è trascorsa circa un'ora. È ora di andare, ma uscendo guardo un'ultima volta la croce.

Appena fuori Sankt Bonifatius corro alla fermata della U6. Arrivare a Tempelhof da Kreuzberg, è facile, basta prendere la metro fino al porto di Tempelhof e l'Ufafabrik è proprio dalla parte opposta della strada.

La metro è funzionale, rapida e asettica come sono le cose teutoniche. La linea serve bene la città, l'anello che la circonda e la raggiera sotterranea arrivano ovunque. Le carrozze sono nuove e poco affollate e le stazioni, maiolicate in blu, bianco e giallo, sembrano appena inaugurate.

In quindici minuti sono sputato dallo scivolo d'uscita di Tempelhof-Ullsteinhaus. Mi trovo davanti la torre dell'orologio a mattoncini rossi che segna le 18:50 – due ore ancora –; la sua forma squadrata traccia il profilo di questa parte della città, che si tuffa sul Teltowkanal come in un quadro di Monet.

Il palazzo Ullstein si affaccia dirimpetto al porto in miniatura di Tempelhof Haven. Un gioiellino, piccolo e raccolto, abbracciato da un grande palazzo storico coi tetti a doppia falda, che forma un gruppetto fotografico per la gioia dei turisti, con quattro storiche gru da carico ai suoi piedi, rosse di ruggine e numeri bianchi. Lo specchio d'acqua contiene pochi scafi e sul lato destro è ormeggiata una grossa chiatta trasformata in *beach bar*, collegata alle ali inerbite del porto. Pochi motoscafi cabinati, belli grossi, restano ormeggiati alle banchine secondarie. Non ci sono le barche a vela qui, è un peccato e mi balena un istante il rimorso per Corinna, ridotta a pezzi, ora convalescente.

Attraverso la Tempelhofer Damm che oggi è piuttosto tranquilla e percorro la Viktoriastraße. L'Ufafabrik sembra assopito sotto le luci tenui della sera. Il complesso sorge come le *Town* del far west, in mezzo al quartiere occupato e riadattato a centro culturale, del vecchio sito di produzione cinematografica UFA. Questa è una vera città creativa, un Maltese di dimensioni industriali, dove vive una comunità di artisti indipendenti e alternativi. Pietro aveva proposto che alloggiassi in uno degli edifici residenziali del complesso, per ospiti e dipendenti, ma ho rifiutato, perché per lavorare ho bisogno del silenzio e della vita appartata.

Arrivando sento il "rumore bianco", che si usa per le prove di equalizzazione dell'impianto audio, una specie di frastuono indefinito simile a una nebbia sonora. Mi lascio guidare dal suono in mezzo alle stradine di edifici dai colori accesi. L'ingresso sembra quasi nascosto, ma percorrendo le viuzze interne si arriva alla tensostruttura che svetta bianca e rigonfia tra la vegetazione e lo sfondo del Teltowkanal. Appena entro mi viene subito incontro Markus.

«Hi Fabian! We were waiting for you! Iz it goot?» apostrofa col suo accento tedesco fortissimo. Markus è molto simpatico e socievole. Sarà perché è il direttore artistico, ma sembra più italiano che tedesco, ha all'incirca la mia età e stasera si presenta bene, in jeans e giacca grigio perla sopra la camicia nera; per essere tedesco non è molto alto ed è di stazza robusta, leggermente tarchiato, palestrato quel tanto che basta a renderlo aitante col suo look spinoso, ma non troppo hipster. Si preoccupa subito di mettermi a mio agio, se vado bene sarà un ottimo

ritorno per l'Ufafabrik! Ormai mi sento di casa qui, ho suonato già altre cinque volte nella sala interna, ma oggi è tutta un'altra storia. Questo è l'ultimo live prima di terminare le incisioni. Stasera avrò in scaletta il disco intero sul palco grande. Le reazioni della gente sono state positive finora, le serate precedenti hanno aiutato a limare i pezzi al punto giusto. Certo, stasera è speciale, sotto la tensostruttura riservata ai grandi eventi sarà una prova di maturità. Non è la prima volta che suono davanti a tante persone, ma è la prima volta che tutte queste vengono per ascoltare solo me. Se questo concerto andrà bene, vorrà dire che il disco andrà bene e se il disco venderà, tutto cambierà; diversamente, nessuno si immagina nulla e il nulla mi rende nervoso.

Accompagnato da Markus, raggiungo la mia postazione sul palco per controllare il setup della serata. La nuova scaletta è già stampata e fissata a terra con lo scotch. Scorro un po' di titoli, ho in mente i testi in italiano, mentre li guardo nella versione inglese: *In the lowland; I wish I was rain; Stealin' your fears; Planet earth; If the night scares you. Se la notte fa paura* è il pezzo che lancerà *La stagione dei sogni*, il singolo, ha addosso la responsabilità di aprire la strada al lavoro fatto finora; per questo gli abbiamo dato una bella rifinitura in produzione, tutto è ormai pronto per il lancio e per promuovere il disco.

Sul palco trovo Kurt ad assistermi; con lui e Pietro, abbiamo trovato questo strano equilibrio tra folk e techno, tra acustico ed elettronica, i suoni da DJ di Kurt danno un'ambientazione metropolitana; l'impronta techno che mischia Torre a Mare con Berlino e dona al mio stile acustico il marchio di fabbrica Noarecords. A Pietro è sembrato subito il mix giusto; ci vuole un intuito particolare per capire queste cose. Certe volte tutto dipende dal fiuto del produttore. Alcune canzoni sono già belle, ma un buon produttore è capace di trasformare un simpatico anatroccolo in uno spettacolare cigno da alta classifica. Perché dietro un buon artista c'è sempre un gran produttore; come un attore di talento sta a un ottimo regista. E comunque, a me andrebbe già bene che il disco vendesse il tanto che basta a tenermi a galla nel giro.

«*Hi David! Are you doing?*» Saluto David, il tecnico audio, super concentrato sui mille pulsanti del mixer digitale.

«*Hi Fabian! Cool! We're havin' some hard job here.*» Mi saluta con la mano.

«*Shall I go for the sound check?*»

«Will be ready in five minutes.»

«Okay! ... But what's going on up there?» indico alle spalle del palco un grosso schermo e vari sistemi luce tipo discoteca attorno ai quali armeggiano alcuni ragazzi.

«Oh... the Bauhaus students! Kinda smart system for lights...»

«Wow! It seems great.»

«It is man!» conferma col pollice su, verso gli studenti della Bauhaus che stanno sincronizzando il loro sistema sperimentale con le luci di scena.

David è giovanissimo, ha poco più di vent'anni e l'aspetto di un sedicenne con la faccia d'angelo alla Paul McCartney primi Beatles. Sotto il giacchetto Adidas indossa la T-Shirt dell'Ufa e ha i capelli rasati ai lati; ma bando alla parvenza di ragazzino, David è già un *sound engineer* bravissimo.

«We switchet all the sount system early thiz mornin' for the rough mix. It already workz» interviene Markus.

«Great job Markus!» Stamattina hanno spostato tutto il setup dal palco del teatro interno al Grand Theatre e hanno fatto un sound check preliminare. So come hanno fatto: con il digitale David richiama le patch in memoria dai concerti delle scorse settimane, le aggiusta in base all'acustica nuova e in pochi minuti tutto è pronto per una prova generale; il grosso del lavoro è già fatto e memorizzato nel mixer digitale strada facendo. I ritocchi finali li facciamo ora.

Markus si mette da un lato, sulle poltroncine da stadio; anche lui oggi è curioso di ascoltare.

Il palco si raggiunge da uno stretto corridoio che si apre sulle quinte. Dietro ci trovo Kurt. Quando Pietro ha voluto affiancarmelo per dare alla produzione un suono d'avanguardia, mi sembrava un'idea folle. Per fortuna non faccio io il produttore e per fortuna non ho lo spirito da prima donna e neanche Kurt, perché ha usato un pennello splendido su ogni pezzo. È uscito un buon disco, penso, perché rispettiamo quello che facciamo. Avevo paura che Kurt c'infilasse della roba che non c'entrava niente; invece ha rispettato ogni nota, inventando suoni nuovi con la sensibilità di un poeta. C'è un equilibrio magico nell'arte, ogni composizione è delicata come un soffione sfiorato dal vento: un alito appena più forte fa saltare via tutto.

«Hi bro'!» Kurt allarga le braccia con la sigaretta accesa che gli pende dalla bocca.

«Ciao fratello!» Ci abbracciamo sul palco.

«*Are you ready for the night?*»

«*I'll tell you later!*»

«*Ahahah! C'mon man, will be great!*»

«Speriamo amico mio, speriamo!» Kurt mi guarda strabuzzando gli occhi «*I hope!*» preciso.

«*Oh yeah! Will be great!*» conferma con le dita a pistola e poi mi da un paio di colpi sul petto.

Kurt è un vero DJ on stage, le notti infinite di Berlino lo hanno trasformato in un animale da palco, magro e nevrile come un buddista, con il pizzetto a mosca e la testa rasata. Lui ha nel sangue anche il look che serve, con la giacca di pelle sulla maglietta stretch e la scritta Tresor, dentro pantaloni mimetici ex DDR, in contrasto con le sneakers nere americane.

Sotto la grande volta di tela bianca sta la mia postazione minimale, con uno sgabello alto, un'asta per microfono cromata e due stand porta chitarre per le mie *Cherry&Blonde*. Dietro di me ho un piccolo albero di Natale di lucine che occhieggiano dal nuovo rack di effetti per chitarre acustiche. A terra ho un paio di pedali digitali e uno speciale riverbero vintage per i suoni più lunari. Alla mia sinistra, leggermente arretrata sta la postazione da DJ alchemico di Kurt, con tutte le sue diavolerie di PC, Tablet, campionamenti e synth, per far danzare la musica sul groove. Acchiappo subito la blonde e seleziono velocemente alcuni *preset* sul rack. Dalla spia davanti ai miei piedi esce un suono etereo ben definito. Quassù davvero sanno fare il sound check penso. DJK ha già provato il suo setup, lancia una registrazione dal Mac che impasta perfettamente col mio sound e improvvisa un po' di campionamenti. Ci guardiamo complici muovendoci a tempo mentre grooviamo insieme. I tecnici di palco che stanno nei paraggi si fermano e sembrano ben contenti, come David e Markus direi. Dietro e intorno a noi svolazzano automatici, come fossero vivi, i giochi d'immagini astratte e digitali, proiettate sotto tutto il telone dall'installazione dei ragazzi Bauhaus. Un caleidoscopio di fate di luce circola nell'aria. "Le amicizie di Pietro, sono davvero preziose" penso; e lui sa bene il fatto suo. Tutto l'Ufafabrik è un gran calderone d'idee, pronto a contaminarsi con chiunque voglia mettersi in gioco, fossero pure gli UFO.

Provo il microfono, tutto va perfettamente. Parto col riff di *Stealin' your fears*, potente e deciso. Tutto si tramuta in blu e la prima cosa che vuoi è muoverti a tempo con cadenza tribale. Mi godo raggiante la magia del suono. Dopo anni abituato a fare miracoli con le scatolette delle casse rimediate dei pub italiani, tutto questo mi entusiasma; le composizioni emergono potenti e cristalline e suonano finalmente vere, verissime! Ogni errore si sente subito, ma subito si sente anche tutto il calore dell'espressione e giuro che è da lì che capisci la stoffa.

«*Okay evrything goes!*» stoppa tutto la voce di David che esce dal monitor spia «*Let's try something else.*»

Cambio un paio di parametri e provo l'attacco di *Se la notte*; il ritmo è ciondolante, i riff sulle corde accentuano lo stile blues in arpeggio. Guardo in alto davanti a me, dalla parte opposta vedo David che sta regolando qualcosa dietro il mixer da palco, mi guarda e segna okay, pollice in alto. Okay! Provo l'altra chitarra, un bello *strumming* energico alla Pat Metheny e il suono acustico, arioso e frizzante delle corde in metallo riempie tutta la sala. Perfetta anche questa!

«*Okay, microphone please?*» stoppa David. Provo l'effetto del microfono «Un due tre prova» *prova, ova ova ova...* «Perfetto!»

Faccio l'intro del pezzo, la voce è un po' fredda, ma mi sembra che sia tutto in regola. Riprovo daccapo fino al ritornello; con la coda dell'occhio vedo Markus che si gira verso David e sorride gasato, Dave annuisce a tempo con la testa, tutto preso a trimmare i suoni al capello. Si gode il pezzo fino alla fine e quando finisce tutti battono le mani con "wow" e fischi. Sono contento, il clima è quello buono. «*Thank you guys I love you!*» mi atteggio, mentre gli altri ridono e si complimentano l'un l'altro.

«*Okay Fabian, we've finished!*» David suona la ricreazione, io scendo, abbraccio Kurt, mi complimento e vado a scambiare le impressioni con Markus, mentre Kurt ci raggiunge e i tecnici entrano in pausa sigaretta.

Tutto è già pronto, per stasera; ora potrei andare a cena o come facevo spesso i primi tempi che suonavo, mi nascondo dietro il palco a esercitarmi con la chitarra. Era un modo per scacciare la tensione, ma talvolta mi venivano a cercare preoccupati, non trovandomi. Avevo una fifa blu di esibirmi. Era l'ansia da prestazione, che col tempo è sparita, ma stasera mi sento all'incirca proprio così.

Cerco di ragionare: come dice Pietro, se il singolo non piacesse, la cosa non farebbe molta differenza, venderemmo molte meno copie, ma la mia vita sarebbe ugualmente un successo rispetto prima. Non mi interessa entrare in classifica. A parte quando ero sotto l'influsso di Sammy Scarda non mi sono mai posto il problema di scalare le classifiche. Eppure, non posso fare a meno di sentire la tensione. Credo sia una di quelle cose per chi ci è tagliato il successo, mi fa sentire come uno capitato per caso alla festa di un altro. Preferisco i concerti, stare con la gente. Salire sul palco è sempre una prima volta: ci porti te stesso, così come sei quel giorno e quell'ora. Se stai scazzato, porti il tuo scazzo, se sei felice porti la tua gioia. Se porti la speranza, eccetera... Poi cominci e sul palco tutta la vita assume un senso.

Dalle sette e mezza c'è gente che arriva, attratta dal sound check si distribuisce nel grande spazio dell'Ufa; attende composta, chiacchiera, legge le locandine affisse delle prossime rappresentazioni.

I primi spettatori arrivano alla spicciolata, sembrano ragazzi in gita, sono molto informali, entrano nel quartiere già a loro agio, alcuni fanno il biglietto alla cassa, altri ce l'hanno. Mi fa un effetto strano, vedere che qualcuno arriva col biglietto in mano per un mio concerto.

Trascorrono i minuti e la gente comincia a confluire copiosa, si forma un po' di calca che subito si distribuisce in una fila ordinata e non troppo rumorosa. Il pubblico è piuttosto eterogeneo, più che i fricchettoni del Maltese o i viveur liberal chic alla Eco, sono venute persone normalissime, studenti e appassionati di musica; sono vestite come chiunque: jeans e magliette, anche se ai tedeschi, direi, piacciono parecchio i trench, le stoffe a quadri e le barbe incolte. Le ragazze invece amano i colori chiari. Al Tresor la gente veste in un certo modo per entrare, ma qui tutto sembra sotto controllo. Nessuno ha bisogno di esagerare per esserci.

La tensostruttura si sta riempiendo e man mano il pubblico prende posto. Sembrano tutti belli carichi. Markus ha lavorato molto bene e si vede: quando il posto è pieno vuol dire che si aspettano un buon concerto. Le serate dei giorni passati hanno fatto spargere la voce col passa parola. Ma questo supera tutte le mie aspettative.

Quasi tutti ormai sono seduti tra spalti e ali e l'area davanti al palco si sta colmando di persone in piedi. Sotto la cupola riecheggia il suono di folla eccitata, c'è il pienone, la grande tenda respira col fiato di mille persone, sembra un grande dirigibile pronto a prendere il volo, ma può diventare in un lampo una balena spiaggiata e morente.

«Okay Fabiano! Magari farà schifo. Magari ti tireranno le uova marce, ma almeno avrai detto la tua. Tutto sta nel reggere la botta. Hai la coscienza a posto.» Questo mi dico e ripeto dietro il palco, ascoltando il pubblico che rumoreggia.

Mi tremano le mani, eccolo, arriva il panico!

Non ce la farò mai!

No no no... Aiutami Dio mio! Ti prego...

Respiro a fondo. Okay passa, mi passa...

Coraggio! Basta rompere il ghiaccio.

Sì lo so, ora sono molto meno spavaldo sul palco, ma ammetto che non è mai stato nelle mie corde fare la rockstar.

Dopo aver visto il mio messaggio, Pietro ha fatto titolare il concerto "Ein Traum für alle": Un sogno per tutti. Lui mi sbandiera sempre come una grande promessa; io gliel o dico che non sono Neil Young, ma, okay, se lui ci crede e il pubblico è contento...

È ora!

Al segnale di Markus imbraccio la cherry ed esco. Sulle tavole del palco potrebbero esserci carboni ardenti o pezzi di nuvola, non so, è un dettaglio che non apprezzo più. Le luci si lanciano su di me, automatico alzo il braccio, saluto, avanzo fino al centro, fin sul bordo del palco. La folla grida, fischia, applaude, fa foto col telefonino.

Sembra... no, "è" un concerto vero!

Non so... Non sento nulla, è come se qualcuno avesse premuto il tasto *MUTE* nella mia testa, tutto è ovattato; guardo le facce di ragazzi e ragazze, uomini e donne: mi faccio forza, cerco di ricordare tutti i miei concerti, le *jam-session* in cucina davanti ai miei, i saggi al conservatorio. Questo pubblico, tutte queste persone potrebbero essere i miei genitori, amici, parenti, che allora assistevano più tesi di me. Ma non è un esame, questi ragazzi non vengono a giudicare, vengono a cercare qualcosa che forse io potrei dare. Hanno visi curiosi, occhi lucidi... Siamo tutti insieme qua dentro, siamo uno solo, sotto un cielo finto di tela e di ferro. Che posso darvi? Ho solo me stesso, un po' di vita vissuta, sbagliata, aggiustata. Allegria e capitomboli; ho un po' di risposte, non so quanto giuste; le affido a voi, senza pensare se ci guadagno o ci perdo. Ma non è gratis per me, è costato arrivare qua sopra da tutta una vita. Per vedermi qui oggi, perfino Dio ha staccato un biglietto. Quassù non ho una vita privata, le persone mi cercano, il mondo si accorge di me: un uomo spezzato che perde i pezzi attorno; ricordi, dolore, speranza, rabbia, amore, passione; la vita. La gente lo vuole maledettamente! Vuole qualcuno che gliene parli, così come la vivono loro, senza sparare balle; ed io allora lo faccio, non me ne frega niente, mi metto a nudo. L'essenziale è suonare, il resto non conta.

La prima in scaletta parte col riff in mi minore.

Okay... Si va!

Vibra chitarra, suona o spaccati in due!

Mettici forza Fabian! Guardali: sono giovani e belli e spavaldi, sono come eri tu, ricordi? E anche loro sognano di restare giovani per sempre. Come se il futuro fosse la fine di tutto. Finché tutto passa... Essere giovani vuol dire mandar giù tutti i giorni quelle capsule di due colori, che per metà sono sogni e per metà angoscia del domani.

Coraggio, digli che non è vero! Che finito questo tempo, potranno ancora gridare. Che sì, crescere si può e dopo, incredibilmente, si può ancora ridere... Ridere perfino di sé!

Digli di non credere ciecamente a tutto quello che vedono, a tutto quel che gli dicono. La vita non sarà tutta una merda, non resteranno a guardare le vite degli altri perché nelle loro non succederà niente. Nel mondo c'è molto più di quel che colpisce gli occhi.

Fissa questa notte nella memoria, la tua e la loro. Fissa il punto all'orizzonte, guardali tutti; una per una queste facce, perché oggi non torna. Nessuno torna più indietro. Oggi un pezzo di vita va dritta in paradiso. Stanotte ognuno è speciale!

Forza Fabiano, fai la tua cosa! Mettici tutto, che domani è venuto... ed è già passato.

L'ALBA A BERLINO

Mentre la gente sfolla Kurt mi abbraccia, Markus batte le mani, David ride come avesse fatto un concerto dei Floyd. Dietro le quinte tutti applaudono, danno pacche e *wow*! Berlino ama la musica: ha applaudito, ballato, strillato, fischiato, quando c'è stato da ballare e strillare; è stata in silenzio quando ho parlato; e ha sognato, sospesa tra voce e chitarra. Mi viene da piangere, non pensavo che sarei mai riuscito ad andare oltre i pub. Tutto questo poteva succedere, e Sammy Scarda schiatterebbe di rabbia se lo sapesse.

Percorro il corridoio dietro il palco fino al camerino, mi c'infilo dentro come un soldato scappa da una granata e richiudo il mondo alle spalle.

È stata durissima, ho dato tutto. Adesso sono stanco, mi sento scarico, mi tremano le gambe, le braccia, ho bisogno di riposare, di rilassarmi, voglio solo bere la mia coca light. Non mi rimane un briciolo di energia. Non faccio neanche caso allo squallore del mio camerino, che sembra poco più di uno sgabuzzino per cambiarsi gli abiti. Giusto lo spazio per una poltroncina davanti allo specchio e una consolle squadrata, con alle spalle una brandina per svenire in caso di bisogno. Proprio come ora. Chiudo gli occhi pensando al buio totale, mentre nella testa mi frullano tutte le immagini della serata...

«*Excuse me, Fabian?!*» Non sono passati neanche cinque minuti che già bussano alla porta. «*Hey Fabian Can I?*» Markus ficca la testa dentro.

«*Of course Markus! Tell me what?*» rispondo catalettico dal lettino, e Markus annuncia che alcune persone vorrebbero incontrarmi, ci sono anche delle ragazze, precisa.

Proprio non ce la faccio... però devo andare: non posso lasciare un pessimo ricordo.

Sei o sette ragazzi già parlano con Kurt; poi mi circondano sorridenti, dicono cose sicuramente piacevoli in tedesco, prima di switchare all'inglese: vogliono informazioni sull'album, conoscermi meglio. Una ragazza è carina e procace, avrà diciott'anni al massimo, mi ricorda Ilaria ed è bendisposta, a giudicare da come guarda assertiva, fasciata nel vestito stretch. Fossi ancora quello d'un tempo...

Cerco di dare a ciascuno una risposta, il giusto peso, poi abbraccio tutti e rimando alla prossima occasione. È piacevole questo assedio, ma ci sono altri momenti e in questo sono esausto. Mi rintano di nuovo in camerino facendo segno a Markus di fermare le visite.

«Fabian, can I come in?»

Dopo meno di cinque minuti Markus bussa ancora: *«Fabian, Pietro at the phone!»* mi porge il suo telefono visibilmente eccitato.

«Ciao Pietro, come va a Londra?!»

«Lascia stare Londra, complimenti! Markus mi ha detto tutto. Addirittura i fan... Come stai?»

«Cotto Pietro! È stato perfetto, ma adesso non mi reggo in piedi, ho il crollo da tensione nervosa.»

«Immagino, immagino, riposati allora; perché senti, io sto partendo ora e arrivo a Berlino in mattinata. Devo dirti... Be' dopo una serata del genere, non possiamo fermarci. Dobbiamo fare un po' di piani.»

«Okay.»

«C'è il programma di un amico, *Radio Berlin*, che va anche in TV, ci ho appena parlato: ci andremo domani sera! Ti fanno portare la chitarra, gli suoni il singolo live, fai un po' di chiacchiere, un'intervista, le solite cose... Vengono anche Kurt e Markus a darti una mano.»

«Va bene, credo... Sono solo un po' frastornato, sembra di stare in giostra...»

«Ti ci devi abituare adesso! Domani a pranzo sei con me, ci vediamo in Alexanderplatz. Sei mai stato sul ristorante girevole?»

«Non ne ho avuto il tempo.»

«Bene, sarà una novità! Ci vediamo all'Urania, alle dodici in punto.»

«L'Urania?»

«Sì l'Urania; bisogna prima incontrare una persona.»

«Chi?»

«Questioni d'affari.»

«D'accordo Pietro.»

«Perfetto! Quello che dovevo dire l'ho detto... Adesso vai a riposare, ci vediamo domani.»

«Okay boss! Notte Pietro.»

«Notte Fabian. Bravo!»

Certo, ci voleva l'intervista e il pranzo sul ristorante panoramico... Cominciamo presto con 'ste cose! Ma Pietro ha ragione, non possiamo perdere il treno. Va be', meglio se davvero mi riporto di corsa a casa allora. Cioè, in albergo.

Mentre lo staff sta ancora imballando i rimasugli del palco, annuncio la fuga; spiego gli impegni, prendo accordi con Markus e Kurt per l'intervista di domani. Brindiamo con lo spumante made in Italy comprato apposta per me e scattiamo una foto ricordo con tutti. Abbraccio ognuno di loro e li ringrazio di cuore.

Il mio gruppo è in gamba, sono ragazzi d'oro, sembrano felici, come se si fossero accese tante speranze luccicanti. Ora per loro è il tempo di sistemare ogni cosa, luci e strumenti; poi sarà libera uscita, per tutta la notte berlinese, ma per me è ora della nanna; Markus mi ha prenotato un taxi che mi aspetta davanti all'ingresso.

Me ne esco da un'uscita secondaria, infine trovo l'affaccio sulla Viktoriasraße dove il taxi è già là ad attendermi.

«*Hallo...*»

«*Hallo!*»

«*DDR Hostel, danke!*»

Monto sull'auto bianca, chiudo lo sportello e sembra che ora davvero si chiuda il sipario di un'intera stagione. Ci immettiamo sulla Tempelhofer Damm praticamente deserta e mentre ci allontaniamo dalla balena-dirigibile dell'Ufafabrik, passiamo proprio davanti all'uscita sotterranea della UBahn da dove poche ore fa sono uscito. Buffo no?! E ora riparto in taxi.

Mentre ci allontaniamo, non posso distogliere lo sguardo dallo spettacolo del porto illuminato di Tempelhof Haven con le barche immobili nella laguna. Mi appoggio al vetro e ascolto il suono ovattato della notte berlinese. Davanti a me, sull'altra sponda svetta la torre dell'orologio: sono le due tra sabato e domenica e tra qualche ora sarà l'alba a Berlino.

L'URANIA

Stamane mi sono svegliato svuotato degli ultimi vent'anni. Era come fossi ancora adolescente nella casa dei miei genitori e non avessi mai dormito un giorno fuori, né mai suonato. Un odore di caffellatte mi è entrato nelle narici e mi ha tirato giù dal letto verso le nove, ancora mezzo addormentato esclamando: «Ancora cinque minuti dai...» Ho sentito una strana pace dentro e la sensazione che si fosse ricucito uno strappo.

Subito dopo ho chiamato mamma e papà: è stato difficile nella sua semplicità. Il problema non era comporre il numero, ma cosa avrei detto; come si sarebbero comportati loro. Poi mi sono detto che in fondo non dipendeva più da me. Allora ho digitato il numero sul telefono fisso dell'albergo e atteso fin quando ha risposto papà. Non sapevo esattamente da dove cominciare. Ho cominciato.

«Ciao papà...» ho detto di getto e dall'altra parte solo un breve momento di vuoto.

«... Ehi, questa sì è una sorpresa!» ha replicato lui con stupore «Come stai? Qualche problema?» mio padre è sempre stato così, non riesce a entrare in confidenza fino in fondo, si ferma sempre al lato pratico delle cose; ma ho imparato a lasciar correre.

«No papà. Devo dirti una cosa bella...»

Gli ho sciorinato tutta d'un fiato la storia a partire dal concerto fino al disco, omettendo solo i dettagli. Lui ha ascoltato accentando di *"Mh, Ah, Eh! Però"*, i passaggi più importanti senza interrompere mai, tranne quando ha chiamato *«Lorenzaaa!»* e mia madre s'é palesata col suo *«Siii?!»* in avvicinamento «... Chi è Luciano?»

Alla fine papà rideva compiaciuto e mamma era frastornata; io commosso. Dopo un po' lui ha detto: «Mi raccomando adesso, non farti fregare come l'altra volta!» Mi ha fatto sorridere; gli ho risposto: «Per fortuna papà, Pietro e Sammy sono due mondi inconciliabili, un po' come me e te!»

Con mamma ho riso molto, lei vorrebbe rivedermi subito. Mi ha fatto promettere che andrò a trovarli appena torno in Italia, e: «No, mamma, non ce l'ho la fidanzata tedesca! ... No mamma, neanche una italiana!»

«Che peccato...» ha detto lei «Un bel ragazzo come te!»

«Facciamo così mamma...» l'ho rassicurata, «Appena ne trovo una ti prometto che sarai la prima a saperlo!» Questo però non l'ha affatto rincuorata. Penso che mi torturerà a vita su questo punto.

Quando capisci da dove vieni, comprendi anche meglio chi sei. Ci ho messo molto per imparare a rapportarmi con mamma e papà ma al di là degli sbagli in buona fede da ambo le parti, ho sempre sentito il loro affetto. In fondo, la loro ostilità non era verso di me, ma verso un mondo che non capivano, che mi aveva fatto soffrire molto e faceva soffrire anche loro. Ecco, questa capacità di soffrire i dolori degli altri non mi era mai stata chiara; anzi, diciamolo pure: non ci avevo mai creduto, pensavo fosse una scusa vittimista, che odiavo perché mi faceva sentire in colpa. Tuttavia, ciò che ora conta davvero, è che il passato mi ha permesso di percorrere questa strada da solo, senza di loro. Ne avevo bisogno, altrimenti non ce l'avrei mai fatta.

Ho trascorso la prima parte della mattina a riflettere su tutte queste cose, interrotto soltanto dalle telefonate di Kurt e Markus per preparare gli interventi della trasmissione di stasera. Ormai però s'è fatto tardi, tra un'ora devo incontrare Pietro per programmare un nuovo calendario.

Dall'Hostel a Mitte ci sono circa trenta minuti a piedi; potrei prendere il treno diretto dalla stazione Ostbahnhof, proprio qua davanti e arrivare in cinque minuti, ma dopo una serata come quella di stanotte, una buona passeggiata distende e svuota la mente, devo finire di disintossicarmi e tornare al più presto coi piedi per terra. Mi avvio fermandomi al buffet giusto il tempo per un cappuccino e un toast da mangiare al volo.

Dalla finestra della sala colazione le strade aperte di Berlino in questa strana domenica mattina sospesa nel tempo sembrano silenziose, libere e fredde come sempre; il cielo è plumbeo e l'aria umida, come sempre. Amo le mezze stagioni, ma la brezza d'autunno che tira da queste parti, è già preludio d'inverno. Mi avvolgo nel montgomery e mi riparo bene con la sciarpa, anche se stamani il brumaio non pungerà, dicono gli otto gradi del termometro nella hall del DDR.

Friedrichshain-Kreuzberg è la zona di Berlino dove è rimasto il tratto di muro-monumento più lungo della città. Per arrivare ad Alexanderplatz ne faccio un pezzo coloratissimo che costeggia lo Sprea. Cammino a passo svelto sul marciapiede, osservo i turisti curiosi esplorare il muro, pensando a chi ha sognato una vita nuova oltre il cemento istoriato che mi corre affianco ed è come assistere alla proiezione d'un film, di una generazione che la libertà non l'ha avuta.

Qualcuno scatta foto, studenti, scolaresche in gita, altri sbirciano dalle fessure l'altra parte. A volte il muro s'interrompe prima di riprendere con un nuovo pezzo, variopinto come un'opera di Pollock: e talvolta, a tratti, è grigio, come sono grigie le prigioni; scalfito, lascia a vista lo scheletro nudo di un ferro antico ormai rugginoso, che comunica tutto il peso della libertà rubata.

I graffiti spray tramandano come arte rupestre scene vivaci di vita metropolitana. Il muro può fare meno paura così, ma non nasconde la sua presenza, è memoria, come una cicatrice sulla pelle. La storia viva è terreno fertile da cui le radici giovani possono attingere, ma gli uomini passano e i figli scordano presto il valore della libertà, il suo senso. La libertà è un tesoro che ha il prezzo della speranza e si paga con monete di responsabilità. Ognuno fa i conti col suo prezzo e col suo muro da scalare. Ma quello che penso è che ogni muro ha fessure e ogni uomo murales con graffiti di profeti che gridano sogni antichi fermi in un cassetto. I sogni sono il carburante della speranza, è saper fare i conti con la realtà che li rende accessibili e li distingue dalle illusioni. Per anni ho creduto che i limiti mi avrebbero ucciso i sogni, ma mi sbagliavo! Il segreto è accettare i propri limiti, non rinunciare ai sogni. Un fiume fermo davanti alla diga non cambia nome né forza, ma senza i suoi argini perde di senso; così i vincoli non limitano la libertà, la incanalano, a patto di non cedere all'illusione. Stanotte ho scalato il mio muro più alto, senza finalmente quella sensazione profonda di sentirmi uno senz'arte né parte e un fallito. Ho dovuto mettere in gioco tutte le mie paure volta dopo volta, come l'acqua del fiume trova la strada per il mare; e di me adesso, penso soltanto che sono uno che era giusto almeno far provare.

Ora mancano pochi minuti alle dodici. La piazza è già piena di turisti, è gente comune, giovani per lo più. Alexandeplatz si apre sul panorama, annunciata dai trecento metri d'altezza della torre TV del Fernsehturm.

L'Urania Weltzeituhr se ne sta piantato come un fungo in un angolo della piazza, via di mezzo tra un orologio e una statua grande come un'edicola. Segna il tempo a modo suo, con grandi finestre bronzee attorno allo stelo, che indicano le ore contornate dai fusi orari del mondo: New York, Istanbul, Londra, Torre a Mare...

L'Urania è un'istituzione, un posto popolare: se devi incontrare qualcuno a Berlino lo fai qui; un classico, come gettare monete a Fontana di Trevi. L'orologio mi attende dall'altra parte della piazza, ruotando lento come un carillon mentre mi avvicino. Alcune figure di donne e uomini sono disposte lì attorno in evidente apprensione. Sembrano collocate da un bravo fotografo alla giusta distanza... "Appuntamento a Berlino": vicine all'orologio per raccontare l'attesa, ma lontane tra loro, isolate nel proprio mondo.

Pietro non sembra ancora arrivato, spero che l'aereo non abbia fatto ritardo. I passanti incrociano le loro traiettorie avanti a me. Echi lontani di voci straniere giungono opache nel brusio di città, campane squillanti in lontananza come il brillio di piccole luci nella nebbia. Il fungo dell'Urania proietta un'ombra sbiadita ai suoi piedi. In un trench avana spicca la silhouette slanciata di una bella donna, sarebbe una di quelle occasioni per attaccar bottone, ma anche lei è qui per aspettare qualcuno.

Il mondo si ferma a pochi metri dall'orologio.

Il cuore fa un tuffo profondo e il fiato scompare dal petto.

Claudia! c'è Claudia là sotto e mi ha visto!

«Ma come?» mi scappa di bocca. Lei sorride e in un millesimo di secondo collego Claudia, Eco, Pietro... Claudia sorride come gli adolescenti al primo appuntamento, pieni d'ansia e imbarazzo o almeno, è così che mi sento io. Così, mani in tasca, mentre mi viene incontro sembra lei la berliner ed io il turista frastornato sul set metropolitano. Berlino è il mondo, è New York, Istanbul, Londra e Torre a Mare, mentre io sono ancora un randagio in cerca di casa.

Guardo tutte le altre facce sulla piazza e sembra che nessuna abbia un volto. Sono anime sparse nella via per l'infinito, cercano tutte un amico, un amante, un fedele compagno di viaggio per questa strada che s'allunga oltre ogni orizzonte.

La osservo, Claudia; ha raccolto i capelli sulla testa, ricordo ogni tratto del suo viso, ogni piccola ruga, perfino come si stende sulle guance il color pesca e quella polverina cangiante che fa apprezzare ogni curva degli occhi.

«Ciao, che ci fai qui?»

«Amici?» Tu ridi e negli occhi ti trovo.

«Per sempre!»

Vicini fino a sfiorarci, nella brezza il tuo profumo si stempera nei polmoni e amo respirare ancora quest'aria di casa. Dettagli semplici, che sanno di quotidiano. Dalla pashmina d'Istanbul al collo del trench, baluginano riflessi blu-oro intonati ai tuoi occhi. In fondo io l'ho sempre saputo perché la mettevi e non certo perché s'intonava al vestito. Sorrido di quanto sia sempre stato cieco, ma per fortuna ci sei tu.

In cima al grande pilastro, la sfera argentata del Fernsehturm attende sospesa sulle teste di tutta Berlino, come il fulcro su cui trottola l'universo. L'infinito dà sempre un po' di vertigine, ma per ora va tutto bene.

Ogni riferimento a fatti, persone realmente esistenti è da considerarsi
puramente casuale.

Citazioni

- Adele: Someone like you (21 – 2011 XL Recordings)
- Asaf Avidan: Reckoning Song (The Reckoning – 2008 Sony Columbia)
- Leonard Cohen: Hallelujah (Various position – 1984 CBS Records)
- Finbar&Furey: The lonesome boatman (idem – 1969 Transatlantic)
- Pearl Jam: Indifference (Vs. – 1993 Epic Records)
- U2: Running to stand still (The Joshua tree – 1987 Island Records)
- Simon & Garfunkel (Tradizionale del XVIII Sec.): Scarborough fair (Parsley, Sage, Rosemay and Thyme – 1966 Columbia Records)
- Frank Sinatra: That's Life (idem - 1966 Reprise Records)
- Bruce Springsteen: I'm on fire (Born in the USA – 1985 CBS Records)
- Traffic: John Barleycorn must die (idem – 1970 Island Records)
- Neil Young: A man needs a maid (Harvest – 1972 Reprise Records)
- Negramaro (Singolo di Domenico Modugno - 1968 RCA): Meraviglioso (San Siro Live – 2008 Sugar)
- T. Fasano, L. Sabatelli: Nnà Lu cori mia (Tradizionale di S. Vito dei Normanni)

La preghiera del navigante, è quella della tradizione popolare.

Altri testi e titoli sono riferiti alle composizioni originali dell'autore o parti di esse, registrate negli archivi SIAE.

INDICE

Finito di stampare nel mese di Gennaio 2016
per conto di Youcanprint *Self-Publishing*

www.ingramcontent.com/pod-product-compliance
Lightning Source LLC
LaVergne TN
LVHW041500170726
843492LV00005B/1307